오늘은 죽기 좋은 날입니다

오늘은
죽기 좋은 날입니다

카리나 베리펠트·짐 브라질 지음 | 최인하 옮김

어느 교도소 목사가 가르쳐주는 인생의 교훈

A GOOD DAY TO DIE

다산
초당

짐에게 바칩니다.
살아온 이야기를 들려주셔서 감사합니다.

차례

죽은 후에 출간해 주세요

"제가 죽고 난 다음에 이 책을 출간하는 게 좋겠어요."

왠지 모르게 이걸 꼭 기록으로 남겨야겠다 싶었다. 나는 녹음기가 계속해서 제대로 돌아가고 있는지 흘끗 내려다봤다. 그런 다음 갈색 가죽 안락의자에 앉아 있는 그를 향해 고개를 돌렸다. 그가 매일같이 오랜 시간을 보내는 의자 주위에는 그의 아내가 꾸며놓은 크리스마스 장식들이 가득했다. 이 방에만 온갖 크기의 인조 크리스마스트리가 무려 아홉 개나 세워져 있었다.

"왜요?"

그는 벽에 걸린 나무 십자가를 올려다봤다. 수감자가 만들었다고 몇 번이나 자랑했던 물건이었다. 잠시 망설이던 그가 대답했다.

"저는 신을 섬기는 사람이니까요. 그런 제가 신뢰를 무너뜨리고, 잘못을 저질렀던 얘기들까지 전부 다 털어놔서… 사람들이 어떻게 생각할지 모르겠어요. 차라리 제가 이 세상에 없을 때 책이 출간되는 게 나을 것 같아요."

276명의 사형을 지켜본 목사

짐 브라질 목사는 종업원이 방금 가져다 놓은 팬케이크 더미를 내려다보고 있었다. 풍성한 휘핑크림을 촉촉하게 머금은 팬케이크 위로 딸기가 잔뜩 올라가 있었다. 게다가 기름에 흠뻑 젖은 해시브라운 옆에 베이컨이 한가득 쌓여 있었다. 하지만 그게 다가 아니었다. 스크램블드에그와 오믈렛 그리고 뜨거운 커피 두 잔. 마지막으로 얼음이 가득 들어간, 커다란 텍사스식 레모네이드가 두 잔 더 나왔다.

짐은 껄껄 웃으며 우리가 정말 이걸 다 먹는 거냐고 물었다.

나는 먹을 수 있다고 큰소리쳤다.

짐과 나는 텍사스주 헌츠빌에 있는 데니즈Denny's 식당

11

에서 처음 만났다. 당시 나는 스웨덴 일간지 《아프톤블라데트Aftonbladet》에 '죽음과 함께한 일주일A Week With Death'이라는 제목으로 연재할 기사를 쓰기 위해 미국에 와 있었다. 그래서 불과 몇 시간 전까지만 해도 폴룬스키 교도소에서 복역 중인 사형수 본 로스와 이야기를 나눴다. 로스는 7일 뒤에 사형이 예정되었기 때문에 나는 그 일주일 동안 사형 집행과 관련된 업무를 맡은 사람들을 만나볼 계획이었다. 교도소에서 형목(교정 시설 내에서 활동하는 개신교 목사—옮긴이)으로 사역한 후 은퇴한 짐 브라질 목사도 그중 한 명이었다.

로스는 두 건의 살인으로 사형을 선고받았는데, 짐과 식사하는 순간에도 그와 나눈 대화가 떠올라 내 마음은 한없이 무거웠다. 나는 짐에게 책에 관해 로스와 이야기했다고 말했다. 그는 이제 막 파울로 코엘료Paulo Coelho의 『연금술사』를 다 읽었고, 나는 마침 코엘료의 또 다른 작품인 『악마와 미스 프랭』을 끝낸 참이었다. 그래서 나는 로스에게 『악마와 미스 프랭』은 한 남자가 마을 사람들에게 마을에서 딱 한 명을 골라 죽인다면 금으로 가득 찬 상자를 주겠다고 제안하는 내용이며, 사람들이 궁지에 몰렸을 때 어떤 일까지 할 수 있는지를 보여준다고 설명했다.

"저도 읽어보고 싶어요!" 로스는 이렇게 말하더니 이내 생각에 잠겼다. 그러고는 덧붙였다. "읽었으면 좋았겠네요."

짐은 고개를 끄덕였다. 내가 무슨 얘기를 하려는지 이미 알고 있었다.

"교도소에 갇힌 사형수들에겐 도서관 카트가 일주일에 딱 한 번 들어오죠."

우리 둘 다 일주일 뒤에 로스가 어디에 있을지 알고 있었다. 바로 사형실이었다. 애초에 우리가 이 대화를 나누고 있는 이유도 그 마지막 공간 때문이었다. 누구도 가고 싶지 않은 그곳을 짐은 누구보다 잘 알고 있었다.

본 로스는 결코 『악마와 미스 프랭』을 읽을 수 없었다.

짐 목사는 사형수들이 의식을 잃고 사망하기 전까지 마지막으로 말을 걸어주고 곁을 지키는 일을 오랫동안 해왔다. 154명의 사형수가 독극물 주사를 맞는 순간을 함께했고 앨라배마주에서는 한 사형수가 옐로 마마Yellow Mama라 불리는 전기의자 위에 앉을 때 곁에 있어주었다. 피해자의 가족들과 함께 참관실에서 사형 집행을 지켜본 사형수의 숫자도 121명에 달했다. 모두 합하면 무려 276명이었다.

두 시간이 흐른 뒤, 이미 팬케이크는 사라진 지 오래였다. 종업원이 남은 베이컨과 스크램블드에그를 치웠고 짐과 나는 벌써 커피를 석 잔째 홀짝거리고 있었다.

짐 브라질 같은 사람과 이야기를 나누고 있으면 마치

시간이 나에게 춤을 추자고 이끄는 기분이 든다. 그와 함께 있으면 현재가 오롯하게 느껴지는 동시에 과거 역시 생생하게 떠오른다. 그의 이야기가 탁자 주위를 소용돌이치면 내가 할 수 있는 것이라고는 그저 속절없이 몸을 맡기는 것뿐이다. 여러분은 지금 열 살이고 방금 사형 선고를 받았다. 열두 살이 되기도 전에 죽을 거라고 하는데, 아직 너무 어리고 삶에 대한 호기심이 많아서 신을 섬기며 살아갈 수 있기만을 진심으로 바라고 있다. 여러분은 감옥 안에 갇혀 있다. 사형실 안에서 사형수의 발목에 손을 얹은 채 그의 마지막 고백을 들어주고 있다. 짐과 함께 있는 사이에 시간은 삶과 죽음, 믿음과 희망, 기쁨과 슬픔 그리고 기억과 고백 사이를 넘나든다.

짐은 텍사스 출신의 나이 지긋한 보수주의자로 평범한 일상을 살고 있었다. 하지만 나는 그가 지금까지 살아온 인생과 그가 들려주는 이야기에 사로잡혀 꼼짝할 수 없었다. 슬슬 인터뷰를 마무리해야 할 시간이었지만 우리 둘 다 자리에서 일어날 마음이 전혀 없었다.

나는 마지막 질문이라 생각하며 이렇게 물었다.

"사형 집행 현장을 276번이나 보면서 죽음을 대하는 자세가 달라졌나요?"

짐은 미소를 지었다. 그의 눈빛을 보니 신중하게 말을

고르고 있다는 사실을 알 수 있었다. 하지만 이내 마음을 먹은 그는 몸을 앞으로 숙이고 입을 열었다.

"한 가지 더 얘기할 게 있어요."

이어진 그의 말 때문에 이야기는 전혀 다른 방향으로 전개되기 시작했다. 조금 전까지만 해도 나는 배경 조사 차원에서 그와 인터뷰하고 있었지만, 일순간 그는 이 책의 주인공으로 탈바꿈했다. 그저 당시에는 우리 둘 다 그 사실을 깨닫지 못했을 뿐이었다.

"저는 사형 선고를 받은 사람들의 심정을 어느 정도 이해합니다. 전립선암과 백혈병 4기를 진단받았거든요. 사형 선고나 마찬가지예요. 7년 전에 병원에서 제가 앞으로 5년밖에 살 수 없을 거라고 했어요. 그래서 사형 집행을 참관하는 일을 그만두게 됐고요. 제 몸은 오래 버티지 못할 거예요. 이제는 제가 죽을 차례인 거죠."

그는 더 이상 말이 없었다.

나 역시 아무 말도 하지 않았다.

하필 그 타이밍에 종업원이 다가와서 커피를 더 마시겠냐고 물었다. 내가 고개를 끄덕이자, 종업원은 네 번째로 우리의 커피잔을 채워주었다. 나는 짐이 방금 한 이야기를 우리끼리만 알아야 하는지 아니면 글로 써도 되는지 궁금했다.

인생은 축복입니다. 허비하지 마세요.
할 수만 있다면 언제든 좋은 일을 하고, 무엇이든 용서하세요.
그리고 그렇게 한 후에는 넘어가세요.
이번 생에서든 다음 생에서든 말이죠.

그래서 직접 물어봤다.

짐은 마음껏 써도 된다고 했다.

"죽음은 죽음일 뿐이에요. 이 일을 하면서, 특히 병에 걸리고 나서 깨달은 건 많은 사람들이 자기 삶을 낭비한다는 거예요. 사형수들만의 얘기가 아니에요. 사형 집행을 참관하면서 사랑하는 사람을 잃은 그날로부터 단 한 발짝도 앞으로 나아가지 못한 유족들도 만나봤어요. 망연자실한 상태로 10년, 15년, 20년을 보내 증오만 남아 있었죠."

말을 멈춘 그는 커피를 한 모금 마신 후 다시 말을 이어갔다.

"사형 집행을 300건 가깝게 지켜보면서 사람들의 생사는 찰나에 갈린다는 걸 깨달았어요. 저도 언젠간 죽겠죠. 그때는 제가 사형수들에게 말해줬던 교훈을 마음속에 품고 갈 겁니다. 저는 당신이 이 교훈을 다른 사람들에게도 전해줬으면 좋겠어요. 인생은 축복입니다. 허비하지 마세요. 할 수만 있다면 언제든 좋은 일을 하고, 무엇이든 용서하세요. 그리고 그렇게 한 후에는 넘어가세요. 이번 생에서든 다음 생에서든 말이죠."

***

두 시간 후, 마침내 아침 겸 점심 식사가 끝나 우리는 주차장으로 향했다. 하지만 각자의 길을 가는 대신 함께 캡틴 조 버드 공동묘지Joe Byrd Cemetery에 가기로 했다. 짐은 자신이 헌츠빌에서 가장 좋아하는 장소라며 꼭 보여주고 싶다고 했다.

커다란 파란색 픽업트럭에 올라탄 짐이 이내 차를 몰고 떠났지만, 나는 잠시 내 렌터카에 앉아 머릿속에서 소용돌이치는 온갖 생각들을 정리하려고 애썼다.

살면서 슬픔과 해악이라는 독을 너무 많이 삼켜온 탓에 이제 짐의 몸은 또 다른 독들로 가득 차버렸다. 그게 아니란 걸 알면서도, 그가 정신적으로 감당해야 했던 고통과 육체적으로 겪고 있는 고통이 서로 연관되어 있다는 생각이 들었다. 더구나 어떻게 그 모든 것들을 시종일관 침착하게 감당할 수 있었는지가 정말 궁금했다.

짐은 화해에 대해 말했지만 나는 용서하고 싶지 않았다. 그는 평화에 대해 말했지만, 나는 화가 머리끝까지 나 있었다. 그는 삶이 축복이라고 말했지만, 나는 사는 게 아니라 버티는 중이었다. 그는 사람들이 앞으로 나아가야 한다고 말했지만, 나는 한 번도 의지대로 행동한 적이 없었다. 오로지 주어진 상황에 반응했을 뿐이다.

내 머릿속에 차고에 숨어 아버지의 화가 가라앉기만을 기다리는 어린 소녀의 모습이 떠올랐다. 꽉 쥔 주먹들이 보였고 둔탁한 주먹질 소리가 들려왔다. 고작 열 살짜리 소녀는 자그만 손에 칼 한 자루를 들고 언제든 찌를 준비를 하고 있었다.

나는 살면서 절대 용서하고 싶지 않은 사람들을 만나기도 했다. 하지만 방금 만난 이 사람에게는 사형 선고를 내린 신이 원망스러웠다.

그는 그런 취급을 받으면 안 된다. 사형 선고를 받아야 하는 사람들은 따로 있다.

차 안에서 나는 오랫동안 기자 생활을 하면서도 단 한 번도 해본 적이 없는 일을 했다.

운전대에 엎드려 눈물을 흘린 것이다.

그를 위한 건지, 나를 위한 건지는 알 수 없었다.

어쩌면 우리 둘 다를 위해서였을 것이다.

* * *

캡틴 조 버드 공동묘지는 실제로 헌츠빌에서 아름다운 장소 중 한 곳이지만, 꽤 오랫동안 엉망인 채로 방치되어 있었다. 개미집과 잡초만 가득한 진흙투성이 땅덩어리였다.

　교도소에서 2킬로미터도 채 떨어지지 않은 이 묘지는 구시가지의 바워즈 대로에서 살짝 벗어난 한적한 언덕 위에 있었다. 1855년 주지사가 이 땅을 기증받았는데, 착오로 인해 지역 당국이 그곳에 죄수들을 묻기 시작했다. 잘못되었음을 발견했지만 기왕지사 되돌릴 수 없으니 이후로도 계속해서 무덤을 세웠고, 그 후로 이 공동묘지는 현지에서 페커우드 힐Peckerwood Hill이라고도 불리게 됐다.

　딱따구리를 가리키는 '우드페커woodpecker'라는 단어를 거꾸로 한 '페커우드'는 과거 가난한 죄수들을 부르던 명칭이다. 지금은 '쓰레기 백인white trash'이라고 불리는 무식한 백인 집단을 가리키는 별명으로 사용되기도 한다. 무덤을 세울 비용을 기꺼이 내줄 수 있는 사람이 아무도 없는 이들이 바로 성가신 딱따구리들이었다.

　텍사스주 법에 따르면 수감 중 사망한 사람은 적절한 장례식을 치를 권리가 있다. 죄목과 상관없으며 심지어 장례 비용을 낼 사람이 없더라도 마찬가지다. 바로 그런 사람들이 '페커우드 힐'에 도착한다. 페커우드 힐은 3000명이 넘는 헌츠빌 교도소 수감자들이 묻혀 있는 마지막 안식처였다. 대다수가 이름도 없는 무덤에 묻혔다. 죄수 번호와 사형당했음을 나타내는 X 자 외엔 아무런 표시조차 없었다.

하지만 1960년대 조 버드 소장 대행은 이것이 존엄성을 무시하는 처사라 여겨 휴일마다 공동묘지를 찾아가 경내를 정리하기 시작했다. 시간이 흐르고 믿음직한 몇몇 수감자들의 도움까지 더해지면서 그는 오늘날과 같은 아름다운 묘지를 만들었다. 교정 당국은 아직 오래된 무덤 312개에 묻혀 있는 사람들의 신원을 확인하지 못했지만, 이제 수감자들의 마지막 안식처에는 다른 수감자들이 만들어준 소박한 흰색 십자가가 꽂혀 있다. 유족이 시신을 되찾아 가지 않는 한, 시신은 매주 목요일이나 사형 집행 다음 날 매장된다.

여기가 영원히 눈감기에 좋은 곳인지 곰곰이 생각하던 찰나 나를 향해 다가오는 짐 목사를 발견했다.

"여기 묻히는 것도 나쁘진 않죠." 그는 마치 내 마음을 읽은 것처럼 말했다.

우리는 함께 묘지를 둘러봤다. 짐은 교도소 형목으로 근무하는 동안 이곳에 500명이나 되는 사형수를 묻어주었고 그 가운데 몇몇은 특히 또렷하게 기억하고 있었다. 짐은 자신과 교도소 직원 한 명을 제외하고 조문하러 온 사람이 아무도 없을 때는 정말 애처롭고 묘한 기분이 들었다고 했다. 가족과 사회가 등을 돌려 마땅한 짓을 저질렀다는 사실은 알고 있지만, 죽음을 슬퍼해 줄 사람 하나 없다는 건 너무 비참한 일이라고 말이다.

짐은 교도소에서 사망한 한 남자의 장례식에서 있었던 이야기를 들려줬다. 그날은 참석한 사람도 몇몇 있었다. 사망한 남자는 사형수가 아니었기 때문에 짐은 그를 만난 적이 없었다. 짐은 무덤 주위에 모인 사람들에게 하고 싶은 말이 있다면 해도 좋다고 말했다. 잠시 어색한 침묵이 흐른 뒤, 한 청년이 앞으로 나와 무덤구덩이를 내려다보면서 이렇게 말했다.

"전 그냥 그 개자식이 진짜 죽었는지 확인하러 왔어요. 제 아버지라는 사람이 저를 학대했죠."

내가 입을 열었다.

"전 아버지의 장례식을 자주 상상해 봐요. 교회 앞으로 걸어간 다음, 제단 위에 서서 지어낼 수 있는 가장 잔인한 고별사를 읊으면서 말로 아버지를 갈기갈기 찢어놓는 거예요. 오랫동안 그런 꿈을 꿔왔어요. 수십 년씩이나."

짐은 내 표정을 살피며 말했다.

"그래요?"

그는 더 이상 아무것도 묻지 않았다. 사실 그럴 필요도 없었다. 그 순간 어렴풋이 깨달았다. 짐에게는 생각지도 않았던 이야기들을 술술 털어놓을 수 있었다. 창피한 일을 고백해도 오로지 측은하게만 봐주니 속이 후련해지는 기분이었다.

짐은 좀 더 걸어가서 다른 무덤을 가리키며 장례식에 있었던 일을 들려줬다. 식이 끝나갈 무렵, 서너 살도 안 되어 보이는 어린 남자아이가 앞으로 달려왔다. 그러더니 바지를 내리고 관 위에 오줌을 싸기 시작했다.

"너무 당황스러웠는데 아무도 그 아이를 말리지 않았어요. 알고 보니 아이의 할아버지였던 사망자에게 좋은 감정을 가진 사람이 아무도 없었던 거예요. 어쩌면 오히려 속 시원해했을지도 모르겠네요."

짐은 계속해서 무덤 사이를 걸어갔다. 그러다 한 줄당 12개씩, 총 7줄로 늘어선 무덤들을 가리키며 자신이 이 무덤들을 하나도 빠짐없이 전부 묻어주었다고 말했다. 폭설이 몰아치는 가운데 장례식을 다섯 번이나 치른 날도 있었다. 그날 장례에 참석한 사형수의 유족은 단 한 명도 없었다. 짐이 차를 몰고 묘지에 들어서자 차 주변에서 눈바람이 휘몰아치는 소리가 들렸다. 교도소장은 짐에게 차에서 내릴 필요 없고 장례식도 그대로 차 안에서 주재해도 상관없다고 말했다.

짐은 당시 기억을 떠올리며 고개를 절레절레 흔들었다.

"차마 그럴 수는 없었어요."

이번에는 여성들의 이름이 적힌, 오래된 무덤 다섯 개

가 보였다. 하나씩 이장되어 온 무덤들이었다. 발굴 작업을 하던 당시에 짐도 참석해서 새로운 안식처에 자리 잡은 망자들을 축복했다. 그는 무덤 하나를 가리키며 그 무덤 주인의 이름은 쓰지 말아달라고 부탁했다. 이장 도중에 관이 부서져 시신이 바닥에 떨어졌기 때문이었다.

"끔찍했어요. 눈 깜짝할 사이에 일어난 사고였죠. 시신은 옷도 안 입고 있었어요. 수의만 입혀 있었죠. 그런데 수의가 벗겨지니 완전히 알몸이 돼버린 거예요. 관을 옮기던 사람들은 모두 남성 수감자들이었는데 바닥에 떨어진 시신을 빤히 쳐다봤어요. 그러다 잠시 후 한 명이 이렇게 속삭이더군요. '10년 만에 여자 구경하네. 그런데 하필 죽은 지 50년이나 지난 여자라니.'"

짐이 껄껄 웃기 시작했다.

"미안하지만 어쩔 수가 없네요. 제가 여기서 겪은 일 중에 가장 기괴하고 웃기면서 슬픈 일이었어요."

어느 나무 아래에 선 짐은 주위를 둘러보았다. 온 사방에 무덤이 끝도 없이 펼쳐져 있었지만, 꽃으로 장식된 무덤은 하나도 없었다. 지금까지 텍사스의 교도소에서 사망한 사람은 많았으나 그들을 애도하는 사람은 보기 드물었다. 일순간 짐은 마치 처음 와보는 장소처럼 낯선 기분이 들었다고 했다.

"아름답지만 슬픈 곳이에요. 그래도 전 여기가 좋습니다. 많은 시간을 보냈거든요."

우리는 가장 오래된 무덤들에 다다랐다. 그중 다섯 개의 무덤에는 같은 날짜가 적혀 있었다. 1924년 2월 18일.

"최초로 '올드 스파키Old Sparky' 전기의자에서 사형당한 사람들이에요. 다섯 명이 줄줄이 처형됐죠. 차례대로 의자에 앉았어요."

짐은 그중 한 무덤을 가리켰다. 무덤 주인의 이름은 멜빈 존슨이었다.

"재밌네요. 저는 다른 멜빈 존슨이 처형될 때 같이 있었어요."

태양은 하늘 높이 떠 있고 새들은 나무 위에서 노래하고 있었다. 아름다운 날씨뿐만 아니라 수많은 것들이 끊임없이 추억을 불러일으켰다. 짐은 헌츠빌로 이송되던 한 수감자가 차량에서 내려 12년 만에 처음으로 태양을 바라봤던 이야기를 들려주었다. 그는 얼굴에 쏟아지던 따스한 햇살을 잠시 만끽한 뒤 목사를 향해 미소를 지으며 이렇게 말했다.

"죽기 좋은 날이네요."

짐은 하늘을 향해 고개를 들고 햇볕을 받으며 서 있었다.

"만약 그런 게 있다면 오늘도 죽기 좋은 날일 거예요.

저도 할 일은 다 했거든요."

"죽기 직전의 사형수들에게 뭐라고 말해주시나요?"

"살아온 얘기를 들려줘서 고맙다고 해요."

그 순간 난 깨달았다. 그에겐 아직 해야 할 일이 남아 있었다.

"목사님의 인생 이야기는 꼭 책으로 나와야 해요. 언젠가 돌아가실 때 오늘 제게 해주신 얘기들까지 함께 사라져 버리면 너무 아깝잖아요."

그는 껄껄 웃으며 대답했다.

"한 영화사가 바로 그걸 하겠다면서 100만 달러를 주겠다고 했었는데 제가 거절했어요. 워너 브러더스 말이에요. 1990년대에 있었던 제 인생 얘기로 책을 펴내고 TV 프로그램을 만들겠다고 했었죠. 돈이 싫어서 그랬던 건 아닙니다. 사실 돈은 필요했으니까요. 하지만 그 사람들은 어떤 부분들을 싹 고쳐서 저를 영웅으로 포장하고 싶어 했어요. 그런데 저는 영웅이 아니거든요."

우리는 작별 인사를 나누었다. 짐은 내 눈을 바라보며 미소를 지었다.

"오늘은 참 특별한 날이었어요. 전에는 한 번도 꺼내본 적 없는 얘기들을 털어놨네요."

"저도요."

***

그렇게 나는 스웨덴으로 돌아왔다.

스웨덴에서 총인구의 4분의 1에 해당하는 220만 명이 사형 제도와 본 로스의 사형 집행을 다룬 내 연재 기사를 읽었고, 1년 후 나는 그 글을 다시 엮어 『생애 마지막 일주일 Seven Days to Live』이라는 책으로 펴냈다.

며칠, 몇 달, 몇 년이 흐르는 동안에도 나는 계속해서 죽음과 고통에 관한 글을 썼다. 기회가 있을 때마다 인도에서 벌어지는 집단 강간 사건이나 캐나다의 한 고속도로에서 살해된 소녀들의 이야기를 파고들었다. 어두운 현실은 어느새 내게 친구 같은 존재가 되어버렸다. 내가 가장 마음 편히, 그리고 가장 잘 다룰 수 있는 주제들이 바로 그런 것들이었다. 왠지 모르게 힘없는 약자들은 항상 내게 금방 마음을 열어주었다.

그러던 어느 날 나는 텍사스를 다시 찾게 됐다. 헌츠빌에서 불과 2시간 떨어진 곳에서 이번에는 데이비드 스미더를 인터뷰했다. 그가 아홉 살이었을 때, 열두 살이었던 누나 로라가 조깅을 나갔다가 실종됐다. 우리가 만났을 무렵에는 이미 20년이나 흐른 뒤였지만, 로라를 죽인 범인은 그때까지도 붙잡히지 않고 있었다.

데이비드는 누나를 잃은 충격에 시달렸고 설상가상으로 누나가 세상을 떠난 날부터 자신은 기실 고아가 된 거나 다름없다고 말했다. 부모님은 슬픔에 빠져 더 이상 아들을 돌볼 수 없었다. 그로 인해 데이비드는 더 이상 말하지도, 어떤 감정을 느끼지도, 누군가를 믿지도 않게 됐다.

글이 완성되자 나는 그에게 내용을 번역해서 들려주었다. 텍사스시티의 한 호텔 방에서 나는 그의 곁에 앉아 어린 데이비드가 얼마나 슬프고 외롭고 보호가 필요했는지에 대해 적은 글을 읽어 내려갔다. 끝까지 듣고 난 뒤 그는 내 눈을 바라보며 처음으로 누군가가 자기 안의 소년을 위로해준 느낌이 든다고 했다.

그의 말에 내 마음 한구석이 무너져 내리는 기분이었다. 그 순간 나는 왜 내가 자꾸 어두운 현실에 끌리는지 정확히 깨달았다. 자신의 어린 시절에 관해 쓴 글을 듣고 눈물을 쏟는 한 청년 옆에서 나는 내 삶을 떠올렸다. 누구도 내 안의 어린 소녀에 대해서 글을 써주지 않았다. 그 소녀도 말하지 않고, 느끼지 않고, 아무도 믿지 않는 법을 배웠다. 그리고 단 한 번도 위로받지 못했다.

그 덕분에 나는 내가 왜 항상 피해자를 찾아다니는지 알게 됐다. 신뢰를 얻기 위해 억지로 노력할 필요가 없기 때문이었다. 우리 사이에 흐르는 어떤 연대감 덕분에 신뢰는 자연스럽게 쌓였다. 여느 때와 마찬가지로 짐 브라질 목사가 또 한 번 내 머릿속에 떠올랐다.

짐은 살면서 거친 풍파를 겪었지만 천성적으로 침착했고, 용서를 받을 자격이 없다고 믿었던 많은 사람에게 용서를 베풀었다. 또한 현재는 현재고 과거는 과거라는 사실을 받아들였다. 나도 그런 기분을 조금이나마 느껴보고 싶었다. 현재의 나는 그의 침착함과 용서하고 받아들일 줄 아는 마음 중 어느 하나 가진 게 없었다.

얼마간 시간이 흘렀지만 나는 더 이상 참을 수 없었다. 꼭 해봐야만 했다. 그렇게 나는 짐의 번호로 전화를 걸었다. 짐은 내게 전화를 기다리고 있었다고 말했다.

"떼돈을 드릴 수는 없지만 영웅으로 만들지는 않겠다고 약속할게요. 그러면 살아온 이야기를 저에게 들려주시겠어요?"

"좋아요. 마음에 쏙 드네요." 그가 대답했다.

그래서 나는 비행기를 타고 다시 텍사스로 향했다.

늘 이야기를 듣던 이의 마지막 고백

155번. 짐 브라질이 사형 집행을 앞둔 누군가와 나란히 앉아 있었던 횟수다. 인생의 마지막 순간, 마음속에서 솟구쳐 나오는 것들을 다른 사람과 나누고 싶은 사람들 곁에서 이야기를 들어주었다.

사형수 곁에 있는 사람으로 155번.

그 자신으로 155번.

하지만 이제 죽음을 선고받은 그는 마지막 고백을 앞두고 있었다.

이번에는 내가 그의 역할을 맡아 그의 이야기를 들어줄 것이다.

그는 살짝 긴장하고 있었고 나 역시 마찬가지였다.

우리는 2주간 대화하기로 정했다. 그래서 나는 그의 집에서 30분 거리에 있는 2성급 호텔에 방을 잡았다. 빨간 카펫과 광택 나는 침대보를 볼 때면 마치 영화 속에 들어와 있는 기분이었다. 나는 마이크와 녹음기를 장만한 뒤 그의 노란 셔츠 위 적당한 자리에 마이크를 꽂았다. 짐은 자신의 사무실 소파에 반쯤은 널브러진 상태로 팔다리를 쭉 뻗은 채 암 치료로 인한 통증을 누그러뜨리고 있었다. 짐은 웃으며 상담가의 소파가 떠오른다고 말했다. 실제로 그가 그 소파에 누워본 적은 없었다. 늘 짐이 상담가 역할을 했기 때문이었다.

나는 처음으로 녹음을 시작했다.

그가 물었다.

"어디서부터 시작할까요?"

내가 있어야 할 곳

교도소장은 짐의 눈을 똑바로 쳐다보았다.

"우리에게 필요한 건 그가 죽는 겁니다. 우리에게 필요한 건 그가 죽을 때까지 차분하게 있는 거예요. 그 방법은 알아서 하시면 됩니다."

짐은 새 상사의 눈을 마주 보며 말했다. "네."

"지금이 정말 중요한 시간이에요." 교도소장은 말을 이었다. "저희는 목사님만 믿습니다. 사형수들이 정신적으로 죽음을 준비할 수 있게 해주세요. 목사님께 얘기하게 해주세요. 믿을 수 있게요. 어떻게든 차분히 있게만 해주시면 됩니다. 그게 여기서 하실 일이에요. 사형수와 우리 모두 만족할 만한 방법으로 진행해 주시면 됩니다."

그로부터 나흘 전 짐은 옛 상사로부터 1995년 9월 11일 월요일 오전 8시까지 헌츠빌로 와달라는 전화를 받았다. 이유는 말하지 않았고 그저 만나서 상의하자는 이야기와 함께 양복 두 벌이 필요할 거라고만 했다.

텍사스주에는 많은 교도소가 있지만, 그중 사형을 집행하는 교도소는 헌츠빌이라고도 알려진 월스 교도소다. 지난 200년 동안 텍사스는 교수형에서부터 전기의자형을 거쳐 사형 집행 전면 금지와 독살형에 이르기까지 다양한 사형 집행 방식을 채택해 왔다. 먼저 1819년부터 1923년 사이에는 여러 자치주에서 주정부의 실질적인 개입 없이 자체적으로 총 390여 명의 사형수를 교수형에 처했다. 그러나 1923년부터 사형은 모두 헌츠빌에서 전기의자를 사용해 집행하기로 결정되었다. 올드 스파키라 불리던 전기의자를 만들었던 인부들은 모두 수감자들이었다. 그 후 이 전기의자 위에서 총 361명이 세상을 떠났다. 이 전기의자에 앉은 마지막 사람은 1964년 7월 30일 사형이 집행된 조셉 존슨 주니어라는 서른 살의 남성이었다.

그 후 12년간 열띤 논쟁이 이어졌다. 대법원은 사형제도가 사형수에게 불필요한 고통을 주지는 않는지, 형이 자의적으로 선고되지는 않는지를 검토했다. 그 결과 1972년부터 1976년 사이에 미국에서는 사형 집행이 금지되었고,

텍사스에서만 사형수 52명이 종신형으로 감형되었다.

하지만 국민들은 이에 분노했다. 반대 여론이 거세지자 1976년 연방대법원은 사형제도를 부활시키는 대신 사형 판결의 범위와 집행 방식에 관한 규정을 강화했다. 또한 주 정부는 사형수의 고통을 최소화하기 위해 전기의자형을 독극물을 주사로 주입하는 독살형으로 대체하기 시작했다.

그날 교도소에 도착했던 짐은 이 모든 내용을 막연하게 나마 알고 있었다.

"저는 월요일 아침에 갈색 줄무늬 정장 차림에 노란색과 갈색이 섞인 넥타이를 매고 사무실에 출근했어요. 상사는 저에게 월스 교도소의 형목이 갑자기 사임하는 바람에 그 자리를 대신할 사람이 없다고 말했죠."

그 당시 짐이 근무하기로 되어 있던 교정 시설이 아직 운영되기 전이라 상사는 대체 인력을 구할 때까지만 자리를 메꿔달라고 했다.

"상사가 그러더군요. '그런데 당장 오늘 저녁에 사형 집행이 예정되어 있어요. 그것부터 맡아주세요. 감당할 수 있겠어요?'"(미국의 일부 주에서는 사형수의 종교적 권리 보호 및 심리적 안정 제공을 위해 사형 집행 시 형목이 입회함—옮긴이)

물론 짐은 해보겠다고 대답한 뒤 미국 내에서 사형을 가장 많이 집행하는 월스 교도소로 출발했고, 도착하자마자 교도소장을 만났다.

"호지스 교도소장이 '따라오세요. 사형장을 보여드릴게요'라고 했어요. 저는 한 번도 사형이 집행되는 곳에 가본 적이 없었어요. 소장은 걸어가면서 집행 과정을 설명해 줬죠."

짐은 월스 교도소가 어쩐지 을씨년스러웠다.

"1848년에 지어졌는데, 제가 텍사스에 있는 교도소는 전부 다 가봤지만 월스 교도소는 달라요. 거긴 다릅니다. 냄새도 다르고요. 느낌도 달라요."

그는 마치 그 향기를 떠올리는 듯 코로 날카롭게 숨을 들이마셨다.

"오래된 냄새가 나요. 아직도 그 분위기와 그곳의 역사가 느껴져요. 그곳을 거쳐 간 모든 사람과 그들의 이야기가요. 그곳에서 사라져 간 모든 비극과 슬픔 그리고 고통까지. 하지만 그와 동시에 텍사스가 발전해 온 모습도 그 건물 안에서 전부 볼 수 있습니다."

교도소장은 앞으로 짐이 주로 사용하게 될 시설들을 구석구석 안내해 주었다.

한번은 어떤 문을 열었더니 뒤편에 깔끔하게 정리된 잔디와 하얀 치자나무, 분홍 백합들, 무성한 무화과나무가 심긴 작은 정원이 보였다. 교도소와는 전혀 다른 세상처럼 느껴졌다.

"거기 서 있으니, 제가 살인자와 강간범들에게 둘러싸여 있다는 사실이 믿기지 않았어요. 모든 게 너무 아름다웠죠."

1848년 교도소 건립 당시 지어진 동관은 정원의 한쪽 끝에 있었다. 150년이 넘었지만 여전히 본래의 기능대로 수감자들이 생의 마지막 시간을 편안히 보낼 수 있는 공간으로 사용되고 있었다.

동관이 처음 지어졌을 때는 외벽이 없었다. 오직 감방들과 평평한 지붕뿐이었다.

"앞뒤로 각각 10미터 높이의 거대한 벽이 서 있어서 짓눌리는 듯한 기분이었어요. 걸어가면서 거대한 철망 울타리가 보여서 점점 더 감옥으로 깊숙이 끌려가는 것 같았죠. 내게 통제력이 박탈되어 무슨 일이 일어나는지 전혀 알 수 없는 듯한 느낌이 들었습니다. 우리는 입구를 통과해 멀리 한쪽 구석에 있는 세 개의 문을 향해 갔습니다."

교도소장이 그중 한 문을 열자, 사형실이 나타났다. "그때 당시만 해도 제가 154명의 사람과 함께 저 문을 넘게 될 거라는 사실을 몰랐었죠. 사형실에서는 딱히 뭐라고 설명할 수 없는 어떤 냄새가 났어요. 오래된 페인트 냄새 같으면서 죽음의 냄새 같기도 했어요. 달리 설명할 말이 없네요. 그냥 죽음의 냄새였어요. 거기에는 문이 하나 더 있었는데 그 안으로 들어가면 올드 스파키의 발전기를 보관하는 방이 나왔어요. 지금은 헌츠빌 교도소 박물관에 보관되어 있는 올드 스파키 말이에요."

호지스 소장은 집행 과정을 더 자세히 설명하기 시작했다. "먼저 사형수를 데리고 들어와서 옷을 벗기고 몸을 수색합니다. 그다음 지문을 채취하고 감방에 넣을 거예요. 그러고 나서 목사님께 인계할 겁니다."

그때는 아침 9시가 되기 직전이었다. 그리고 사형수는 10시 반에서 11시 사이에 도착할 예정이었다.

"사형수가 도착하면 어떻게 해야 할지 도무지 모르겠다고 생각했던 기억이 납니다. 그러고 나서 우리는 사형실로 들어갔죠. 저는 사형대 주위를 걸어 다니다 그 위에 손을 얹어봤어요. 사형수가 사형대에 묶인 채 참관실에 있는 사람들을 올려다보고 있는 모습을 보면 기분이 어떨지 상상해 봤습니다. 당시에는 참관실처럼 딸린 방이 하나밖에 없었어요. 사형수의 가족을 위한 방이었죠. 피해자의 가족은 사형 집행을 참관할 수 없던 시절이었거든요. 그건 나중에나 가능해졌죠."

그때 교도소장이 짐의 눈을 똑바로 바라보며 평생 기억하게 될 지침을 알려주었다. 형목의 임무는 텍사스 주정부가 최대한 차분하게 사형을 집행할 수 있도록 사형수들이

생을 마감할 준비를 하게 도와주는 것이라는 사실이었다.

10시가 가까워질 무렵, 그들은 교도소장실로 돌아왔다. 전화벨이 울렸다.

사형 집행이 연기되었다는 소식이었다.

"아이고, 감사합니다. 마음이 탁 놓였어요. 저와 사형수 중에 누가 더 행복할지 모를 정도였죠."

교도소장은 교도소에 목사가 절실히 필요한 상황이니 단 며칠 만이라도 더 있어달라고 부탁했다.

"소장은 예배당과 형목실을 둘러보며 어떤 곳인지 분위기를 느껴보라고 했어요. 그러면서 이미 많은 수감자가 저와 대화하기 위해 기다리고 있다고 했어요."

교도소장은 "수감자들을 돌봐주시면 됩니다"라며 새 형목에게 임무를 맡겼다.

"전 정말 겁이 났지만, 한편으로는 설레기도 했어요. 이렇게 유서 깊은 장소에서 일한다는 것은 상상도 못 했었거든요. 그런 일은 특별한 사람들이나 할 수 있다고 늘 생각했었어요. 전에 목회자들 모임에 참석했다가 그 자리에서 제 전임자인 캐럴 피킷을 만난 적이 있었지요. 저는 그분을 보면서 '저런 일을 할 만큼 재능이 뛰어난가 보다'라고 생각했어요. 정말 우러러봤었죠. 형목이라는 자리도 우러러봤고요."

짐은 교도소장실을 나와 주변을 둘러보았다.

바깥으로 나오자마자 소위 투우장bullring이라 불리던, 놋쇠 철창으로 만들어진 공간이 있었다. 나이가 들어 다른 일을 할 수 없는 죄수들이 철창을 닦고 반짝반짝 광을 냈다.

투우장 양옆으로는 작은 방이 두 개 있었다. 하나는 수감자와 변호사가 만나는 접견실이었고, 다른 하나는 석방을 앞두고 여러 가지 절차를 밟는 장소로 사용되었다.

잠긴 문이 하나 있었는데, 그 문을 지나면 안내 데스크라 불리는 책상이 나왔다. 하지만 사전 허가가 없으면 누구도 교도소 안에 그 정도로 깊숙이 들어갈 수 없었다. 거기서부터 약 500명의 수감자가 수용된 서관까지 복도로 연결되어 있었다. 거기서 오른쪽으로 돌자 안쪽 마당이 나왔다.

"마당 바로 왼쪽에 예쁜 첨탑이 솟아 있는 멋진 붉은 벽돌 건물이 있어요. 계단을 올라가면 바로 예배당이 나오죠."

짐은 그날 처음 예배당에 들어갔다가 리사 필즈를 만났다. 리사는 그 후 6년 동안 짐의 보조원으로 일했다.

"저보다 열다섯 살 정도 어린 흑인 여성이었어요. 무척 친절하고 상냥한 데다가 옷도 잘 입었죠. 앉아서 이야기했는데 리사는 자신이 서류 작업들을 처리한다고 했어요. 잠깐 잡담을 나누다가 저는 혼자서 형목실로 향했어요."

사무실 벽에는 폴리우레탄 코팅제를 바른 오래된 소나

무로 되어 있었다. 오랜 세월이 흐른 뒤라 나무판자들은 짙은 노란 빛으로 변해 있었고 그 아래에는 빨강 카펫이 깔려 있었다.

"오래된 소나무 향이 정말 독특했어요. 한 번도 맡아본 적이 없는 향이었죠. 마치 집에 온 것 같았어요. 여기는 안전하겠구나 싶으면서 편안한 기분이 들더군요. 이유는 설명할 수는 없지만 어쨌든 그랬어요."

짐은 책상으로 다가가 서랍을 열어보았다. 서류들로 가득 차 있을 거라고 예상했지만 안에는 아무것도 없었다. 펜이나 종이, 클립이나 구멍 뚫는 펀치기도 없었다. 모든 서랍이 휑하니 텅 비어 있었다. 전임 형목이 그만두면서 TV, DVD 재생기, 비디오 재생기, 심지어는 확성기까지 몽땅 가지고 가버렸기 때문이었다.

"사실 적절한 행동은 아니었지만, 전임자가 퍽 오랫동안 근무했었기 때문에 누구도 뭐라고 하지 않았던 거죠."

새 형목이 부임했다는 소문이 삽시간에 퍼지는 바람에 오후 내내 짐은 정신없이 바빴다.

"사람들이 끊임없이 찾아왔어요. 그런 곳에 새로운 사람이 들어오면 수감자들은 항상 뭐라도 더 얻어낼 건 없는지 찾아봅니다. 통화 시간을 추가로 얻는다거나 뭐 그런 비슷한 것들이요. 왜냐하면 형목이 통화 일정 짜는 일을 담당했거든요."

이때는 공중전화가 설치되기 전이었다. 수감자들은 착실하게 생활하기만 하면 90일마다 5분씩 전화를 걸 수 있었다. 당시 이 시설에는 1500명이 수감되어 있었고 모두가 전화를 사용할 수 있었다.

"그러다 보니 하루에 10통에서 많게는 15통의 전화를 감독해야 했고, 수감자들이 하는 모든 말에 귀를 기울여야 했어요. 대부분은 절망하거나 그리워하는 내용이었어요. 오랫동안 감옥에 갇혀 있으면서 나가기만을 바라는 거죠."

짐이 웃으며 말했다.

"아내가 다섯 명이나 되는 남자가 있었어요. 다섯 아내가 전부 한 농장에 모여 살았죠. 아이들까지요. 그래서 저는 그 남자가 모든 아내에게 한두 마디씩이라도 할 수 있도록 시간을 조금씩 더 주곤 했어요."

수감자의 통화 내용을 엿듣는 것 외에 합창단 연습도 주요한 업무 중 하나였다. 짐은 교도소 내에 있는 스페인어 합창단과 개신교 합창단을 연습시켰으며 성경 공부 모임도 이끌었다.

"예배당에서는 끊임없이 뭔가 활동이 진행됐어요. 허가 없이는 누구도 예배당에 들어오지 못하니 누가 언제 들어왔는지도 빠삭하게 꿰고 있어야 했죠. 그러다 보니 동시에 여러 가지 일을 처리해야 했어요. 다행히 금방 익숙해졌고 요령도 터득했지요."

짐은 제일 먼저 설교단을 없앴다. 전임 목사가 남겨놓은 몇 안 되는 물건 중 하나였다. 침례교회에서 목사로 일하면서 한곳에 서 있기보다는 주로 움직이며 설교하는 습관이 몸에 뱄기 때문에 교도소에서도 그렇게 하고 싶었다.

하지만 짐의 첫 설교를 들은 수감자들의 반응은 미지근했다. 모두 22년간 근무한 전임 형목에게 익숙해져 있었기 때문이었다.

"그 부분에 적응하기가 힘들었어요. 저는 전임자와 전혀 달랐거든요. 온 지 얼마 안 됐으니 엄격히 규칙대로 했죠. 하지만 교도소에 있는 사람들은 규칙을 따르는 사람을 좋아하지 않더라고요."

짐이 헌츠빌 교도소에서 근무를 시작한 지 8일이 지났을 무렵, 또 다른 사형 집행 일정이 잡혔다. 포트워스 출신의 칼 존슨 주니어라는 남성이었다.

"사형수를 데려올 때, 터널을 지나 마당이라고 불리는 곳으로 나오게 돼요. 밖에 서서 그들을 기다렸던 기억이 납니다. 아직 아침이었고 포근했어요. 사형수를 태운 차가 다가오는 걸 보면서 머리가 핑 돌기 시작했어요. 뭐랄까, 오늘은 그 사람이 이 땅에서 보내는 마지막 날이고, 그의 삶은 곧 끝나고, 내 삶은 영원히 바뀐다고 생각하니까⋯ '내가 무슨 말을 해주려고 했더라? 이제 곧 사형당할 사람에게 뭐라고 하지?'라는 생각이 들었죠."

사실 짐은 죽음이 낯설지 않았다. 이미 지난 수년 동안 죽어가는 사람들을 많이 만나왔기 때문이었다. 하지만 지금은 상황이 전혀 달랐다. 허리에 연결된 쇠사슬로 손발이 묶여 옴짝달싹 못 하는 상태로 차에서 내리는 한 남성을 보니 기분이 이상했다.

"모든 게 너무 경직돼 있었어요. 그는 꼿꼿이 서서 하늘을 올려다본 다음 천천히 발을 끌며 사형장으로 들어갔죠."

딸깍하고 열쇠로 자물쇠를 잠그는 소리가 나면서 그의 등 뒤에서 문이 차례로 닫혔다. 그는 점점 건물 안으로 깊숙이 사라져 갔다.

"문이 전부 다 잠기는 소리를 듣고 있으면 기분이 묘해요."

입소한 후에는 제일 먼저 옷을 모두 벗은 상태로 몸수색을 받게 된다. 칼 존슨 주니어 역시 교도관들이 지켜보는 가운데 무기나 기타 금지 품목을 감추고 있는지 스스로 몸을 수색해 보여주었다. 수색이 끝나자 그는 누군가 던져준 속옷 한 벌을 입었다. 교도관들은 그의 지문을 채취하고 일회용 종이 수건과 비누를 준 다음, 감방으로 데려갔다.

"그때까지 저는 그에게 단 한마디도 안 했어요. 그냥 가

만히 서서 지켜보기만 했죠. 하지만 그를 감방에 넣자마자 저만 남기고 교도관 세 명이 모두 나가버렸어요. 제가 철창 바로 반대편에 서 있었는데, 아마 그는 그때까지 제가 거기 있는지도 몰랐던 것 같아요. 그는 세면대로 다가가서 손을 씻었어요. 물기를 닦고 나서 침대 위에 준비되어 있던 옷을 입었죠."

짐은 이 마흔 살의 사형수에게 커피 한잔하겠냐고 물었고, 칼 존슨 주니어는 마시겠다고 했다.

"저는 그에게 창살 사이로 커피를 건네줬어요. 교도소장이 곧 돌아올 줄 알고 있었지만 말을 걸었죠. '내 이름은 짐 브라질이에요. 여기 형목입니다.' 제가 손을 내밀었지만, 그는 저를 미친 사람처럼 쳐다보며 악수를 거부했어요. 지는 그저 친해지고 싶어서 그런다는 의미를 담아 조금 더 멀리 손을 뻗었어요. 그제야 그가 제 손을 잡더군요. 기분 좋게 악수를 하고 그 후엔 대화도 몇 마디 했어요. 사형수들은 주로 수용됐던 엘리스 교도소에서 여기까지 오는 길이 어땠는지 얘기했어요."

칼은 잘 도착했지만 오는 길이 천만리 같았다고 했다. 짐은 대우가 괜찮았는지 물었고, 그는 그렇다고 대답했다.

그즈음 교도소장이 부소장과 교도소 간부, 언론 대변인 등, 이런 자리에 항상 함께하는 수행단을 대동하고 나타났다.

"소장은 많은 사람들을 몰고 왔어요. 제가 할 일은 수감자에게 교도소장을 소개한 다음 한 발짝 물러나는 거였죠. 그 순간을 절대 잊지 못할 겁니다."

교도소장은 사형수를 돌아보며 이렇게 말했다. "여기는 월스 교도소입니다. 여태까지 있다가 온 엘리스 교도소와는 다릅니다. 그쪽에는 그쪽 나름의 일하는 방식이 있고 우리에게는 우리만의 방식이 있습니다. 우리는 당신의 행동에 따라 당신을 대할 겁니다. 당신이 막무가내로 굴면 우리도 막무가내로 대하고, 친절하고 예의 바르게 행동하면 우리도 친절하게 당신을 존중할 겁니다. 그런 식으로 돌아가는 겁니다. 여기서 어떤 대접을 받을지는 본인한테 달려 있습니다."

칼 존슨 주니어는 이해했다는 듯 고개를 끄덕였다. 그러자 교도소장은 항소 진행 상황을 계속 알려주겠다고 말하며 최종 법원 판결이 내려질 때까지는 아무 일도 없을 것이라고 안심시켰다.

"소장은 실수로 그를 너무 빨리 죽이거나 하는 일은 없을 거라고 못 박았어요."

소장은 수감자에게 개인적인 일들을 잘 처리했는지, 시신과 소지품을 처리할 준비를 했는지처럼 이번에도 늘 하던 질문을 던졌다. 칼 존슨 주니어가 모든 것이 정리되어 있다고 대답하자 교도소장은 이어서 물었다. "나한테 물어보고 싶은 거라도 있습니까?"

"혹시 담배 있습니까?" 칼 존슨 주니어가 물었다.

짐은 껄껄 웃었다.

"그 말은 정말 셀 수 없이 들었어요. 사형 선고를 받은 사람들이 늘 제일 먼저 하는 질문이었는데, 교도소장은 절대 있다, 없다를 말해주는 법이 없었죠. 항상 '한번 알아보겠습니다'라고 했어요."

소장은 절대 수감자들에게 직접 담배를 건네지 않았지만 짐이 주는 것은 허락했다.

"제가 수감자들에게 한 갑씩 사다 주고는 했는데, 정작 그 돈은 교도소장 주머니에서 나오는 거였어요. 제가 그동안 다섯 명의 소장 밑에서 일했는데, 모두 한결같이 담배 살 돈을 주었죠. 모든 규칙을 엄격하게 지켰지만, 소장들은 수감자들의 상태가 더 나빠지지 않기를 바랐어요. 사실 수감자들이 안정될수록 다루기가 더 쉬웠으니까요. 그래서 늘 담배를 구해준 거죠."

교도소장이 자리를 뜬 뒤, 짐은 칼 존슨 주니어에게 담배를 건네고 불을 붙이는 것을 도와주었다. 그러자 그는 커피를 들고 침대에 앉았다.

짐은 의자를 가져와 철창 맞은편에 앉았다. 그리고 이

제 시작해 보자고 말한 다음 곧바로 이렇게 털어놨다. "너무 떨리네요. 사형 집행을 보는 건 이번이 처음이에요."

"저도요." 그가 대답했다.

둘은 미소를 지었다.

"저는 전에도 사람들이 죽는 모습을 본 적이 있고 앞으로 어떤 일이 일어날 줄도 알고 있지만 이렇게 사형 집행을 기다리는 사람과 대화해 본 적은 없다고 말했어요. 그리고 그가 하는 말은 모두 우리 사이의 비밀로 남을 거라고도 했죠. 그리고 나서 '지금처럼 불안할 때 저는 예수님을 믿고 의지합니다. 그분은 나의 평화이자 희망이에요. 그분만 있으면 됩니다'라고 덧붙였어요."

그러자 칼 존슨 주니어는 자신도 예수님으로부터 힘을 얻는다고 대답했다.

짐은 깜짝 놀라 그를 쳐다보며 외쳤다. "예수님으로부터요?"

"물론이죠."

당황한 짐은 눈앞에 놓인 서류를 들여다보고 나서 다시 사형수에게 시선을 돌렸다.

"이해가 안 가네요. 서류에는 당신이 무슬림이라고 쓰여 있는데요."

칼 존슨 주니어는 미소를 지으며 말했다. "저는 무슬림이 아닙니다."

바로 그때 짐은 소위 '프리즌 게임prison game'이라 불리는
교도소 생존 전략을 처음으로 배웠다.

"무슬림은 기념일들이 훨씬 더 많고 추가로 특별한 음
식을 먹는 특권도 누릴 수 있습니다. 보통 무슬림이 기독
교인보다 더 나은 대우를 받는다고 믿기 때문에 많은 수감
자들, 특히 아프리카계 미국인이 무슬림이 되고 있죠. 사실
이슬람교는 교도소 내에서 가장 빠르게 성장하는 종교예
요. 그래도 우리가 같은 신앙을 가지고 있는 건지 재차 확
인했더니 그는 자신이 예수님을 믿으며 자랐다고 했어요."

오후가 되도록 두 사람은 계속해서 대화를 나눴다. 대
부분은 잡담이었다. 오후 세 시가 되자 변호사가 의뢰인과
이야기를 나누기 위해 도착했고, 짐은 감방을 나와 길을 건
너 칼 존슨 주니어의 가족들이 기다리고 있는 호스피탈리
티 하우스Hospitality House로 향했다.

"제 기억에 처음에는 다들 정말 조용했어요."

호스피탈리티 하우스는 사형수의 가족과 친구들이 사
형 집행 전에 머무는 장소로 지역 침례교 공동체가 세웠다.

"이곳을 지은 분은 친절하고 정이 많았어요. 저는 그분
을 아주 좋아했죠. 그분은 사실 사형제도를 강력히 반대하
는 입장이었지만 사형제도가 존재한다는 사실을 어쩔 수

없이 받아들이고 있었어요. 그러다가 사형수 가족들이 모일 수 있는 장소가 있었으면 좋겠다고 생각했고, 덕분에 우리가 거기서 사형수의 가족들을 만날 수 있게 된 거예요."

짐은 칼 존슨 주니어의 가족들에게 앞으로 몇 시간 동안 일어날 일들을 차근차근 설명했다.

"가족들과 함께 기도했어요. 저는 수감자의 가족들을 만나서 해방감을 느꼈어요. 신의 사랑을 전하고 마음에서 우러나오는 이야기를 할 수 있었죠."

짐이 사형장으로 다시 돌아왔을 때 마침 칼 존슨 주니어는 마지막 식사로 치즈버거와 감자튀김을 먹을 참이었다. 짐도 같은 음식을 받았다.

"당시 사형수들은 교도소에서 제공하는 모든 음식 중에서 원하는 것을 마음대로 주문할 수 있었어요. 새우나 스테이크, 맥주를 구해다 줄 사람은 아무도 없으니까 주방에 있는 것 중에서 골라야 했어요. 어쨌든 대부분은 그냥 치즈버거를 원했어요. 그리고 아이스크림도요."

이후 짐이 교도소에서 일하면서 어느 정도 신뢰가 쌓인 다음부터는 수감자들이 요청하는 특별한 음식을 외부에서 가져다줄 수 있었다. 하지만 첫날에는 그렇지 못했다. 그날은 모든 것이 규정에 따라 진행됐다.

그들은 말없이 밥을 먹고 나서 다시 이야기를 나누기

시작했다. 6시쯤 되자 교도소장이 돌아와 칼 존슨 주니어에게 항소가 기각됐고 자정에 사형이 집행될 예정이라고 알려주었다.

"그는 놀라지 않았어요. 내내 차분했고 진지했죠. 우리와도 잘 있었고요. '항소가 기각됐다'라는 말을 들었을 때, 저는 형목으로서 오히려 안도하는 마음이 들었어요. 왜냐하면 이제 뭘 해야 할지 알게 됐으니까요."

짐은 교도소장이 와서 소식을 전하기 전까지는 계속 실낱같은 희망을 품고 있었다. 그 순간까지 칼 존슨 주니어가 죽을 거라고 절대적으로 확신하고 싶지 않았다. 대신 마음 한구석에 그가 죽을 수도 있다는 '가능성'을 남겨두고 있었다. 하지만 소장의 말이 떨어지는 순간, 사형수가 그날 저녁 세상을 떠날 거라는 사실을 모두가 분명히 알게 됐다. 즉, 형목으로서 해야 하는 또 다른 임무가 시작됐다는 뜻이었다.

짐 목사는 수감자들에게 이 소식을 때로는 여러 번 반복해서 전해줘야 했다고 설명했다. 많은 이들이 그 사실을 차마 받아들이지 못했기 때문이었다.

"어쨌든 그날 저녁 우리는 죽음에 관해 얘기하기 시작했어요. 그는 자신의 범죄에 대해 털어놨죠. 편의점에서 강도 짓을 벌이다 75세의 경비원을 살해한 혐의로 유죄 판결을 받은 거였어요. 본인도 유죄를 인정했고요."

몇 시간이 흘렀다. 교도관은 이따금 와서 별일이 없는지 확인했다. 소장도 여러 번 방문했지만 대부분은 짐과 칼 단둘이서만 있었다.

집행 예정 시간이 가까워질수록 분위기는 점점 어색해져 갔다. 삶이 몇 시간밖에 남지 않은 남자는 담배를 피우고 방 안을 서성거리며 이리저리 오갔다.

"그에게 성경을 읽어주고 라디오도 같이 들었어요. 그가 계속 라디오를 켜놓고 있었거든요. 수다도 떨었죠. 저는 칼이 어떤 심정일지 저도 안다는 걸 알려주려고 애썼어요. 성공했는지는 모르겠지만 그래도 그에게 말해주고 싶었어요."

자정이 되기 약 20분 전쯤부터 사형장 여기저기가 바쁘게 돌아가기 시작했다.

"감방 뒤편에서 사람들이 걸어 다니는 소리가 들렸어요. 사형실 안에 있는 약물실로 들어가는 소리였죠. 약물실은 사형을 집행하는 데 필요한 화학물질을 준비하는 곳이었어요. 칼이 있는 감방에서 그 소리가 전부 들렸어요."

사형수들은 늘 그 순간부터 긴장감에 휩싸였다. 그 이후로 짐은 앞으로 들릴 소리에 대비해 사형수들이 미리 마음의 준비를 하도록 해주었지만, 처음에는 그도 무슨 일이 일어날지 전혀 알 수 없었다.

사형 집행을 앞둔 사형수들이 모두 그렇듯 칼 존슨 주니어도 '바깥세상' 옷과 하얀 죄수복 가운데 하나를 골라 입을 수 있었다.

"교도소에서 쓰는 용어예요. 감옥 안이 있으면 '바깥세상'도 있는 거죠. 그걸 말하는 거예요."

칼 존슨 주니어는 등에 사형수 수감 구역Death Row의 약자인 DR이 찍혀 있는 하얀 죄수복을 선택했다. 눈부시게 새하얀 죄수복은 풀을 빳빳하게 먹여 다려진 채 침대 위에서 그를 기다리고 있었다.

"옷을 입으면서 그가 '이게 제 사형복이군요'라고 말했어요. 저는 그의 마음을 이해한다고 말했죠."

짐은 마음이 어수선했다. 시간은 쏜살같이 흘러가고 있었고, 칼 존슨 주니어는 신을 믿는다고 했지만 짐은 눈앞에 있는 이 남자가 정말 천국에 갈 수 있을지 확신할 수 없었다. 그런 기분이 든다면 자신이 일을 제대로 못 했다는 뜻이었다.

짐은 칼에게 기도하겠냐고 물었고, 그가 하겠다고 대답하자 마음이 놓였다.

"함께 기도하고 난 후 칼은 더욱 차분해졌어요. 그리고 우리는 당장 앞으로 일어날 일 말고 시시껄렁한 것들에 관해 얘기하며 수다를 떨었죠. 저는 그에게 교도소장이 언제든 들어와서 '시간이 됐습니다'라고 말할 거라고 했어요. 그 말이 신호라고요."

자정이 2분 지난 시각, 교도소장은 나타나 정확히 그렇게 말했다.

"시간이 됐습니다."

칼 존슨 주니어가 저항할 경우를 대비한 교도관들이 얼추 일고여덟 명 정도 나타났다. 하지만 그는 고분고분했다.

"우리는 함께 사형실로 걸어 들어갔고 칼은 곧바로 사형대 위에 올라갔습니다. 그가 순순히 올라가는 모습에 저는 크게 안도했어요. 그런 다음 그가 누웠고 집행관들이 칼을 결박했어요."

첫 번째 팀은 그렇게 약 8초 만에 할 일을 마치고 자리를 떠났다. 뒤이어 약물실의 문이 열리면서 의료팀이 들어왔다. 짐은 그들을 '바늘 소년단'이라고 불렀다.

"그 사람들이 주삿바늘을 꺼냈을 때 너무 떨렸어요. 제대로 주사를 놓을 수 있도록 저는 칼에게 쉬지 않고 말을 걸어서 주의를 분산시켰죠. 의료팀은 양쪽 팔에 정맥주사관을 삽입한 다음 붕대를 감아 팔걸이에 고정했어요. 그 후 우리는 다시 기도를 드렸습니다."

짐은 신께 칼 존슨 주니어를 보살펴 주시고 평화를 달

라고 기도했다.

"전 사형대 발치에 서 있었던 것 같아요. 교도소장은 그의 머리맡에 있었는데, 그때 교도관이 참관인들을 방으로 불러들였어요. 참관인들이 모두 제자리에 앉자 교도소장이 '하고 싶은 말이 있습니까'라고 물었어요."

법에 명시된 권리는 아니지만 사형수에게 마지막으로 한마디를 남길 수 있게 해주는 행위는 미국 헌법보다 더 오래된 전통이었다. 1692년 조지 버로스는 마녀재판을 받고 사형대에 올라 교수형에 처해지기 직전 주기도문을 완벽하게 암송해 세일럼에 모인 군중을 눈물바다로 만들었다.

칼 존슨 주니어는 하고 싶은 말이 있었다. "저는 결백하고 마음의 평화를 얻었음을 모두에게 알리고 싶습니다. 갑시다."

짐은 마지막 순간까지 결백을 주장하는 그 남자를 내려다보았다. 불과 몇 시간 전까지만 해도 자신에게 유죄를 고백했던 바로 그 남자였다.

"그는 사람들 앞에서는 시인하고 싶지 않아 했지만, 저에게는 인정했어요. 그런 일들이 꽤 자주 일어났죠."

깊은 생각에 잠긴 짐은 잠시 말이 없었다.

"사형수들이 결백을 주장하는 데는 몇 가지 이유가 있습니다. 어머니나 가족 때문이죠. 또 변호사로부터 누구에게도 자백하지 말라는 조언을 받고 오랫동안 그렇게 지내다 보니 막판에 진실을 털어놓기가 어렵습니다. 하지만 저는 죽기 전에 마지막으로 하는 말이 거짓말이라는 게 너무 안타까웠어요. 그런 일이 있을 때마다 항상 어마어마한 허무감을 느꼈습니다. 많은 사람이 간발의 차이로 평화롭게 죽음을 맞지 못했다는 생각에 화도 나고 속상해서 체념하기도 했어요. 만약에 칼이 그냥 솔직하게 죄를 인정했다면 그를 훨씬 더 높이 샀을 겁니다."

짐은 한 번도 이런 이야기를 다른 사람에게 해본 적이 없다고 했다. "어떻게 보면 제가 신뢰를 깨뜨리고 있는 거겠죠. 하지만 세월이 흐르면서 제가 만난 사형수들의 진실을 말하는 게 그들의 가족이나 피해자의 가족 모두에게 위로가 될 거라고 생각하게 됐어요. 가족들 모두 너무 오래 기다렸잖아요. 필요하다면 누구나 이 책을 읽고 마침내 진실을 알게 되기를 바랄 뿐이에요."

그렇게 짐의 첫 사형 집행이 마침내 시작되었다.

"벽에 붙어 있는 작은 상자를 올려다보니 이미 약물이 양쪽 정맥주사의 관을 타고 흘러내리고 있었어요. 불과 몇 초 만에 반응이 나타났어요. 진정제인 펜토탈소듐이 작용하기 시작하자 그가 힘겹게 숨을 내쉬었죠. 그걸 보면서 저도 깊게 숨을 들이마셨던 것 같아요. 칼은 적어도 네다섯 번 정도 숨을 헐떡였는데, 그때 2차로 호흡을 멈추는 판쿠로늄 브로마이드가 주입되는 게 보였어요. 그러자 그가 숨을 거두었죠. 한 사람의 임종을 지켜보는 그 순간은 언제나 제게 큰 깨달음을 남겼죠."

짐은 두 눈을 감고 잠시 말을 멈추었다.

"숨을 거뒀다는 건 모든 게 끝났다는 뜻이에요. 그가 죽었고, 다시는 누구도 그에게 말을 건넬 수 없다는 거죠. 그와 마지막으로 대화를 나눈 사람이 저였습니다. 그 순간이 경건하게 느껴졌어요. 신이 그 자리에 계셨으니까요. 그게 느껴졌어요."

칼 존슨 주니어의 호흡은 멎었지만 심장은 계속 뛰고 있었다.

"가슴과 쇄골 근처가 움직이고 있었어요. 저는 계속 쇄골 부근을 주시하고 있었거든요. 심장이 두근거리는 게 눈에 보였어요. 하지만 염화칼륨을 주사하자 서서히 잦아들었어요. 그제야 정말 끝난 거죠. 심장이 멈춘 바로 그 순간부터 4분을 더 기다렸어요."

의학적으로 보면 사형수의 사망에는 임상적 사망과 생물학적 사망의 두 가지 유형이 있다. 임상적 사망은 사람의 호흡이 멈춘 다음 심장 박동이 멈췄을 때를 말한다. 그렇게 4분 이상 산소가 공급되지 않으면 신체는 회복 불가능한

한 사람의 임종을 지켜보는 그 순간은
언제나 제게 큰 깨달음을 남겼죠.
숨을 거뒀다는 건 모든 게 끝났다는 뜻이에요.
그가 죽었고, 다시는 누구도 그에게 말을 건넬 수 없다는 거죠.
그와 마지막으로 대화를 나눈 사람이 저였습니다.

상태, 즉 생물학적으로 사망한 것으로 간주한다.

"4분을 기다렸는데 그 4분이 영영 끝나지 않을 듯이 길게 느껴졌어요. 숨소리조차 들리지 않았어요. 방 안에는 사형대에 누워 있는 남자를 제외하면 아무도 없는 것 같았어요. 교도소장은 두 손을 앞으로 모은 채 서 있었고 모두가 미동조차 하지 않았어요. 정적만 흘렀죠."

바로 그 순간 짐은 가슴이 철렁하는 두려움을 느꼈다.

"내가 한 일이 옳았나? 이 사람은 죽어서 세상을 떠났고 이제 신 앞에 서서 심판받게 될 텐데… 그가 사망한 뒤에 신께 그를 받아주시고 자비를 베풀어달라고 기도했던 걸로 기억합니다."

4분 후, 사형실에서 일어나는 모든 일을 관리하는 교도소장이 문을 열고 의사와 함께 들어왔다.

의사인 웰스 박사는 흔히 의사라고 하면 떠오르는 이미지와는 전혀 다른 모습이었다.

"웰스 박사는 풍성하고 덥수룩한 수염을 목까지 길게 기르고 있었어요. 농부지만 응급실 의사이기도 해서 마을 진료실도 운영하고 있었죠. 그는 자기 마음대로 행동하는 다소 반항적인 인물이었지만, 사형실에 들어올 때만큼은 항상 한결같은 방식으로 일을 처리했습니다. 청진기를 목에 걸고 재빨리 고개를 숙여서 예의를 표한 다음, 맥박을 확인했어요. 시신의 목 양쪽을 확인하고 나면 작은 손전등으로 눈을 비춰봤죠. 그다음 손전등을 내려놓고 청진기로 맥박을 들은 후 마지막으로 사망 시각을 선포하는 거죠. 교도소장이 그 시간을 따라서 외면 공식적인 사망 시각이 발표된 거였어요."

짐은 그날 정확히 몇 시였는지는 모르지만 새벽 2시 30분이 넘어서야 교도소를 떠났던 것을 기억하고 있었다.

"사형수의 가족은 시신을 인수해 가지 않았어요. 그래서 교도소장이 저를 돌아보며 '8시에 여기로 다시 와주세요. 장례를 치를 거예요'라고 했어요. 제 몸은 완전 녹초였는데 머릿속에는 오만가지 생각이 다 들었어요."

그 당시 짐의 가구들은 전부 게이츠빌에 새로 얻은 아파트에 들어가 있었다. 하지만 집이 교도소에서 세 시간이나 떨어져 있었기에 짐은 우선 은퇴한 지역 목사님의 차고를 빌려 생활했다.

"에밋 솔로몬이라는 분이었는데 독실한 신자셨어요. 저는 그분을 정말 좋아했어요. 마음 같아서는 집 안으로 들어가 그분을 깨워서 온갖 이야기를 다 나누고 싶었지만 그럴 수가 없었죠. 그저 차고에 들어가 기름 냄새를 들이마시며 대화할 사람도 없이 그냥 자리에 누웠던 기억이 나요. 마음은 심란하고 몸은 지쳐 있었어요. 정말 강렬한 경험이었죠.

제게는 사형 집행이 아니라 종교적 체험이었어요. 이 사람이 신 앞에 나아갔다는 걸 알았으니까요. 그를 받아주실지 아닐지는 제가 결정할 문제가 아니고요."

짐은 칼 존슨 주니어가 마지막 순간 거짓말을 하긴 했어도 그날 밤 천국에 갔을 거라고 믿었다.

"왜냐하면 신께서 우리에게 그렇게 약속하셨거든요. 신을 영접하면 천국에 갈 수 있다고요. '내가 너의 죄를 용서하고 너를 천국에 들여보내 주겠다'라고 말씀하셨습니다. 칼은 신께 마음을 열었고 죽는 순간에도 너무나 평화로워 보였어요. 그래서 저는 그렇게 믿기로 했습니다. 성경을 짐 브라질식으로 해석한 거죠."

* * *

짐은 그날 밤 도무지 잠을 잘 수 없었다.

"반쯤 깬 상태로 밤새 뒤척였습니다. 하지만 다음 날 아침 무사히 출근했어요. 시키는 대로 파란색 스포츠 재킷과 넥타이, 검은색 바지를 입고 검은색 구두와 검은색 벨트까지 챙겼죠. 정말 피곤했는데 방금 막 도착해 있었던 소장도 마찬가지로 피곤하고 언짢은 표정이었어요. 하지만 저에게 고개를 끄덕하고 인사하더니 '자, 그럼 가서 묻어줍시다'라고 했어요."

8시 30분이 조금 넘어 조 버드 공동묘지에 도착하니 때마침 장의사도 관을 싣고 와 있었다. 몇몇 수감자들이 무덤가에서 모든 준비를 마치고 관을 내리는 장치까지 이미 제자리에 설치해 놓은 상태였다.

"관이 장치 위에 놓이고 나서 저는 장례식을 시작할 준비를 했어요. 묘지에 가본 건 그때가 처음이었어요."

짐에게 조 버드 공동묘지는 유난히도 슬픈 곳이었다.

"아마 무덤들이 너무 많아서 그랬던 것 같아요. 그 당시에는 왜 조 버드의 이름을 따서 묘지의 이름을 지었는지 몰랐어요. 묘지에 대해서 아무것도 몰랐죠. 그냥 줄지어 늘어서 있는 비석과 십자가를 둘러봤어요. 몇몇 비석은 페인트가 벗겨져서 이름을 제대로 읽을 수 없었고, 어떤 비석들은 글씨가 아예 없었어요. 인생이 너무 하찮아서 무덤에 빈 십자가만 남는다고 한번 생각해 보세요."

짐과 교도소장은 관에 다가갔다. 그날 칼 존슨 주니어의 가족은 아무도 참석하지 않았다. 그 자리에는 오직 짐과 교도소장 둘뿐이었다.

교도소장이 인부들 두어 명과 이야기를 나누러 자리를 뜨자, 짐은 관 옆에 혼자 남겨졌다. 그때 관 뚜껑이 작은 고리로만 잠겨 있는 것을 발견한 그는 관을 열어봤다.

"안에 뭐가 들어 있는지 보고 싶었던 이유를 모르겠어요. …생각할 게 너무 많아서 그랬던 것 같아요. 시신은 온몸이 보라색과 빨간색으로 얼룩덜룩했어요. 얼굴도 심하게 얼룩덜룩했죠."

짐은 사람이 사형을 당하면 산소가 부족해져서 얼굴이 짙은 보라색으로 변한다는 사실을 그때 처음 알게 되었다. 그리고 어느 정도 시간이 지나면 연보라색에서 분홍색까지 다양한 색이 군데군데 나타날 수 있다는 사실도 배웠다.

"정말 다양한 색깔이 온몸을 덮고 있었어요. 저는 손을 뻗어 그의 손을 잡았어요. 죽은 지 여섯 시간밖에 안 돼서 그런지 아주 차갑지는 않았어요."

어떤 이유에서인지 짐은 죽은 지 얼마 지나지 않은 한 남자를 묻어주고 있다는 사실에 가슴이 뭉클해졌다.

"그는 사망한 지 여섯 시간 만에 땅에 묻혔어요. 저는 그와 마지막으로 대화를 나눈 사람이었죠. 마지막으로 그의 진짜 모습을 본 사람이기도 하고요. 저는 한참 동안 서서 시신을 내려다봤어요. 결국 교도소장이 제게 시작하라고 하더군요. 그래서 뚜껑을 닫고 장례식을 시작했어요."

무덤을 팠던 월스 교도소의 동료 수감자들도 한쪽에 서서 공손하게 형목의 말을 경청했다.

"저는 모든 장례식을 특별하게 치르려고 노력했습니다.

단 한 번도 똑같은 내용으로 연설을 해본 적이 없어요. 그 사람만의 이야기를 해주고 싶었으니까요. 저는 '너희는 마음에 근심하지 말라'라는 요한복음 14장 1절부터 6절까지의 말씀을 이야기했어요. 참석한 수감자들에게 신께서 죽음 이후의 희망을 약속하셨고 그 희망이 없다면 우리의 삶이 슬프고 절망적일 거라고 말했죠. 또한 우리가 장례를 치르고 있는 고인도 비록 마지막에 밝히지는 못했지만 제게 기독교인이라는 것을 털어놨다고 얘기했어요."

짐은 그 자리에 모인 사람들에게 신께서 칼 존슨 주니어를 천국에 받아들이셨다고 말했다.

"장례식은 산 사람을 위한 거지, 죽은 사람을 위한 게 아닙니다. 세상을 떠난 사람은 우리의 말을 들을 수 없으니까요. 그러니 장례식에서는 참석한 사람들을 위로하는 게 제일 중요해요. 옳은 말을 하면 그 생각이 뿌리를 내려서 언젠가 천국에 들어가고 싶다는 희망을 품게 됩니다. 저는 장례식에 갔다가 신을 영접한 사람들을 많이 봐왔어요."

장례식을 마친 짐은 마지막으로 '아멘'을 외친 후 수감자들이 남은 작업을 계속할 수 있도록 한 걸음 뒤로 물러섰다. 그들은 관을 무덤 안에 내려놓고 흙으로 덮기 시작했다. 교도소장은 차를 향해 걸어갔다. 하지만 짐은 그대로 서 있었다.

"저 나름대로 일종의 마침표를 찍으려고 했던 것 같아요. 저는 칼이 죽는 장면도 봤고, 관 속에 있는 모습도 봤고, 땅에 묻히는 것까지 봤어요. 그러니까 영원히 사라지는 모습을 봐야 모든 게 끝났다는 생각이 들 것 같았어요. 맨 마지막에는 그가 인생을 허비했다고 느끼면서 돌아섰던 기억이 납니다. 하나의 인생이 아니라 두 인생을 말이에요. 자신뿐만 아니라 피해자의 인생까지 둘의 인생이 허비됐으니까요. 저는 오랜 세월 사형수들을 보면서 사형은 누구에게도 이로운 제도가 아니라는 결론을 내렸어요.

사형은 그 누구도 만족시키지 못합니다. 죽음은 단지 사람을 갈라놓을 뿐이에요. 그 어떤 것도 피해자를 되살려놓을 수 없어요. 물론 피해자의 가족들은 범죄자가 죽는 모습을 보면서 어느 정도 만족감을 느낄지도 모르겠네요. 하지만 그 외에는 어떤 것도 얻을 수 없습니다. '그래도 이제 다른 사람을 해치진 못할 테니 마음은 편하네'라고 유족들이 말하는 걸 열 번도 넘게 들었던 것 같아요. 하지만 이 모든 과정은 유족들에게도 상처가 돼요. 과거의 고통을 다시 한번 끄집어내야 하니까요. 사형수의 가족들에게도 마찬가지예요. 게다가 사형을 집행해야 하는 사람도 힘들죠. 죽음은 절대 누구에게도 도움이 되지 않습니다. 하지만 저는 진작부터 사형제도가 옳은지 그른지에 대해 고민하지 않겠다고 마음먹었어요. 그래봤자 달라지는 것은 없거든요. 사형제도는 이미 존재하고 이 사람들은 신이 필요합니다. 교도소의 형목으로서 저는 남아 있는 마지막 몇 시간 동안이라도 그들과 대화하길 바랐고 또 실제로 그렇게 했죠."

"만약 목사님께 결정권을 준다면 텍사스주에 사형제도를 유지하시겠어요?"

짐은 선뜻 대답하지 못하고 머뭇거리더니 소파에서 살짝 몸을 고쳐 앉았다.

"그 문제에 대해서는 마음이 이랬다저랬다 합니다. 저는 사형제도를 반대하지 않지만 그렇다고 옹호하지도 않아요."

"하지만 만약 이런 권한을 준다면 어때요? 누군가 목사님께 '목사님, 내일 「없애세요」'라고 하시면 텍사스에서 사형 집행을 전면 중단하겠습니다'라고 한다면요?"

"저는 차라리 '아무도 죽이지 마세요'라고 말할 권한을 갖고 싶어요."

"그건 선택지에 없어요."

"왜 없죠?"

"그건 희망 사항일 뿐이니까요. 사람들이 서로 죽이는 것을 막을 수는 없어요. 하지만 사형제도의 존폐는 실제로 바꿀 수 있는 문제예요."

"그럼 저는 유지할 것 같아요."

"유지하시겠다고요?"

"유지할래요."

"왜요?"

"사형수들이 어떤 범죄를 저질렀고 어떤 사고방식을 가졌는지 알기 때문이에요. 우리가 끔찍한 일을 하는 것처럼 보일 수 있지만, 저와 사형실에 함께 있었던 사형수 155명 중에 대부분이 이렇게 말했어요. '오늘 저를 도와주시는군요. 남은 인생을 에어컨도 없는 비좁은 감방에서 썩으면서, 어머니가 먼 길 면회를 오게 만들고 감옥에서 가족들의 돈을 축낼 수는 없어요. 지금 제게 고통이 아니라 자유를 주시는 거예요.' 저는 그 말을 귀가 아프도록 들었습니다. 그래서 만약 제가 사형수라면 감옥에 갇혀 사느니 차라리 처형당하는 편이 낫겠다고 생각했어요."

짐은 가장 유명한 사형수 중 한 명인 칼라 페이 터커를 만났을 때 이와 비슷한 얘기를 들었다고 말했다.

"칼라 페이는 '절 보내주세요. 제가 어디로 갈지 전 알아요. 사형 집행 유예를 내리지 마세요. 유예가 결정돼도 저한테 알리지 마세요. 그런 일이 없게 해주세요'라고 했어요."

"칼 존슨 주니어의 무덤을 덮은 후에 뭘 하셨나요?"

"차로 돌아왔어요. 교도소장 옆자리에 앉았는데, 깊은 한숨이 나오더군요."

교도소장은 짐의 심정을 눈치챘는지 이렇게 말했다. "꽤 힘들죠?" 짐이 그렇다고 하자 교도소장은 오늘 남은 시간은 쉬게 해주고 싶지만, 안타깝게도 사형 집행 날이라도 교도소 내 정상 업무들이 없어지지는 않는다고 했다. 사형 집행은 추가 업무일 뿐이었다.

짐은 고개를 끄덕였다. 그들은 이제 막 아침이 시작된 월스 교도소로 차를 몰고 돌아왔다.

다행히 형목 보조인 리사는 그동안 전임 형목이 사형 집행에 참여하는 것을 무수히 많이 지켜봐 왔다. 그래서 사무실로 돌아온 짐에게 커피를 준비해 주고 가벼운 대화도 잠시 나눴다. 그리고 나서는 모든 게 평소와 다름없는 일상으로 돌아갔다.

"수감자들이 저를 보러 오기 시작하면서 정말 바빠졌어요. 다른 생각은 할 겨를이 없었죠. 눈코 뜰 새가 없었습니다."

* * *

그날 오후, 전화벨이 울렸다. 교도소장이 짐을 사무실로 부르는 전화였다.

"교도소장은 제가 근무해서 모두가 만족하고 있으니 헌츠빌에 남아 사형수들을 담당하는 형목으로 일해줬으면 한다고 말했어요. 살 집을 제공해 줄 수 있다면서, 이미 자기 상사와도 상의가 끝났다고 하더군요."

짐은 생각할 시간이 필요하다고 대답했다. 게이츠빌로 이사해서 새 직장을 구한 이유는 오로지 가족과 더 가까이 지내기 위해서였다. 하지만 이 일이 자신의 소명이라는 것 또한 알고 있었다.

교도소장은 충분히 생각해 보라며 짐에게 사흘간 휴가를 내줬다.

"전 그날 저녁 늦게 퇴근했어요. 먼저 집에 가서 아내와 이야기를 나눴죠. 제가 '애들이랑 당신과 더 가까워지려고 게이츠빌로 이사한 거야. 거기 가면 새출발을 할 수 있을 거야'라고 말했어요. 하지만 아내는 다시 시작하고 싶지 않다고, 달라진 건 아무것도 없다고 하더군요. 그 후에 저는 어머니 댁으로 향했어요. 어머니께 일자리를 제안받았다고 말씀드렸더니 어머니는 '짐, 게이츠빌로 이사하는 이유가 나 때문이라면 그건 잘못된 거야. 이건 네 사명이야. 신이 시키는 일을 해야지'라고 말씀하셨어요."

짐은 헌츠빌의 차고로 돌아와 앉아 기도했다. 그렇게 꼬박 이틀을 차고 안에서 보냈고 마침내 신께서 대답을 내려주셨다.

"전 교도소장에게 돌아가서 그 일을 맡겠다고 했어요."

짐은 평생을 찾아다닌 끝에 드디어 자신이 있어야 할 곳을 찾았다. 신께서 가라고 말씀하신 곳이었다.

"저는 평생 남들보다 부족하다고 느끼며 살았어요. 그저 그랬거든요."

그는 푸념하기보다는 덤덤히 말했다.

"저는 고등학교를 졸업할 때도 그저 그랬고, 대학을 졸업할 때도 그저 그랬어요. 신학교를 졸업하고 그저 그런 목사가 돼서 특별한 것 없는 평범한 교회에 부임했지만 거기서도 실패했어요. 그리고 결혼까지 제가 다 망쳐버렸어요. 저는 그저 그런 남편이었으니까요."

짐은 고개를 절레절레 흔들었다.

"저는 깊은 소명 의식을 가지고 처음 교도소에서 일하기 시작했어요. 하지만 실제로 고용되기까지 무려 2년이나 걸렸습니다. 제가 그저 그랬기 때문이었지요. 오랜 시간 동안 실패를 겪은 끝에 마침내 제가 가진 모든 걸 쏟아부을 수 있는 곳을 찾은 거예요. 그래서 전 다 쏟아부었어요. 사형수들의 목사가 된 저는 생전 처음으로 더 이상 그저 그런 사람이 아니게 되었습니다."

열 살에 마주한 죽음

짐의 아버지 이름은 토머스 체스터 브라질이었지만 모두가 그를 척이라고 불렀다. 척은 단순한 성격이었다. 댈러스와 오스틴의 중간쯤에 있는 플랫이라는 작은 마을 출신의 고집 센 촌사람이었다. 그는 교육받지는 못했지만 가정을 중시했고 어디서든 담배를 피우던 탓에 몸에서는 늘 담배와 올드 스파이스Old Spice(1937년 출시된 전통적인 남성용 화장품 브랜드—옮긴이)가 섞인 냄새가 났다. 하지만 아버지에겐 누구와 대화하든 마치 방 안에 단둘이 있다고 느끼게 하는 재주가 있었다.

제2차 세계대전 중 척은 형제인 제이디, 짐과 같은 날 입대하여 태평양으로 파견되었다.

"짐 삼촌은 종군기자로 입대했지만 어디로 파견됐는지는 모르겠어요. 아버지는 하와이와 호주 및 그 주변 지역에 배치됐어요. 제이디 삼촌도요. 제이디 삼촌은 구축함에서 복무했고 아버지는 구축함을 오가며 필요한 물자를 공급하는 보조함에 있었죠. 그러던 어느 날 제이디 삼촌이 타고 있던 구축함이 어뢰에 맞아 일부가 침몰하는 사건이 발생했습니다. 하지만 아버지는 그저 지켜보는 것밖에 할 수 있는 일이 없었대요. 3일이 지난 후에야 겨우 구축함에 건너가 삼촌을 찾기 시작하셨죠. 형체도 알아보기 힘들 거라고 예상했지만, 다행히 삼촌을 금방 찾을 수 있었어요. 삼촌은 다친 곳 하나 없이 무사했고요."

두 형제는 1944년 휴가를 받아 집으로 돌아왔고, 간호사가 되기 위해 공부 중이던 여동생이 오빠들의 귀환을 환영하는 자리에 친구 마사를 초대했다. 마사 아스테니아 브래처는 척보다 아홉 살이나 어렸는데, 마사의 아버지가 보기엔 척에 비해 마사가 너무 아까웠다.

"어머니는 세련된 도시 사람이었어요. 댈러스 북동쪽 교외 지역인 갈랜드에서 자랐죠. 집 청소를 해주는 사람이 따로 있었으니 꽤 부유했을 거예요. 할아버지는 성공한 분이셨죠. 알코올중독에 아내를 괴롭히긴 했지만, 그래도 아이들 앞에서는 거의 싸우지 않았어요."

척 브라질은 마사의 아버지와 의견이 잘 맞지 않았다.

"어느 날 아버지는 낡은 모델 A 포드 자동차를 타고 플랫에서 댈러스까지 달려갔어요. 어머니의 집에 도착해서 문을 두드렸죠. 할아버지가 나오셨고 아버지와 대화를 나눴어요. 무슨 얘기가 오갔는지는 모르겠지만 대화 끝에 결국 할아버지는 딸과의 결혼을 허락하셨죠. 어머니는 당장 그날 저녁 짐을 싸서 아버지를 따라나섰어요. 다음 날 바로 게이츠빌로 가서 혼인 신고를 하고 결혼식을 올렸고요. 어머니의 가족도 없고 아버지의 가족도 없이, 단둘이서만 결혼식을 올렸죠."

그때는 1945년 11월이었다. 그로부터 2년 후 첫째 토머스 언 브라질이 태어났고, 뒤이어 1950년 3월 19일에 제임스 페럴 브라질, 바로 짐이 탄생했다.

"어머니는 형과 저 사이에 한 아이를 유산했는데, 그 일로 큰 충격을 받았어요. 그 당시에 아버지 말로는 어머니가 정신적으로 쇠약하다고 하셨어요. 제가 아는 건 그게 다예요."

짐의 가족은 돈이 없었다. 짐의 표현을 빌리자면 플랫에 있는 집은 쓰레기장이었다. 방 네 칸에 화장실은 없고 수돗물도 나오지 않았다. 그래도 집세를 내지 않아도 되었고, 집 한가운데 장작 난로가 있어서 적당히 따뜻하게 지낼 수 있었다.

"바람이 불면 벽지가 벽에서 떨어져 나갔어요. 사는 게 진짜 힘들었어요."

식사로는 콩과 감자, 옥수수빵을 주로 먹었고 고기는 구경하기도 힘들었다. 유일하게 사치를 누릴 수 있을 때는 짐이나 형 아니면 아버지가 짐의 침대 밑에 보관하고 있던 410 산탄총을 가지고 외출하는 날이었다. 그런 좋은 날에는 토끼나 다람쥐 아니면 사슴고기를 저녁으로 먹기도 했다.

크리스마스를 어떻게 축하할지는 그해 가을에 얼마나 많은 피칸(호두와 비슷한 견과류—옮긴이)을 수확했는지에 달려 있었다. 집 근처 개울가에 피칸 나무가 100여 그루 정도 있었는데, 짐과 형제들은 매일 같이 그곳으로 내려가곤 했다.

"그 당시에는 다른 사람의 사유지를 걸어가도 괜찮았어요. 뭐라고 하지 않았거든요. 우리는 커다란 막대기로 나무를 두드려 피칸을 떨어뜨렸어요. 집에서 멀지 않은 곳에 껍질을 까는 곳이 있어서 아버지가 그곳으로 가서 피칸을 팔곤 했지요. 그렇게 해서 돈을 얼마나 벌었는지는 모르겠지만 그걸로 크리스마스 선물을 샀어요. 얼마나 좋은 선물인지는 집에 피칸을 얼마나 가져왔느냐에 따라 달라졌죠."

집안 형편이 넉넉지 않았기 때문에 짐은 어릴 적부터 뭔가를 사달라고 한 적이 없었다. 하지만 크리스마스가 되면 아버지는 항상 특별한 선물을 주셨다.

"어느 해에는 제 소원이었던 아파치 요새를 선물로 받았어요. 비비탄총과 낚싯대도 받았었죠. 비싼 선물들은 아니었지만 제게는 보물이었어요."

가족은 마침내 허름한 집을 떠나 좀 더 나은 집으로 이사했다. 하지만 마을 동쪽에 있는 더 가난한 지역에 자리 잡게 되었다. 짐은 컵스카우트에도 가입했다.

짐은 소파에서 일어나 스카우트 유니폼을 입고 있는 어렸을 적 사진을 가져왔다. 자그마한 얼굴이 환하게 빛나고 있었다.

"저는 스카우트에 가는 게 정말 좋았어요. 한번은 크리스마스를 하루이틀 앞둔 어느 날, 누군가 문을 두드리는 소리가 들렸어요. 나가 보니 컵스카우트 대원들이 있었죠."

아이들은 모두 장난감과 음식을 손에 꼭 쥔 채 집 안으로 들어왔다.

"아이들이 음식과 선물을 가득 들고 우리 집에 들어왔을 때 어떤 기분이었는지 기억이 나요. 그때 처음 제가 가난하고 가진 게 아무것도 없다는 사실을 깨달았어요. 우리가 얼마나 가난한지 비로소 실감한 거예요."

선물 중에는 짐이 그해에 너무나 갖고 싶었던 물건도 들어 있었다. 활과 화살이었다.

"선물을 받고 기뻐하고 싶었지만 제가 얼마나 가난한지 남들이 다 봤다는 게 너무 창피했어요. 얼마 지나지 않아 보이스카우트로 옮겼는데 바로 다음 크리스마스에도 똑같은 일이 일어났죠."

그로부터 1년 후, 또다시 문을 두드리는 소리가 들렸다. 이번에는 지역 교회 성도들이 그 지역에서 가장 가난한 가정에 음식과 선물을 전달하고 있었다.

"우리가 얼마나 가난한지 다들 안다고 생각했죠. 다들 선한 마음에서 한 행동이라는 건 알고 있었지만, 그 후 친구들을 볼 때마다 저를 보는 시선이 달라졌다는 느낌을 받았어요. 지금까지도 그게 안 잊혀요."

* * *

짐은 어렸을 때 자주 그리고 크게 아팠다. 문제는 돌이 되기 전부터 시작됐다.

"귀에 심각한 문제가 있었어요. 고막이 거의 매달 터지곤 했거든요. 귀에서 피와 고름이 나왔죠. 초등학교 1학년 때 혹시 도움이 될까 싶어 편도선을 제거했지만, 아무런 효과가 없었어요. 의사는 더 이상 자기가 할 수 있는 게 없으니 전문의의 진찰을 받아야 한다고 했어요. 그래서 스콧 앤드 화이트 병원에 가서 유양돌기 절제술을 받았죠. 이 수술을 할 때는 귀 뒤쪽을 절개해서 귀를 앞으로 밀어요. 그런 다음 측두골 일부를 제거하는 거죠."

그는 무시무시한 기억을 떠올리며 미소를 지었다.

"의사들은 말 그대로 절개한 다음 제 귀를 앞쪽으로 벗겨냈어요."

그러자 짐의 외이도에 문제가 있다는 사실이 곧바로 드러났다.

"하지만 병원에 계속 다닐 형편이 아니었어요. 귀가 아플 때마다 어머니는 옥수숫가루를 끓여서 수건에 싼 다음 제 귀에 대주고는 하셨어요. 그게 저만의 온열 패드였는데 조금이나마 도움이 되었죠. 그렇긴 해도 몇 시간이고 고통에 시달렸어요. 의자 위에 발을 올려놓고 머리 옆에 옥수숫가루를 댄 채 앉아 있어도 귀에 통증이 밀려왔어요. 아프다는 생각 말고는 아무것도 할 수가 없었어요. 못 참겠다 싶으면 별안간 고막이 터지면서 끈적끈적한 게 왈칵 쏟아져 나오곤 했죠. 그럴 때마다 정말 후련했어요. 끔찍한 고통이 끝나고 나면 말로 다 표현할 수 없을 정도로 행복했죠."

짐이 열 살이 됐을 무렵, 육군에서 수술실 간호사로 근무하던 이모의 도움으로 귀 전문 군의관에게 진료를 받을 수 있었다. 무료였다.

"일요일 오후에 템플에 있는 재향군인병원 외래 병동에 찾아갔어요. 엄밀히 말하면 일요일에는 진료가 없지만 저는 콧수염이 나 있는 키 큰 의사 선생님을 만날 수 있었어요. 의사는 저를 앉혀 놓고 귀를 검사하더니 '내가 옆방에서 부모님과 얘기하는 동안 여기서 기다릴 수 있지?'라고 말했어요. 시키는 대로 기다리고 있었는데 옆방에서 하는 말들이 고스란히 들려왔죠."

의사는 짐의 부모에게 짐의 귓병이 너무 심해져서 뼈까지 번졌다고 말했다. 감염이 두개골을 지나 뇌까지 진행되면 죽을 수도 있는 상황이었다.

짐은 그날 의사가 남긴 마지막 한마디를 아직도 기억하고 있었다. "이대로라면 열두 번째 생일을 맞기는 어려울 것 같습니다."

열 살짜리 소년은 겁에 질렸다.

"가족들이 걱정할까 봐 제가 알고 있다는 말은 안 했어요. 하지만 그때 저는 신과의 관계가 무척 중요하겠다는 사실을 깨달았어요. 전 정말로 제가 열두 살이 되기 전에 죽을 줄 알았거든요. 다행스럽게도 제 뇌까지 감염되지는 않았어요. 완전히 낫지는 않았지만 더 이상 퍼지지는 않게 된 거죠. 사실 아직도 남아 있긴 합니다."

그 순간부터 짐의 마음속 어딘가에는 항상 죽음이 자리 잡았다.

"내가 죽을지도 모른다는 사실… 원래 열 살이면 머릿속이 앞으로 일어날 온갖 재밌는 일들로 가득 차 있잖아요. 예를 들어 '커서 뭐가 되고 싶니?'처럼 사람들이 맨날 물어보는 것들이요. 하지만 저는 제가 살아 있을지 모르니까 뭐가 되고 싶은지도 몰랐어요. 미래가 안 보이더라고요. 인생에서 가장 좋은 시기여야 했지만, 제겐 가장 암울했던 해였어요."

그 말을 듣고 나는 살짝 움찔했지만, 그가 눈치채지 못했을 거라고 생각했다. 하지만 당연하게 짐은 알아챘다. 짐은 뭐든 놓치는 법이 거의 없었다.

"열 살 때 무슨 일이 있었나요?"

"제 인생에서도 최악의 한 해였던 것 같아요."

"왜요?"

"질문은 제가 해야지, 저한테 질문하시면 안 되죠. 그리고 사형 선고는 아니니까 어차피 제가 졌어요."

"이건 경쟁이 아니잖아요. 얘기를 들어보고 싶어요."

'얘기를 들어보고 싶어요'라는 말. 그가 죽음을 앞둔 누군가에게 그 말을 몇 번이나 했을까 궁금했다. 얘기를 들어

보고 싶었다. 그 사람들도 나처럼 짐에게 이렇게 쉽게 마음을 열었는지 궁금했다.

나는 짐에게 열 살 때 부모님이 이혼했던 이야기를 털어놨다. 어느 날 아빠가 식탁 위로 몸을 기울이더니 엄마 얼굴에 침을 뱉었다. 엄마는 일어나서 나가더니 다시는 돌아오지 않았다. 남동생과 나는 그렇게 아빠 곁에 남겨졌다.

엄마는 다른 사람을 만나게 됐고 그 사실을 안 아빠는 점점 더 화를 냈다. 식탁에 앉아서 엄마의 행동과 말투에 대해 차마 입에 담지 못할 욕들을 쏟아냈다. 동생과 나는 그 자리에서 아침을 먹으며 아빠가 그만하기를 바라고 또 바랐다.

하지만 아빠는 절대 그만두지 않았다.

나를 차에 태운 채 몇 시간이고 돌아다니면서 엄마가 사라지면 이 세상이 훨씬 나아질 거라고 말하기도 했다. 그리고 유난히 흥분해 있던 어느 날 저녁, 아빠는 엄마가 자정에 일을 마친다고 우리에게 말했다. 아주 담담한 말투였다.

짐은 여전히 말없이 앉아서 내 말을 들어주었다. 나는 걷잡을 수 없는 공포에 사로잡혀 부엌으로 뛰어갔던 그날 이야기를 계속 이어갔다. 나는 밤이 되면 엄마가 살해당할 거라고 확신했다. 그래서 부엌에 들어서자마자 가까운 서랍을 뒤져 엄마를 지킬 무기를 찾기 시작했다. 평범한 식사용 나이프를 찾아든 나는 다시 밖으로 뛰어나가 커다란 참나무 아래에 숨어 기다렸다.

그리고 발아래 바다처럼 펼쳐진 푸른 실라꽃을 내려다봤다. 꽃들이 곁에 있으니 왠지 모르게 위로받는 기분이 들었다. 아직도 그 꽃만 보면 나는 여지없이 그날 밤 기억이 떠오른다. 그러다 문득 다가오는 발걸음 소리가 들렸다. 나는 칼을 움켜쥔 채 앞으로 뛰쳐나갔다. 엄마였다. 깜짝 놀란 엄마는 나를 집 안으로 데리고 들어가서 무슨 일이 있었는지 물었다. 나는 이 이야기를 모두 짐에게 털어놨다.

"저도 열 살 때 힘들었어요."

짐은 고개를 끄덕이며 내가 더 하고 싶은 말이 있다면 할 수 있게 기다려주었다. 나는 쏟아져 나오는 기억들 가운데 몇 가지 이야기들을 더 꺼내놓았다. 법적인 이유로 이 책에는 자세히 써놓을 수 없는 일들이었다. 하지만 아버지는 한 번도 법의 심판을 받지 않았다.

짐 앞에서 말이 술술 나왔지만 내 이야기를 하느라 그의 이야기가 끊길 때마다 죄책감이 들었다. 우리가 만난 이유는 그가 해주는 이야기를 듣기 위해서였다. 하지만 한 마디씩 털어놓을 때마다 언제나 가슴을 짓누르던 무거운 돌이 조금씩 가벼워지는 느낌이었다. 혹시 사형수들도 그와

아주 특별한 방식으로 제가 가진 것에 감사하게 되었습니다.

모든 것을 즐기기 시작했어요.

정말 살고 싶었지요.

몇 시간 동안이나 나무들 밑에 앉아 있기도 했어요.

함께 있으면서 이런 감정을 느꼈던 걸까.

시한부 선고를 받은 후 짐은 살날이 얼마 안 남았으니 남은 시간을 최대한 현명하게 사용하기로 마음먹었다. 그 이후로 짐이 하는 모든 일에 신의 음성이 들렸다. 그는 그 말씀에 귀를 기울이고 집중했다.

"아주 특별한 방식으로 제가 가진 것에 감사하게 되었습니다. 달리 어떻게 설명해야 할지 모르겠어요. 모든 것을 즐기기 시작했어요. 정말 살고 싶었지요. 자연에 더 많은 관심을 기울이게 되었고요. 근처에 삼나무 숲이 있었는데 몇 시간 동안이나 그 나무들 밑에 앉아 있기도 했어요. 보통 열 살이나 열한 살짜리 아이들이 그러고 놀지는 않지만, 전 그저 신과 함께 시간을 보내며 기도하고 그 아름다움에 흠뻑 취하는 게 좋았어요. 눈앞에 보이는 것들에 감사드렸죠. 정말 진정한 의미로 신과 더 가까워졌어요."

무엇이든 경험해 보고 싶은 짐의 욕구는 순식간에 여자 아이들에 관한 관심으로 빠르게 옮겨갔지만, 이성 문제는 그에게 풀리지 않는 미스터리에 가까웠다.

"저는 여자 친구와 키스 말고 다른 건 해본 적이 없었어요. 여자 친구를 존중해서 억지로 강요하고 싶지 않았어요. 제가 바랐던 건… 결혼을 하지 않고 성관계를 하는 것은 옳지 않다고 생각했거든요. 아내가 생길 때까지 기다리고 싶었지요."

　나는 그에게 결혼할 때까지 순결을 지켰냐고 물었다.

　짐은 시선을 아래로 내리며 대답했다.

　"아니요."

저는 신을 저버렸습니다

짐은 열여섯 살 때 오스틴에서 교회 캠프에 참가했다. 잠비아에서 온 어느 선교사의 설교를 들었는데 어찌니 감동을 받았는지 평소에 하던 메모조자 까먹었다. 신을 위해 헌신하며 살아야 한다는 이야기에 푹 빠져 멍하니 듣고만 있었다. 그저 신과 함께 사는 데 그치지 말고 신을 섬겨야 한다는 것이었다.

"밖으로 나가 선교하라. 선교사로 세상에 나아가라. 선교사님은 이사야서 6장을 그대로 인용해서 말씀하셨어요. 주님께서 '내가 누구를 보낼 것인가? 누가 우리를 대신해서 갈 것인가?'라고 물으시자 이사야가 '제가 여기 있습니다. 저를 보내주십시오'라고 대답했죠. 저는 아직도 그 예배당이 기억납니다. 아이들이 500명은 족히 들어갈 수 있을 정도로 거대했는데 후텁지근했어요. 설교가 끝나고 침대에 누워 신의 임재를 느꼈던 기억이 납니다. 아무 소리도 들리지 않았지만 신께서 제게 말씀하시는 것 같았어요."

짐은 그 후 오랫동안 고심했다. 하지만 결국 그해 11월, 부모님께 목사가 되어볼까 생각하는 중이라고 말씀드렸다. 아버지는 그건 너와 신 사이의 문제라고 대답했고 짐은 여전히 결단을 내리지 못했다. 그렇게 두 달을 더 씨름한 끝에 1967년 1월, 그는 마침내 담임목사에게 연락해 신께서 목회자가 되라고 말씀하셨다고 설명했다.

"너무 겁이 났어요. 신을 섬기고 싶은 마음은 있었지만 제 안에는 욕망이 너무 많았어요. 세상에 나가서 인생을 마음껏 살고 싶은 그런 욕망이요. 그런 것들을 포기해야 한다는 생각에 힘들었어요. 그럴 가치가 있는 일일까? 내가 할 수 있을까? 사람들이 내 말을 들어줄까? 머릿속에 의문이 가득했어요. 그러던 어느 날, '그래, 목회자가 될 거야'라고 말할 수 있을 정도로 제가 성숙해졌다는 걸 깨달았어요. 그래서 교회 앞으로 걸어가 신께서 원하는 대로 쓰실 수 있도록 저 자신을 바쳐 목사가 되겠다고 말했습니다."

그날은 1967년 3월 19일, 짐의 열일곱 번째 생일이자 주일이었다.

"그냥 알게 됐어요. 번개가 치듯 번쩍하고 정신이 들었죠. 그것 말고는 달리 어떻게 설명할 방법이 없네요. 그 사이에 나이가 더 들어서인지 신을 처음 영접했을 때보다 훨씬 더 강렬한 느낌이었어요. 더 확실하고 더 직접적이었죠. 그래서 그 영향이 아주 오래가리라는 것도 알았어요."

짐은 다니던 침례교회에서 목사 자격증을 취득해 지금까지 보유하고 있었다. 텍사스주에서는 목사 자격증을 가지고 있으면 결혼식과 장례식을 집례하고 설교를 할 수 있었다. 하지만 성찬식이나 세례를 집례하려면 안수를 받아야 했다.

그로부터 약 두 달이 지난 5월 12일, 어머니날에 짐은 첫 설교를 했다.

"어머니도 거기 계셨어요. 아버지와 동생도요. 그날 저녁 교회는 꽉 차 있었어요."

설교 제목은 '일꾼을 찾으시는 주님'이었다.

"그때 모세에 관해 얘기했던 걸로 기억합니다. 노아에 대해서도요. 어려운 상황에서 신은 노아를 불러 세상을 바꿀 몇몇 사람만을 구하라고 하셨어요. 노아는 방주를 만들었지요. 그날 제가 떠올린 모습이 바로 그 방주였어요. 하지만 저는 너무 긴장한 나머지 방주에 노아가 아니라 모세가 있었다고 해버렸어요. 설교 후에 제게 제일 먼저 다가오신 분은 어머니였어요. 어머니는 '잘했다'라거나 '듣기 좋더라' 같은 말은 하지 않으셨어요. 대신 '네가 방주에 모세를 태웠더라'라고 말씀하셨죠. 찬물이 끼얹힌 것처럼 확 정신이 들더군요."

짐은 완전히 실패한 듯해 처참한 기분이 들었다. 또다시 자신감이 사라졌다.

"오만 감정이 다 스쳐가더라고요. 목사가 되고 싶어 이미 신의 말씀을 전하겠다고 약속까지 했지만, 한편으로는 사실상 반항하고 있었어요. 열일곱 살이었잖아요. 목사가 되면 다른 친구들처럼 파티에 가거나 술을 마시거나, 방탕하게 놀거나 아니면 당시에는 흔하던 마약을 해본다거나 할 수 없다는 것을 알았던 거죠. 그랬다간 신의 증인이라는 제 역할을 망쳐버릴 테니까요. 이러지도 저러지도 못하고 있었어요."

그 무렵 짐은 어느 저녁에 친구 두 명과 커피를 마셨다. 한 명은 동갑내기였고 다른 한 명은 두어 살 위의 형이었다.

"동갑이었던 친구가 여자를 꼭 만나고 싶다고 하자 형이 자기한테 차가 있으니 해결해 주겠다고 했어요."

짐은 돈이 없다고 했지만, 그 형은 걱정할 필요 없다고 말했다.

그들은 페이엣 카운티의 치킨 랜치Chicken Ranch라는 곳으로 차를 몰았다. 라그레인지 중심에서 동쪽으로 약 5킬로미터 떨어진 곳이었다. 치킨 랜치는 1905년부터 1973년까지 운영된 불법 매춘 업소였다.

그렇게 짐은 텍사스의 유명한 매춘 업소에서 순결을 잃었다. "그의 이름은 킴이었고 대학생이었어요. 제게 어떻게 하는 건지 가르쳐줬어요. 더 싼값에 할 수도 있었지만 그가 '처음 하는 건데 세계 일주를 해야 하지 않겠어? 그러려면 20달러는 내야지'라고 하더군요. 마침 주머니에 20달러가 있어서 건네줬어요."

짐은 몇 초간 말이 없었다.

"끔찍한 기분이었어요. 아니, 좋긴 했지만 신을 배신하는 느낌이었죠. 저 자신을 배신한 것처럼요. 순결을 버렸다는 생각에 비참했어요. 너무 비참해서 결혼하고 싶은 여자를 만나기 전까지는 다시는 그런 짓을 하지 않겠다고 결심했어요. 그리고 그게 끝이었어요."

"오랜 시간이 흐른 지금 그때 일을 털어놓는 기분이 어떠세요? 라그레인지에서 매춘부에게 순결을 잃은 경험 말이에요."

"저는 그를 매춘부라고 생각하지 않았어요. 그게 사실인데도요. 킴은 예뻤어요. 금발에 파란 눈이었고 나이는 이십 대 중반 정도였어요. 저는 겨우 열일곱 살이었으니까 저보다 나이가 한참 많았던 거죠. 능숙했고 상냥했어요. 그는… 뭐랄까… 추잡하거나 상스러운 건 전혀 없었어요. 전혀 추하지 않은 아름다운 경험이었어요. 어떤 면에서는 저 자신을 말리지 못한 게 후회되지만 가끔 그때를 떠올리면 미소가 지어지기도 해요. 이해가 되시나요?"

"우리의 감정은 모순적일 때가 있죠. 솔직히 저는 방금 하신 말씀 때문에 혼란스러워졌어요. 살짝 놀랐어요."

"그 당시에는 이성에 대해 아무것도 몰랐어요. 도무지 종잡을 수 없어서 이해하기도 힘들었어요. 그저 여자는 소중하고 연약하니까 상처 주고 싶지 않다고만 생각했어요."

"요즘에는 많은 사람들이 성매매를 일종의 학대로 봅니다."

"저는 절대 누구에게도 강요하지 않았어요. 상대방이 저를 좋아하지 않는다는 걸 알았으면 아무 일도 없었을 거예요."

"하지만 돈을 주고 매춘을 하는 경우라면 상대방이 나를 좋아하는 게 아니죠."

"네, 지금은 압니다. 제가 어렸을 때 내키는 대로만 행동했다면 더 많은 여자와 잤을 거예요. 전 섹스가 좋았어요. 여전히 좋기는 한데 요즘은 전처럼 자주 할 수는 없어요. 전립선암에 걸리면 어렵죠. 해가 갈수록 점점 더 뜸해질 거예요."

그는 눈에 띄게 불편해진 표정으로 한숨을 내쉬었다.

"제 삶이 편하지는 않았어요. 저는 항상 가난했고 그 사실을 잊어본 적이 없거든요. 조금 더 나이가 들면서 제가 정말 보잘것없다고 느꼈어요. 학창 시절에 여학생에게 관심이 생기면 저는 못생기고 빈털터리라 그와는 어울리지 않는다고 늘 되뇌었죠. 해줄 수 있는 게 아무것도 없었으니까요. 하지만 나이가 들수록 여성은 저에게 더 소중한 존재가 되었어요. 전 여성을 배려하고 존중해야 한다고 생각해요. 저는 지금 제 아내와 모든 여성에게 깊이 감사하고 있어요. 여성은 남성이 해주는 것보다 훨씬 더 좋은 대우를 받을 자격이 있습니다. 아내가 없었다면 저는 아무것도 아니었을 거예요. 오로지 제 성적인 욕구를 충족시키기 위해 여자를 이용한다는 건 지금의 저라면 상상도 할 수 없는 일이에요. 하지만 킴에게는 그렇게 했었던 거죠. 그리고 전 부인에게도요."

어둠 속에서도 빛을 잃지 않도록

매춘 업소를 방문한 이후 짐은 설교를 중단했다.

"몇 개월을 수치심에 시달렸어요. 오로지 기도만 했습니다. 그러나 신께서 저를 용서하셨다는 사실을 알고 나니 훨씬 쉽게 저 자신을 용서할 수 있었어요."

"어떻게 하면 자신을 용서할 수 있나요?"

"기도해야죠. 쉬지 않고 기도하는 거예요."

"만약 단순히 신에게 떠넘기는 것만으로 부족하다면요? 목사님과 달리 신을 믿지 않는데 자신을 용서해야 하는 사람은 어떻게 해야 할까요?"

"자신을 받아들일 줄 알아야죠. 누구나 마찬가지예요. 신을 믿든 믿지 않든. 저는 신을 믿지 않던 수감자들을 많이 만나봤어요. 하지만 중요한 것은 자신이 저지른 일을 받아들이고 다시는 하고 싶지 않다고 느끼는 거예요. 진짜 기독교인이 아니더라도 누구나 기독교적인 도덕과 가치관에 따라 살 수 있습니다. 여전히 평화를 찾을 수 있죠. 제가 여러분이 찾길 바라는 평화와는 종류가 다르지만 그래도 어쨌든 평화니까요."

결국 짐은 텍사스주 브라운우드에 있는 작은 침례교 대학에 등록했다.

"하워드 대학은 사립이었기 때문에 학비가 무척 비쌌지만, 당시에 특별 프로그램을 운영했어요. 이름은 가물가물한데, 정해진 수업료를 내고 원하는 만큼 수업을 들을 수 있는 프로그램이었죠. 한 학기에 399달러였어요. 그 혜택은 제가 입학한 해를 마지막으로 사라졌지만, 저는 그 프로그램을 등록했기 때문에 졸업할 때까지 학기당 399달러만 내고 다닐 수 있었어요. 저는 생계를 유지하기 위해 두 가지 일을 했어요. 평일에는 대학에서 관리인으로 일하고 주말에는 집으로 돌아가 교회에서 유지보수 일을 했죠. 결국 3년 반 만에 학업을 마칠 수 있었어요. 그보다 길게 다니면 도저히 학비를 감당할 수 없을 테니 최대한 빨리 학업을 마쳤죠. 정말 힘들었지만 성서학 전공, 그리스어와 역사 부전공으로 졸업했어요."

2학년이 끝나갈 무렵, 짐의 담임목사가 할 얘기가 있다며 짐을 불렀다. 담임목사는 짐에게 동쪽으로 2시간 거리의 벨턴이라는 지역에 작은 침례교회가 있다고 말했다. 그 교회는 사정이 좋지 않아 조만간 문을 닫아야 할 위기에 처해 있었다. 교인들이 모였지만 1년이 넘도록 목회자가 없어서 더는 버티기 어려웠다.

짐은 기꺼이 그곳에 가서 설교하겠다고 했지만, 담임목사는 당장 교인들에게 필요한 것은 설교가 아니라고 말했다.

"교인들에겐 그들을 사랑해 줄 사람이 필요해. 목사가 필요한 거지."

짐은 아직 그럴 준비가 안 됐고 심지어 공부를 미처 마치지도 못했다며 거절했다. 하지만 목사는 사람들을 사랑하고 목자가 되어 그들이 성장하도록 돕는 데 학위는 필요하지 않다고 말했다. 결국 짐이 일요일에 가서 설교를 해보고, 그 이후에 어떻게 할지를 다시 생각해 보기로 했다.

짐이 설교를 하기로 한 날, 교회에 모인 교인은 모두 일곱 명이었다.

"피아노를 배우던 십 대 소녀 한 명을 빼고는 대부분 저보다 나이가 많았어요."

교회 성가대에는 선창자가 없었고 피아노를 연주하는 할머니는 번갈아가며 음을 놓치기 일쑤였다.

"엉망이었죠. 교회에 집사님이 한 분 계셨는데 그분이 성가대를 지휘하셨어요. 그런데 폐암으로 한쪽 폐를 제거한 상태라 노래를 부를 때마다 '으으' 하는 소리만 냈어요. 하지만 저는 순식간에 그분들을 사랑하게 됐어요. 정말 다정했고 격려를 아끼지 않는 분들이었죠. 제게 다음 주에 다시 와달라고 하셨어요."

그다음 주 짐은 벨턴에서 그 일곱 명의 교인을 대상으로 두 번째 설교를 했다. 그리고 6주 연속으로 같은 얼굴들을 보며 설교했다. 드디어 일곱 번째 주가 되자 새로운 신자가 두 명이나 늘었다.

교인들은 짐에게 목사가 되어달라고 요청했고, 짐은 불과 열아홉 살의 나이였지만 흔쾌히 승낙했다. 목사의 임금은 주당 18.5달러 정도였기 때문에 짐은 계속 학교에서 관리인으로 일하면서 없는 시간을 쪼개어 수업을 더 많이 들었다. 특별히 성적이 좋지는 않았지만 거의 모든 과목을 무사히 통과했다. 2학년 영어 과목 하나만 여름 학기 과정으로 수강했다가 독감에 한바탕 시달리는 바람에 포기해 버렸다. 그렇지만 중요한 과목도 아니라고 여겼기에 이후 재수강을 하지도 않았다.

대학 시절 내내 짐은 여학생들을 멀리했다.

"여전히 그 누구와도 만날 자격이 없다고 생각했어요.

저는 빈털터리였으니까요. 돈도 없고 해줄 수 있는 것도 없었어요. 건강도 좋지 않아 계속 병원에 가야 했죠. 잘생긴 것도 아니었고요. 특별히 남자답지도 않았어요. 오히려 작고 마른 체형이었죠. 그래서 연애 같은 건 아예 담을 쌓고 살았어요."

1970년 봄, 미국에서는 롤러스케이트가 선풍적인 인기를 끌었다. 한동안 유행을 이어가다가 70년대 초반에 이르러 갑자기 디스코 음악이 뜨더니 급기야 일대 붐이 일었다. 텍사스에는 수많은 롤러스케이트장이 있었다. 짐도 롤러스케이트를 정말 좋아했다. 한 주도 빼먹지 않고 동네 롤러스케이트장에 가다 보니 거기 있는 모든 사람을 거의 다 알고 있을 정도였다.

그러던 어느 날, 처음 보는 젊은 여성을 발견했다.

"키가 정말 작고 숱 많은 짙은 갈색 머리 여성이었어요. 아주 귀여웠죠. 그도 혼자 왔더라고요. 제가 먼저 같이 스케이트를 타겠냐고 물어봤고 함께 타기 시작했어요."

그의 이름은 재니스였고, 제일침례교회아카데미에 재학 중인 학생이었다. 짐은 재니스 역시 기독교인이라는 걸 알고 뛸 듯이 기뻤다. 당시 재니스는 열일곱 살, 짐은 스무 살이었다.

재니스는 내일 교회 젊은이들끼리 볼링을 치러 갈 계획

이라며 짐에게 같이 가겠느냐고 물었다. 재미있을 것 같아 짐은 다음 날 저녁 볼링장에 찾아갔다. 그리고 재니스와 그의 담임목사와 함께 저녁 내내 이야기를 나누었다. 3주 후, 짐은 벨턴의 작은 교회에서 파티를 열기로 결정했다. 유일한 문제는 교회에 젊은 교인들이 거의 없다는 점이었다. 지역 주민들을 모으기 위해 짐은 재니스에게 연락해 혹시 친구들을 데리고 올 수 있는지 물었다.

재니스는 흔쾌히 그러겠다고 대답했다.

"제 친구 한 명이 12미터 길이의 트레일러를 가져와서 그 위를 건초로 덮었어요. 트레일러는 젊은이들로 가득 찼고요. 그 파티를 계기로 교회는 완전히 달라졌어요. 정말 대단했어요. 그날 저녁 저는 재니스에게 키스하며 제 여자 친구가 되어달라고 했어요. 재니스는 좋다고 대답했고 우리는 그렇게 사귀게 됐죠."

1970년 8월의 일이었다.

"12월 크리스마스 무렵에 제가 반지를 선물했어요. 프러포즈하게 될 줄 알고 있었죠. 부모님께는 이미 금요일 저녁에 집에 가서 말씀드렸거든요. 부모님은 '네가 청혼할 수도 있겠다고 생각했어. 얼마나 좋아하는지 눈에 보이더라'라고 말씀하셨어요. 부모님은 저를 축복해 주셨고, 저는 어머니를 모시고 반지를 사러 갔어요."

짐은 1965년형 폰티악 카타리나 안에서 청혼했다. 앞뒤가 벤치 시트로 되어 있는 이 차는 연비가 리터당 5킬로미터도 안 될 정도로 크고 무거웠다.

"그날 저녁, 차 안에서 그를 보며 말했어요. '재니스, 난 지금까지 이것 때문에 수도 없이 기도를 드렸어. 네가 내 아내가 되어줬으면 좋겠어.' 재니스는 그러겠다고 했고 저는 반지를 줬어요. 정말 멋졌어요. 꿈이 이루어졌죠. 그날 밤 우리 머리 위에는 아름다운 보름달이 빛나고 있었어요. 정말로 기막히게 훌륭했어요."

1년 후, 두 사람은 짐이 어렸을 때 다녔던 이스트사이드 침례교회에서 결혼식을 올렸다. 하지만 안타깝게도 짐이 기대했던 행복한 결혼 생활과 현실은 달랐다. 짐과는 달리 재니스는 육체적인 관계에 특별히 관심이 없었다.

"우리는 서로 소통을 잘 못했고 서로에게 불만이 많았어요."

당시 졸업을 앞두고 있었던 짐은 졸업식 2주 전 대학으로부터 편지를 한 통 받았다. 성적을 최종 검토한 결과 2학년 영어 과목을 이수하지 않아 졸업할 수 없다는 내용이었다.

"결혼했을 당시 제 수중에는 65달러 정도밖에 없었어요. 차 한 대와 아내도 있었지만, 대학 학위는 없었죠. 우리는 월 85달러짜리 손바닥만 한 아파트에 살았는데, 첫 달치 월세부터 밀릴 상황이었어요. 아내와 살 집까지 있는 마당에 학교로 돌아가서 공부를 계속하고 싶지는 않았지만 다른 방법이 없었어요. 아직 벨턴에 있는 교회에서 일하고 있었기 때문에 여기 남아서 돈을 조금이라도 모아야겠다고 생각했어요. 부업으로 몇 주간 주택 페인트칠도 했죠."

얼마 지나지 않아, 짐은 아버지와 형이 이미 근무하고 있던 텍사스 고속도로부에 채용 공고가 올라온 것을 발견했다. 엔지니어링 부서였다.

"지원서를 제출했어요. 지원자가 스물두 명이었는데 저는 대학에서 지질학 수업을 들었던 경험이 있었어요. 대학을 졸업한 지원자가 아무도 없어서 지질학 수업을 들은 제가 더 유리했죠. 저는 고속도로부의 실험실에서 일하기 시작했어요."

재니스도 가계에 보탬이 되기 위해 스콧 앤드 화이트 병원에 사무직으로 취직했다.

"1971년 12월에 결혼했으니 틀림없이 1972년이었을 거예요. 그해 봄에 돈이 부족해서 학교에 돌아가지 못했고, 결국 한 해를 통째로 놓쳤죠. 1973년 봄이 되어서야 2학년 영어를 수강하기 위해 템플 주니어 칼리지에 등록했습니다. 매일 근무가 끝난 후 밤에 3시간씩 수업을 들었어요. 그 수업을 듣고 있는 1분 1초가 다 싫었고 시간 낭비라고 생각했어요."

　하지만 1973년 5월, 짐은 마침내 대학 졸업장을 받았다. 한동안 어두웠던 미래가 오랜만에 다시 밝게 빛나고 있었다.

모든 아이는 천국에 갑니다

재니스가 첫 아이를 임신한 지 7개월이 되었을 때, 이들 부부는 오스틴에서 약 65킬로미터 떨어진 버트럼으로 이사했다. 짐은 주민이 채 800명도 되지 않는 이 작은 마을의 목사가 되었다.

"버트럼은 제 마음속에 특별하게 남아 있어요. 그때도 사랑했고 지금도 사랑하죠. 하지만 거기서 정말 많은 일이 있었어요. 제가 태어나서 처음 사람이 죽는 걸 목격한 곳도 바로 버트럼이었어요."

당시 텍사스 시골에는 구급차가 거의 오지 못했기에 짐과 이웃 주민들 몇 명은 자발적으로 조직을 만들어 위급 상황에서 응급 처치를 시행하기 시작했다. 구급차는 없었지만 마을에는 신속 대응 차량이 한 대 있었다.

그러던 어느 추운 밤, 짐은 긴급 전화를 받았다. 곧바로 동료와 함께 차를 몰고 도시 외곽의 사고 현장으로 향했다. 마블폴스로 향하는 길고 구불구불한 도로를 따라가 보니 두 대의 차량이 커브 길에서 정면으로 충돌해 있었으며, 그 중 운전자 한 명은 이미 사망한 상태였다.

"죽은 사람을 본 건 그때가 처음이었어요. 왠지 모르게 영적인 느낌이 들었죠. 감정이 완전히 차단되어 있으면서도 모든 것을 받아들이고 있었어요. 마치 저 자신이 그 자리에 서 있는 모습을 보는 것 같았어요. 하지만 감정에 휩싸이지 않으려고 했어요. 언젠가는 소화해야 하는 감정이겠지만 당장은 해야 할 일이 있으니 그럴 수 없잖아요. 저는 거기 서서 사망자를 바라보며 '이 남자는 지금쯤 천국에 가 있을까'라고 생각했어요."

짐은 그가 아직 살아 있는지 살펴봤다. 가장 가까운 구급차까지 가려면 45분이나 걸리는 데다가 맥박마저 느껴지지 않았다. 그래서 심폐소생술을 시도하지 않기로 했다.

"첫 번째 인터뷰에서 아무도 혼자 죽어서는 안 된다고 말씀하셨죠. 이때 깨달으신 건가요?"

"그때쯤이었죠. 조금 뒤에요."

또 한 통의 전화가 짐과 동료에게 걸려왔다. 이번에는

브리그스라는 작은 마을을 가로지르는 고속도로 위 혼잡 구간에서 생긴 정면충돌 사고였다.

"현장은 차마 말로 설명할 수 없을 정도로 참혹했습니다. 도착해서 보니 한 여성이 차 안에 갇혀 있었어요. 다른 차량의 운전자는 이미 사망한 상태였고요. 저는 여성이 타고 있던 차의 옆 창문으로 기어들어 갔어요. 대형 세단이었는데 문이 안 열리더군요. 저는 조수석에 있었고 그는 운전석에 앉아 있었어요."

여성은 아직 맥박이 있었지만 고개조차 가누지 못했다. 쌕쌕거리는 소리를 내며 거칠게 숨을 내쉬고 있었다. 그래서 짐은 부상이 악화되지 않도록 몸을 기울여 그의 목을 받쳐주었다.

"여성분은 날씬했고 금발 머리에 30대 정도 되어 보였어요. 하지만 너무 어두웠고 피가 너무 많이 흘러 있어서 알아보기 힘들었죠. 서로 눈이 마주쳤는데 정말 가슴이 아팠습니다. 구급차가 제시간에 오지 못할 거라는 걸 알고 있었기 때문에 저는 '당신을 놔두고 아무 데도 안 갈 거예요. 이렇게 바로 곁에 있을게요'라고 말했어요. 그리고 우리가 최선을 다해서 꺼내주겠다고도 약속했고요. 절망적인 상황이지만 한 가닥 희망을 주고 싶었지요. 제가 머리를 받치고 있는 동안 그는 서서히 의식을 잃어갔어요. 그리고 제 품

안에서 세상을 떠났습니다."

짐은 그 여성의 주변에 슬픈 기운이 감돌고 있었다고 말했다.

"어쨌든 저는 그렇게 느꼈어요. 어쩌면 제 슬픈 감정이 투영돼서 그렇게 보였을 수도 있죠. 하지만 모든 것이 너무 비극적이었어요."

그의 남편도 병원으로 옮겨지는 도중 사망했다. 결국 사고를 당했던 세 사람 모두 목숨을 잃었다.

"그날 밤 저는 온갖 감정을 다 느꼈어요. 그 여성이 가여웠어요. 그리고 그가 기독교인인지 아닌지, 집에 아이가 있는지 없는지, 아는 게 하나도 없어서 슬펐죠."

그가 세상을 떠난 후 짐은 도로를 정리하기 시작했다. 양방향 모두 차량으로 꽉 막혀 있었기 때문이었다.

"그때 분노가 치밀어 올랐어요. 아무도 도와주지 않고 모두 멀뚱히 서서 쳐다보기만 했어요. 다들 차를 세우고 내려서는 빤히 구경만 하는 거예요. 피나 다른 이런저런 것들 있잖아요. 사방이 피투성이였거든요. 사고가 난 두 대의 차량 중에 작은 차에 탄 남자는 온몸의 뼈가 거의 다 부러져 있었어요. 정말 끔찍했죠. 하지만 아무도 도와주지 않았어요. 장의사와 저만 유일하게 수습하고 있었어요. 그래서 전 화가 머리끝까지 나서 '좋은 구경거리 났네요'라고 외쳤어요. 참을 수가 없었어요. 돌아가신 분들이 너무 안타까웠고 우리가 너무 늦게 도착해서 도와주지 못했다는 사실에 속이 상했죠. 진심으로 그 여성이 혼자 죽지 않기를 바랐고 그러지 않았다는 사실에 감사드렸습니다. 제가 거기 같이 있을 수 있어서 기뻤어요."

"모든 게 거기서 시작된 건가요?"

"맞아요. 그날 밤이에요. 제가 거기 없었더라면 그 여성은 혼자 죽었을 거예요. 하지만 그건 너무 가혹하죠. 누구든 혼자 죽는 건 너무 가혹한 일이에요."

* * *

버트럼으로 이사한 후 짐은 재니스와 상의한 끝에 신학교에 입학하기로 했다. 성찬식도 집전하고, 교인들을 위해 목회자가 할 수 있는 모든 일을 하고 싶었다.

"그게 제가 신학이나 목회신학에서 석사 학위를 딸 수 있었던 원동력이었어요. 신학교가 집에서 거의 250킬로미터나 떨어져 있어서 일주일에 나흘은 차로 왔다 갔다 해야 한다는 게 문제였죠. 운전대를 잡는 시간이 너무 길었어요. 하루에 500킬로미터를 운전해서 통학했고 집에 돌아와서도 계속 공부했어요. 게다가 목사 일도 하고 있었고요."

그 사이 재니스는 점점 더 멀어져 갔고, 섹스에 대한 그의 관심은 부족하다 못해 아예 깨끗이 사라져 버렸다.

"아내는 조금도 좋아하지 않았어요. 이해할 수가 없었죠. 혹시 퍼시 슬레지Percy Sledge의 「남자가 여자를 사랑할 때 When a Man Loves a Woman」라는 노래 들어본 적 있나요?"

나는 고개를 끄덕였다.

"제 심정이 딱 그랬어요. 저는 제가 하루 종일 일하는 동안 아내는 집안일을 하는 삶을 상상했어요. 집을 깔끔하게 치운 아내가 촛불을 켜고 저녁 식사를 준비한 다음 제가 돌아오기를 기다리는 거죠. 그러다 제가 돌아오면 함께 맛있게 식사를 마치고 쉬다가 잠자리에 들어 사랑을 나누는 거예요."

하지만 짐이 꿈꿨던 결혼 생활과 현실은 전혀 달랐다. "제가 집에 자주 가지 못하니까 그럴 기회도 별로 없었지만, 집에 있을 때도 아내는 관심이 없었어요. 휴가를 갔을 때만 잠자리를 가졌죠. 아내가 그때는 꼭 해야 한다고 생각했던 것 같아요. 하지만 절대로 즐기지는 않았어요. 지렁 함께 사는 동안 단 한 번도 느낀 적이 없었어요."

"아내를 위해 애썼나요?"

"음… 아내가 그 얘기를 하기 싫어해서 저는 무척 답답했어요."

"어떻게 해주면 좋을지 물어본 적이 있나요?"

"지금 와서 돌이켜 보면 그건 절대 아내의 탓이 아니었어요. 어쩌면 제가 잠자리를 정말 못했는지도 모르죠. 그때는 저희가 가진 돈이 한 푼도 없을 때라 먹고살기 위해서 재니스가 아이를 봐주는 일을 시작했었어요. 일주일에 5일은 아이들과 함께 집 안에 갇혀 지내다 보니 주말만 되면 집 밖으로 나가고 싶어 했지요. 롤러스케이트를 타든 뭘 하든 간에요. 하지만 저는 일주일 내내 바쁘게 돌아다녀서 녹초가 된 상태라 금요일 밤에 아내가 아무리 나가자고 해도 결국엔 그냥 집에서 쉬고 말았어요. 제가 아내를 실망시킨 거죠. 당시에는 몰랐는데 이제는 알겠더군요."

신학교에 다니면서 짐은 병원 원목으로 취직했다. 원목의 일상 업무 중 하나는 환자들 곁에서 임종을 지키는 일이었다.

"그곳에서 겪었던 일이 제 인생을 크게 바꿔놓았어요. 덕분에 삶과 죽음에 대해 더 잘 이해하게 됐죠. 당시에 댈러스에 있는 베일러 병원에서 원목으로 근무하고 있었는데 암 병동에 중년 여성이 한 명 입원해 있었어요. 모두 그가 죽는 건 시간문제라는 것을 알고 있었죠. 병문안을 여러 번 갔었는데 어느 날 병실에 갔더니 환자의 상태가 좋지 않다고 하더군요. 그래서 침대 곁에 앉았어요. 남편과 아들,

딸도 와 있었는데 곧 돌아가실 것 같았어요. 아들은 어머니 곁을 지키느라 나흘 동안 한 번도 병원을 떠나지 않았습니다. 심지어 암 병동 밖으로도 나가지 않았어요. 사람들은 계속해서 그 아들에게 '여기만 있으면 안 돼. 밥도 먹고 좀 쉬어야지'라고 말했죠. 그는 '아니요, 그러고 싶지 않아요'라고 말했지만 주변에서 하도 재촉을 하니까 결국 등 떠밀려 집으로 향했어요."

집은 병원에서 차로 30분 거리에 있었는데 여성은 아들이 떠난 지 채 2~3분도 되지 않아 사망하고 말았다. 그때는 누구나 휴대전화를 갖고 다니던 시절이 아니었기 때문에 가족들은 그가 집에 도착할 때까지 연락할 방법이 없었다.

"어머니가 돌아가셨다는 소식을 듣자마자 그는 전화기를 내팽개치고 병원으로 달려왔어요. 나머지 사람들은 그를 기다리면서 대화를 나누고 있었죠. 고인의 딸과 남편은 모두 울고 있었지만 이따금 웃으며 옛이야기도 했어요. 저는 그분들이 슬퍼하면서도 고인이 돌아가셨다는 사실을 받아들일 수 있게 된 것 같이 다행이라고 생각하고 있었습니다. 그때 저는 문 옆에 서 있었는데, 별안간 문이 벌컥 열리더니 아들이 달려 들어왔어요. 그는 제 목덜미를 잡고 문에서 가장 가까운 침대로 저를 내던졌어요. 그의 아버지가 자리에서 일어나려고 했지만 아들은 아버지를 다시 밀어 앉히고는 어머니에게 다가가 그를 때리기 시작했어요."

짐은 고개를 절레절레 흔들었다.

"죽은 자기 어머니를요. 제가 한쪽 팔을 잡고 그의 아버지가 다른 쪽 팔을 잡아서 아들을 어머니에게서 떼어냈어요. 그랬더니 펑펑 눈물을 흘리더군요. 울음이 터지면서 그의 분노까지 녹아내린 것 같았어요. 나흘이나 어머니의 임종을 기다렸지만 어머니는 그가 있는 동안 끝까지 버텼어요. 그래서 그는 배신감을 느꼈던 거예요."

짐은 오후 내내 아들을 진정시키느라 애를 먹었다고 했다.

"아버지를 껴안고 아들은 울고 또 울면서 밀쳐서 미안하다고 말했어요. 제게도 사과했죠. 그런 후에 아름다운 순간이 찾아왔어요. 우리 모두 침대 주위에 모였어요. 아들은 매니큐어를 곱게 바른 어머니의 손을 잡고, 다른 손으로는 제 손을 잡았습니다. 그리고 우리는 기도를 올렸어요. 말없이 서로의 손을 맞잡고 서 있었죠. 사랑과 슬픔이 방 안을 가득 채우는 게 느껴졌고, 저는 애도하는 과정이 시작되었다는 것을 알았어요. 마지막에 가족들은 어머니를 남겨두고 밖으로 나갔어요."

이 무렵 짐은 임상 사목 교육 수업을 듣고 있었기 때문에 병원에서 일어나는 모든 일들을 이해할 수 있었다. 그날 짐은 슬픔에 잠긴 가족에게 작별 인사를 한 후, 같은 수업을 듣는 친구 몇 명과 만나 간단히 끼니를 때우며 있었던 일에 관해 얘기하고 있었다. 그런데 식사를 절반쯤 마쳤을 때 호출기가 울리기 시작했다.

"틀림없이 심각한 일이 벌어진 것 같아 모두 자리에서 뛰쳐나갔어요. 그런데 지하실에서 기다리고 있던 수업 담당자가 우리를 보고는 '여러분, 이제부터 부검을 참관하겠습니다'라고 하더군요. 그 말을 듣고 잘됐다는 생각을 했어요."

부검실 안에는 천으로 덮어 놓은 시신이 그들을 기다리고 있었다.

"병리학자가 설명하기 시작하면서 상체를 가리고 있던 천을 걷었어요. 시신의 얼굴과 하체는 여전히 가려져 있었기 때문에 몸통만 보였죠."

시신의 주인은 여성이었다. 병리학자는 메스를 가슴에 대고 절개하기 시작했다.

"처음에는 괜찮았어요. 사람 몸속을 들여다보는 건 처음이었는데도 보면서 별다른 느낌이 들지 않았거든요. 그러다가 천이 조금 움직였는데 그때 그의 손이 보였어요. 아름답게 칠해진 손톱을 저는 한눈에 알아봤어요. 바로 한 시간 전까지만 해도 그 손을 내려다보고 있었으니까요."

짐은 마지막 순간까지 자신이 잡고 있었던 그의 손을 물끄러미 바라봤다.

"그때부터는 더 이상 수업이라는 생각이 안 들었어요. 너무 현실적이어서 그 자리에서 기절할 뻔했고, 결국 복도로 나갈 수밖에 없었어요. 그 여성 덕분에 저는 인생의 진정한 아름다움이 무엇인지 배웠고 아주 사소한 것들 때문에 큰 생각이 바뀔 수 있다는 것도 알았어요. 그는 더 이상 평범한 시체 한 구가 아니었어요. 저는 그를 만나 함께 웃고 기도하며 죽음까지 지켜봤으니까요. 그날 저녁 저는 정말 많은 감정을 추슬러야 했습니다."

"왜 그 일이 그렇게 중요하게 느껴진 것 같나요?"

"임상 경험이라고 생각하고 냉정하게 시신을 봐야 하지만, 아는 이의 시신을 보면 그 사람이 실제로 느껴지기 마련입니다. 그래서 감정적으로 더 조심해야 하고요. 그때의 경험으로 우리가 얼마나 연약한 존재인지 깨닫게 되었어요. 스스로가 충격에서 금방 회복할 수 있다고 생각할지 모르지만 신이 주신 우리의 그릇은 소중하고 섬세합니다. 이런 경험을 함께할 수 있어서 영광스러웠고 그 가족에게 강한 유대감을 느꼈어요. 그날 병원을 떠난 후 다시 만나지는 못했지만 그들은 늘 제 마음속에 남아 있습니다."

짐은 병원 내 산부인과 병동에서도 원목으로서 해야 할

일이 있었다.

"이런, 그것도 가슴 아픈 얘기예요. 그 병원에는 분만대기실이 18개, 분만실이 4개 있었는데, 어느 날 저녁은 너무 바빠서 만삭 임산부들이 복도에 놓인 간이침대에 누워 있었을 정도였어요. 핼러윈 전날 밤이었는데 저는 분만대기실들을 오가느라 정신이 없었어요. 분만대기실 안에서는 늘 무슨 일이 벌어지고 있었죠. 많은 아기가 태어나는, 가슴이 벅차고 흥분되는 그곳에 정말이지 행복해 보이는 한 부부가 있었어요. 아내는 다른 모든 산모처럼 고통스러워하고 있었지만 그와 동시에 아기를 만날 생각에 들떠 있었죠. 저는 대기실 안에 들어가서 부부와 잠시 이야기를 나누고 다른 사람들과도 대화하기 위해 서둘러 나왔어요. 모는 분만실로 옮겨져 출산했지만 의사는 즉시 뭔가가 잘못되었다는 것을 알아차리고 저를 다시 불러들였습니다. 다들 크게 걱정했죠. 산모는 아직 분만대에 누워 있었고 제가 안에 들어갔을 때는 의료진이 아기를 살리려고 애쓰고 있었어요. 의사는 '아기가 살 수 없을 것 같습니다'라고 말했고, 저는 아기가 숨을 거둘 때까지 그 자리에 함께 있었어요."

짐은 의료진이 아기를 구하려고 애쓰는 모습을 곁에서 묵묵히 지켜봤다.

"그 상황에서 저의 역할은 아무것도 하지 않는 거예요.

방해되지 않으려고 노력했죠. 제 도움이 필요한 순간 그분들이 무엇을 요청하든 힘을 보태는 게 제가 할 일이었어요."

병원 의료진은 그 부부를 조용한 방으로 데려갔고, 짐은 그들 곁에 앉아서 의사가 오고 있다고 전했다.

"부부는 아기의 상태를 알고 싶어 했지만 저는 아무 말도 할 수 없었어요. 그건 언제나 너무 힘든 일이었어요. 결국 의사가 와서 최선을 다했지만 아기를 살릴 수 없었다고 말했죠. 별다른 합병증 없이 임신 기간도 막달까지 채웠지만 아기는 죽었어요. 부부는 하염없이 목 놓아 울었어요."

의사가 아들을 만나보겠느냐고 묻자 부부는 그러겠다고 대답했다. 짐이 조산사에게 이 사실을 알려주러 갔던 짐은 그가 울고 있는 모습을 발견했다. 짐은 한동안 곁에서 조산사를 다독거렸다.

"우리는 기도했어요. 저는 제 손수건을 그에게 주고 포옹한 다음, 부모가 아기를 보고 싶어 한다고 말해줬죠."

조산사가 아기를 부모에게 보여줄 준비를 하려고 했지만 손이 부들부들 떨리고 있었다. 짐은 그를 대신해 아기를 담요로 감쌌다.

"저는 부부에게 돌아가 아기를 엄마 품에 안겨줬어요. 산모는 아기를 품에 안고 흔들며 '내 소중한 보물'이라고 속삭였어요. 그 부부에게 아기를 남겨두고 가도 될지 확신이 서지 않았는데 그 순간 남편이 일어나서 아기의 이마에 뽀뽀를 하더군요. 한없이 사랑하는 눈으로 아기를 내려다보는 부부의 슬픈 모습을 지켜보고 있자니 너무 아름다우면서도 가슴이 찢어지는 것 같았어요. 10분 정도 그 자리에서 있었지만 그들만의 시간을 줘도 괜찮겠다는 생각이 들었어요."

짐은 밖으로 나와 커피를 마셨고 조산사와 조금 더 이야기를 나눴다. 그런 일이 벌어질 때마다 산부인과 병동의 분위기는 달라졌다. 조산사와 의사뿐만 아니라 다른 모든 직원도 모두 심란한 얼굴을 하고 있었다.

"정말 깜짝 놀랐어요. 모두가 슬퍼하는 걸 보고 큰 감동을 받았죠. 그건 다들 진심을 다해 일하기 때문이니까요. 저는 그날 업무가 끝날 때까지 남아서 대화 상대가 필요한 사람과 얘기도 하고, 제가 도울 수 있는 일은 뭐든지 하기로 마음먹었어요."

짐은 한 시간쯤 후 부부에게 돌아갔다.

"그 부부는 이미 애도의 과정을 거치고 있었어요. 친지들에게 전화를 걸어 가슴 아픈 소식을 전했죠. 가족들이 병원으로 달려오고 있었지만 부부는 아기를 보여주고 싶지 않다며 데려가 달라고 했어요."

그날 저녁 병원에 일손이 부족했던 탓에 조산사는 짐에

게 아기를 영안실로 데리고 가 달라고 부탁했다. 아기의 시신은 부검 전까지 영안실에 보관될 예정이었다.

"제가 '물론이죠. 어떻게 하면 되죠?'라고 물었더니 조산사가 천을 한 장 집어 들었어요. 부드러운 손길이었지만 시신을 천으로 둘둘 뭉쳐서는 빨랫감을 들고 가는 것처럼 들고 가라고 하더군요."

짐은 아기를 안고 복도로 나갔다. 그런 다음 엘리베이터를 타고 지하로 내려가 해부병리과에 있는 의사에게 아기를 넘겼다.

"다시 돌아가서 부부에게 아기가 어디 있는지 알려줬더니 고마워했어요. 부부는 낙심하고 절망에 빠져 있었지만 그들에겐 믿음이 있었어요. 게다가 충분히 견딜 수 있을 만큼 강했죠. 그래서 저는 그들이 현실을 받아들이고 살아가는 법을 배울 거라는 걸 알았어요. 그것만큼은 다행이었지요."

"모든 어린이는 천국에 가나요?"

"전 그렇게 생각해요. 아직 자기 행동에 책임을 질 수 있는 나이가 아니니까요. 보통은 아홉 살 전후로 옳고 그름을 구분할 수 있게 되죠. 그 나이가 되면 아이는 신이 존재한다는 개념을 이해하고 신을 받아들일지 말지를 결정할 수 있게 됩니다. 하지만 그 결정을 내릴 수 없는 시기의 어린이들은 모두 천국에 갑니다."

"아이가 세상을 떠나는 걸 보면 어떤 기분이 드나요?"

"떠나보내기 싫죠. 처음 그 아기를 보낸 이후로 아이들이 죽는 모습을 자주 봤습니다. 보통 어른들이 죽을 때와는 다르게 조용해요. 거칠고 가쁘게 숨을 몰아쉬거나 살고 싶어서 몸부림을 치지 않아요. 어딘가 평화로워 보이면서 훨씬 금세 끝나버려요. 저는 오랫동안 정말 비극적인 상황을 많이 봐왔어요. 리버티힐에 있는 교회에서는 정말 가슴 아픈 상황들을 여러 차례 겪었죠. 버트럼에서 목사로 일하는 동안에는 아이들을 무려 22명이나 땅에 묻었고요. 정말 힘들었습니다."

짐은 지금껏 자신이 집례했던 장례식 중에 가장 슬펐던 장례식은 교회 집사의 아들을 보내는 자리였다고 말했다.

"지금까지도 제가 가장 존경하는 분입니다. 신앙심이 매우 깊고 아내에 대한 사랑도 대단했죠. 무척 화목한 가정이었어요."

부부의 첫 아이는 다운증후군을 가지고 태어났다.

"부부는 그 아이를 사랑했고, 아이는 교회에 있는 모든 사람을 사랑했어요. 하지만 아이가 세 살이 됐을 때 심장이 멈췄어요. 부부는 그 후로도 아픔을 완전히 극복하지 못했습니다. 아이를 너무 사랑했거든요."

이들은 아이를 더 갖고 싶어서 갖은 노력을 기울였지만 새 생명은 찾아오지 않았다. 그래서 결국 불우한 가정환경에서 태어난 남자아이를 입양하기로 했다.

"그들은 그 소년을 따뜻하게 맞아주고 많은 사랑을 베풀었어요. 그러나 아이는 힘든 시간을 보냈지요. 그 아이가 네 살에 입양됐던 걸로 기억하는데, 부부는 아이를 친자식처럼 사랑했지만 아이는 쉽게 마음을 내주지 않았어요. 그러다가 마침내 아이가 부부를 따르기 시작할 무렵 아내가 임신했고 그 후 아들 티머시가 태어났어요. 부부는 아기를 한없이 사랑했어요."

매년 봄이 되면 그들 가족이 살고 있는 지역에서 어린이 야구대회가 열렸다.

"리버티힐에서 어린이 야구대회는 꽤 큰 행사여서 집사님의 두 아들이 모두 출전했죠. 티머시는 그날 아침 일찍부터 경기가 있어서 차는 두 대 쓰기로 했어요. 입양된 첫째와 엄마가 같은 차를 타고, 티머시와 아빠는 트럭을 탔어요. 그들은 각자의 경기장으로 차를 몰고 갔고, 경기가 끝나자 다시 집으로 향했습니다. 돌아오는 길에 티머시가 '아빠, 나 뒤에 타도 돼요?'라고 물었어요."

그 당시에는 다들 트럭 짐칸에 아이를 태우고 달려도 괜찮다고 생각했다. 집은 경기장에서 2킬로미터도 채 안 되는 가까운 거리에 있었고, 모든 게 순조로웠다. 유일한 문제는 이웃집 진입로 바로 옆에 솟아 있는 커다란 나무였다. 그 나무 때문에 이웃집 사람들은 후진해서 나올 때 다른 차들이 오고 있는지 볼 수가 없었다. 평소에는 늘 한적했던 그 길에서, 하필 그날 이웃집 차는 다가오는 트럭을 보지 못한 채 그대로 후진해 버렸다.

"트럭이 미끄러지면서 배수로에 빠졌지요. 아버지가 다시 도로 위로 올라오려고 핸들을 꺾자 트럭이 기울어졌어요. 그 순간 티머시가 트럭 짐칸에서 튕겨져 나갔는데 그만 트럭이 티머시 머리 위를 덮치고 말았어요. 순식간에 구급차가 도착해 서둘러 티머시를 싣고 떠났습니다. 저도 연락을 받고 곧장 병원으로 달려갔어요. 도착했을 때 티머시는 아직 살아 있었고, 의료진은 아이의 생명을 살리기 위해서 애쓰고 있었죠. 저는 손을 뻗어 티머시의 손을 잡았어요. 티머시는 교회학교를 단 한 번도 빠지지 않았던 착한 어린이였어요. 항상 교회에 있었죠. 웃음이 많은 꼬마였어요. 하지만 끝내 티머시는 숨을 거뒀습니다."

짐은 의사에게 자신이 직접 부모에게 이 소식을 알려도 되겠냐고 물었고 의사는 그렇게 해주면 고맙겠다고 말했다.

"그래서 저는 부모들이 기다리던 대기실로 들어갔어요. 제가 들어서자 일어서길래 다 같이 자리에 앉았습니다. 그리고 티머시가 방금 세상을 떠났다는 소식을 전했죠. 그들은 울음을 터뜨렸고 아버지는 죄책감에 사로잡혔어요. 정말 너무나 끔찍한 사고였습니다."

"수많은 감정 중에 죄책감을 가장 많이 접하실 것 같네요."

"제 삶에서는 죄책감이 차지하는 비중이 크죠. 사람들은 항상 그 얘기를 하고 싶어 하거든요. 복역 중인 죄수들에게도 사방을 둘러싸고 있는 물리적인 벽보다 죄책감이 더 끔찍한 감옥일 때가 많습니다."

"의도치 않았지만 자식의 죽음에 책임이 있는 부모에게 어떤 말을 해주시나요?"

"제가 무슨 말을 하느냐보다 무슨 말을 하지 않느냐가 더 중요해요. 예를 들어 저는 '어떤 심정일지 압니다'라는 말은 안 합니다. 왜냐하면 알 수 없으니까요."

짐은 잠시 생각하더니 말을 이었다.

"저는 억지로 공감하려고 하지 않아요. 그들을 안아주고 이런 일을 겪게 돼서 마음이 아프다고 말한 다음, 더 넓은 시점에서 봤을 때 어쩔 수 없는 상황이었다는 걸 이해시키려고 노력합니다. 하지만 시간이 좀 걸릴 수도 있어요."

"그런 죄책감에서 어떻게 벗어날 수 있을까요? 죄책감을 안고 살아가는 법을 어떻게 배울 수 있나요?"

"애도 과정에서 가장 극복하기 어려운 감정이 죄책감인 경우가 많습니다. '내가 이렇게 했더라면, 저렇게 했더라면' 하는 생각이 들죠. 죄책감으로 마음과 생각이 혼란해져서 괜히 다른 사람에게 화가 나기도 하고요. 죄책감에 시달릴 때 서로에게 마음에도 없는 잔인한 말을 하는 경우도 많습니다. 그저 순간적으로 고통을 잊기 위해서요. 죄책감의 중심에는 자신이 용서받을 수 없는 일을 저질렀다는 믿음이 자리 잡고 있습니다. 아들이 트럭 짐칸에 앉겠다고 했을 때 티머시의 아빠가 허락한 것처럼 말이죠. 그러니 그게 자신을 용서해 줄 수 있는 일이라는 걸 이해해야 해요. 자신이 내린 결정이 용서받을 수 있는 일이라는 사실을 말예요. 죄책감의 열쇠를 찾아서 자신을 억누르고 있는 사슬을 풀어야 해요."

"하지만 실제로 어떤 방법이 있을까요?"

"제 경험상으로는 그때 당시로 돌아가서 죄책감을 정면으로 마주하는 거예요. 무슨 짓을 했건 자기 행동을 진지하게 돌아보고 그 열쇠를 찾아야 해요. 바로 거기에서부터 용서가 시작됩니다. 떠오르는 모든 감정을 직시하고, 이를 처리하고 극복하기 위한 구체적인 조치를 취한다면 용서할 수 있을 거예요."

부모는 아들을 보고 싶어 했다. 그래서 짐은 티머시가

무슨 짓을 했건 자기 행동을 진지하게 돌아보고
그 열쇠를 찾아야 해요.
바로 거기에서부터 용서가 시작됩니다.
떠오르는 모든 감정을 직시하고, 이를 처리하고
극복하기 위한 구체적인 조치를 취한다면
용서할 수 있을 거예요.

누워 있는 방으로 들어갔다. 간호사 한 명이 바닥에 주저앉아 눈물을 흘리고 있었다. 짐은 그 옆에 앉아 한쪽 팔로 간호사의 어깨를 감싸안았다. 그들은 한동안 그렇게 앉아 있었다. 간호사는 짐에게 자신은 티머시를 살리려고 최선을 다했으며 티머시는 정말 소중한 아이였다고 말했다.

"그 간호사는 그 말을 여러 번 반복했어요. 저는 잠시 이야기를 듣다가 티머시의 부모님이 아이를 보고 싶어 한다고 말했어요."

짐은 티머시에게 다가가 얼굴을 닦아주고 최대한 보기 좋게 모습을 정리했다. 그런 다음 가장 심한 부상을 감추기 위해 불을 거의 다 끄고 천으로 덮은 뒤 눈을 감겼다.

"그 후에 부모를 데리고 다시 돌아왔어요. 그런데 아이의 부모가 놀라울 정도로 침착하더군요. 부모는 각각 아이의 왼편과 오른편에 가서 섰어요."

첫째 아들은 그 자리에 없었다. 부모가 데려오길 원치 않았기 때문이다. 그래서 방 안에는 세 사람만 있었다. 그들은 손을 잡고 기도했다.

"아이 아버지가 저를 쳐다보며 '장례식을 맡아주실 거죠?'라고 묻던 게 기억납니다. 저는 당연하다면서 뭐든 요청하시면 하겠다고 대답했죠. 장례식에 대해 잠시 이야기를 나눈 다음 부부는 모두 울면서 기도를 올렸어요. 저는

그분들이 아이와 마지막 시간을 보낼 수 있도록 자리를 비
워드렸어요."

장례식장은 약 25킬로미터 떨어진 조지타운에 있었지
만 정작 장례식은 리버티힐에서 열렸다.

"조지타운에서 조문을 받는 건 말도 안 된다고 생각했
어요. 조문객들은 먼 길을 찾아와 시신을 보고 난 뒤 다음
날 리버티힐에서 열리는 장례식에 참석하기 위해 다시 돌
아가야 하니까요. 그래서 그 대신 관을 열어놓은 채로 리버
티힐의 교회에 놓아두기로 했고 장의사도 동의했어요. 단,
누군가가 밤새 관 옆에 있어야 한다는 조건으로요. 부모에
게 그렇게 하라고 할 수가 없었어요. 차마 그럴 수는 없었
죠. 그래서 제가 남겠다고 했어요."

넓찍한 교회 입구에 관을 놓자 조문객들이 줄지어 아이
의 마지막 모습을 지켜보았고, 예배당으로 들어와 가족과
함께 기도했다.

"그날 저녁 리버티힐에 사는 사람들은 하나도 빠짐없이
티머시를 보러 왔던 것 같아요."

"스웨덴에서는 장례식에서 관을 열어두는 일이 흔치 않
아요. 미국에서 사람들이 시신을 보고 싶어 하는 이유는 무
엇일까요?"

"작별 인사를 하려고요. 그러려면 실감을 해야 하거든

요. 전 시신을 직접 보면 더 와닿는다고 늘 생각했어요."

"스웨덴에서는 그 반대예요. 관 속을 공개하는 사람은 거의 없고, 어쩌다가 그렇게 하더라도 트라우마가 남을 수 있으니 모든 사람에게 미리 경고하고 대비하도록 해요. 성직자나 관리 직원, 교회 음악가뿐만 아니라 조문객까지 전부요. 모두가 도착하기 전에 관이 열려 있을 거라는 사실을 알아야 합니다."

"여기서는 거의 모든 장례식에 관을 열어둬요. 누군가가 죽었다는 사실을 눈으로 확인하지 못하면 그 사람이 사실 죽지 않았으며 언젠가 다시 만날 거라고 생각할 수도 있잖아요. 지금이야 나아졌지만 저도 어렸을 때는 그렇게 믿었어요. 오랫동안 이 문제로 힘들었고요. 아직도 제 주변에는 제대로 작별 인사를 하지 못해서 고통받고 있는 사람들이 많아요. 관 속에 있는 딸을 보지 못한 한 어머니는 실성하기 일보 직전이었어요. 딸이 정말 죽었다는 사실을 믿으려고 하지 않았죠. 저는 사람들이 시신을 직접 보면 마음을 정리하는 데 도움이 된다고 생각해요."

그날 저녁, 조문이 끝난 후 짐은 교회 문을 잠그고 티머시와 같은 방에 누워 잠을 청했다.

"사실 쉽지는 않았어요. 마치 아이가 뒤척이거나 숨 쉬는 소리를 내길 기다리는 것 같았어요. 들리지 않을 걸 알면서도요. 그러다 실제로 밤중에 아이에게 말을 걸었죠. 너를 넘치게 사랑해 주고 풍요롭고 행복한 삶을 살게 해준 부모님을 만났으니 복받은 삶이었다고 말해줬어요. 그리고 다음 날 아침 일찍 일어나 장례식을 준비했습니다."

예식이 시작되기 두 시간 전부터 사람들이 도착하기 시작했다. 교회 안은 350명을 수용할 수 있었는데 그날 조문객은 500~600명에 달했다. 나머지 사람들은 서 있어야 했다.

"장례식이 끝나갈 무렵 티머시의 어머니는 하고 싶은 말이 있다고 했어요. 그러고는 일어나서 참석한 사람들에게 티머시에 관해 얘기했습니다. 멋진 추도사였죠. 저도 충격이 완전히 가시지 않은 상태라 정확히 무슨 말이었는지는 기억이 잘 안 나네요. 하지만 안타깝게도 그 가족은 아픔을 완전히 극복해 내지 못했어요. 입양한 아들에 대해서도 조금 슬픈 소식이 들려왔고요. 그 아이는 결국 문제를 일으키기 시작했어요. 마약에 손을 대기 시작했고 어린 나이에 결혼했죠. 마지막으로 들은 바로는 결혼 후 아기를 낳았지만 키울 수 없는 상황이라 결국 조부모가 맡고 있다고 했어요."

"병원이나 자동차 사고 현장, 사형장에서 죽어가는 사람들을 보면서 느낀 교훈이 있나요?"

저는 죽는 게 조금도 두렵지 않아요.

죽음보다 훨씬 더 끔찍한 게 있다는 사실을 배웠거든요.

이를테면 남은 평생을 감옥에 갇혀서 보내는 거요.

가족을 다시는 볼 수도, 안을 수도 없는 것도요.

그게 죽음보다 더 끔찍해요.

저는 제 삶에 감사합니다.

"죽음은 무서운 게 아니라는 걸 배웠어요. 저는 죽는 게 조금도 두렵지 않아요. 죽음보다 훨씬 더 끔찍한 게 있다는 사실을 배웠거든요."

"예를 들면요?"

"이를테면 남은 평생을 감옥에 갇혀서 보내는 거요. 죽음보다 더 끔찍한 일이죠. 가족을 다시는 볼 수도, 안을 수도 없는 것도요. 그게 죽음보다 더 끔찍해요. 저는 제 삶에 감사합니다. 신을 모른 채 죽는 사람들도 봤어요. 신을 미워하거나 신께 등을 돌린 채로 죽는 사람들도 만났죠. 평생을 온 마음을 다해 신을 사랑하고 흔들리지 않는 믿음을 안고 세상을 떠난 사람들도 만나봤어요."

"스웨덴 사람인 저로서는 미국에서 기독교가 그렇게 엄청난 역할을 하고 있다는 점이 대단히 흥미로워요. 최근 통계에 따르면 스웨덴 인구의 24퍼센트만이 기독교인이라고 밝혔는데, 미국에서는 기독교인이 64퍼센트에 달합니다. 스웨덴에서는 기독교 민주당조차도 신에 대해 이야기하지 않지만, 미국에서는 기독교를 믿지 않는 정치인은 상상할 수도 없잖아요. 믿지 않는다면 절대 표를 못 얻을 테니까요."

"뭐라고 할까요. 신은 변화를 만드십니다. 죽음의 문턱에서 신은 변화를 일으키시죠. 수백 명이 죽는 걸 지켜보면서 전 그걸 깨달았어요."

* * *

짐은 석사 학위를 받기까지 무려 5년이나 걸렸다. 그래서 1980년 신학교를 떠났을 때 드디어 정상에 도달한 듯한 기분이 들었다.

"5년이란 기간 동안 신은 제게 몇 가지 중요한 교훈을 가르쳐주셨어요. 마침내 졸업을 하자 저는 인생에서 이루고 싶었던 목표를 드디어 해낸 것 같았어요. 학업을 마쳤을 때가 5월이었는데 당시에 재니스가 막내딸을 임신하고 있었죠. 둘째 브라이언은 1976년에 태어났어요. 첫째인 미스티가 태어났을 때만 해도 출산 시에 남편이 곁에 있을 수 없었지만 시대가 변하면서 둘째 브라이언의 출산 과정에는 제가 내내 함께했지요. 브라이언이 세상에 나오던 그 순간에 재니스의 손을 꼭 잡고 있었죠. 그리고 제이나의 차례가 왔어요. 그 무렵 저는 응급구조사 교육을 마치고 이미 교통사고 현장 등지에서 일하고 있었어요. 그래서 의사 선생님께 이렇게 농담을 던졌어요. '아시겠지만, 저도 분만하는 법을 배웠잖아요. 이 나라에서 출산하려면 비싼데 돈도 아낄 겸 직접 아기를 받아볼까 봐요.' 그 말에 우리는 한바탕 웃음을 터트렸고 의사 선생님은 밖으로 나가셨어요."

하지만 얼마 지나지 않아 한 간호사가 짐을 찾아왔다.

"브라질 씨? 의사 선생님이 진료실에서 뵙자고 하시네요."

짐은 뭔가 잘못되었다는 생각에 잔뜩 불안해졌다. 그는 황급히 달려가 진료실 문을 두드렸고, 의사의 목소리가 들리자마자 서둘러 문을 열고 들어갔다. 방 반대편에서 의사가 속옷 차림으로 서 있었다. 당황한 짐이 사과했지만 의사는 들어오라는 손짓을 하면서 말했다. "준비하시죠."

"의사 선생님이 제게 옷을 한 벌 던져주길래 입었어요. 그랬더니 수술 준비하는 법을 아냐고 묻더라고요. 그래서 다른 사람들이 하는 것을 몇 번 본 적이 있다고 말했더니 자기가 어떻게 하는지 먼저 보여줄 테니 그대로 따라 하라더군요. 수술 준비를 마치고 나왔더니 의료진이 수술 가운을 들고서 기다리고 있었어요. 저까지 가운을 입고 나자 의사 선생님이 물어보셨어요. '오른손잡이예요, 왼손잡이예요?' 그때 뭔가 평소와 다른 일이 벌어지고 있다는 것을 깨달았어요."

짐이 오른손잡이라고 대답하자 의사는 분만실로 전화를 걸어 이렇게 말했다. "수술 기구대를 오른쪽에 놓으세요."

그런 다음 두 남자는 재니스에게로 갔다. 재니스는 이미 분만대 위에 두 다리를 걸친 채 누워 있었다. 의사는 한쪽 구석으로 걸어가더니 이렇게 말했다. "필요한 게 있으면 뭐든 말씀하세요."

짐은 당시 기억을 떠올리며 미소를 지었다.

"제가 제이나를 직접 받게 됐죠. 출산은 아무런 문제 없이 순조로웠어요. 저는 제이나가 밖으로 나오자마자 안아서 재니스의 가슴 위에 올려줬어요."

의사가 아기를 진찰하고 난 후, 짐이 탯줄을 잘랐다.

"그러고 나서 의사 선생님께선 '태반까지 빠져나오고 나면 회음부를 봉합할게요'라고 하셨어요. 그때 지금까지 아무 말이 없던 재니스가 입을 열어 '그건 선생님께서 직접 해주시면 좋겠는데요'라고 말했어요."

짐은 어찌나 웃었는지 눈물까지 흘렸다.

"제가 봉합 수술까지는 못 했지만 그거 말고는 전부 다 해냈어요. 세상에, 정말 멋진 경험이었죠. 그 이후로 재니스와 저 사이에는 끈끈한 유대감이 생겨났어요."

인생 최악의 실수

제이나가 태어나고 3주 뒤, 짐의 가족은 샌안토니오 교외의 더 부유한 동네인 불버드로 이사했다. 징거리 운전과 쓰리잡, 신학교와 순탄치 않은 결혼 생활을 병행하며 7년을 버틴 후였다.

"불버드에서 인생이 완전히 바뀌었어요. 그때는 체면을 위해 이사했던 것 같아요. 거기서 살면 좋을 거라고 생각했죠. 석사학위도 받았고, 세 아이와 아름다운 아내가 있는 가족을 꾸렸으니 성공했구나 싶었어요. '인생은 아름다워'라고 생각했으니까요. 저는 신을 외면했어요. 제가 할 수 있었던 가장 큰 실수였죠. 평생을 통틀어 제가 저질렀던 것 중에서 가장 큰 실수일 거예요."

짐은 좋은 목사가 되기 위해서 최선을 다해 교회에 헌신했다.

"불버드는 확연히 다른 곳이었어요. 교인 중에 백만장자가 다섯 명이나 있었죠. 이 사람들은 하나부터 열까지 고급스러웠어요."

가난한 환경에서 자랐고 열등감에 시달리던 짐에게 이 차이는 문화충격으로 다가왔다.

"교인들은 따뜻하고 친근하기보다는 사무적인 분위기였어요. 직접 나서서 일을 돕기보다는 차라리 다른 사람에게 돈을 주고 일을 맡기는 쪽이었죠. 그런 분위기가 잘 맞지 않아서 저는 끝까지 그곳에 완전히 적응하지 못했어요."

그럼에도 불구하고 그는 불버드에서 미국의 교정 제도를 처음 접하게 되었다.

"교인 중에 한 분이 교도소를 가보고 싶다고 하셔서 제가 샌안토니오 보안관실에 연락했어요. 보안관의 허가를 받아 일주일에 한 번씩 구치소를 방문하기 시작했죠."

첫 방문을 앞둔 짐은 무척 떨렸다고 말했다.

"교도소에 대해서 아는 게 별로 없었어요. 아는 사람 중에 복역 중인 사람도 없었고, 제가 직접 가본 적도 없었고요. 어떤 곳일지 상상조차 할 수 없었죠."

공교롭게도 짐은 첫발을 들여놓던 순간부터 교도소가

마음에 들었다.

"정말 놀라웠어요. 감방마다 많으면 여덟 명까지 잔뜩 화가 난 젊은이들로 가득 차 있었는데, 거기 있는 사람들과 앉아서 기도할 수 있다는 사실이 정말 새로웠어요."

"어떤 점이 마음에 들었나요?"

"거기에는 가짜가 없었습니다. 모두가 같은 옷을 입고 있었어요. 저는 잘 차려입은 교인들에 익숙해져 있었는데 도 빳빳하게 다려진 셔츠보다 죄수복에 둘러싸여 있던 그 순간이 더 편안했어요. 구치소에 있는 수감자들은 갇힌 지 얼마 되지 않았기 때문에 감정이 무척 격해요. 범죄는 최근 에 저지른 데다가 아직 젊고 변할 가능성이 컸어요. 수감자 들은 목사인 제가 그곳에 와서 뭘 바라는지 알고 있었어요. 그래서 제 말에 귀를 기울이고 저를 존중해 주었습니다. 우리는 진솔한 이야기를 나눴어요. 단 한 번도 왜 그곳에 오게 됐는지 먼저 물어보지는 않았지만 그들은 항상 먼저 제게 말해줬어요. 저는 그들을 평가하지 않고 그들에게 희망과 믿음, 살아야 할 이유를 주려고 노력했습니다. 그들은 저에게 많은 것을 가르쳐줬어요. 그들 덕분에 신과 사람의 관계는 교회와 아무런 관련이 없다는 것도 깨달았습니다. 교회는 우리가 더 성장하고 강해질 수 있게 신께서 사용하시는 도구일 뿐이에요. 교도소는 부와 명예가 아니라 사랑과 은혜가 필요한 곳이에요."

불버드로 이사한 후 재니스는 집에서 갓 태어난 딸을 키우기 시작했다. 그리고 부부 간의 불화가 계속되었다.

"어느 날 한 아름다운 여성이 제 사무실로 찾아왔어요. 제가 상담해 주겠다고 했죠. 그는 남편과 어려운 시기를 겪고 있었어요. 평소 사람들과 상담할 때 저는 절대로 책상 뒤편에 앉지 않았어요. 권위적인 사람으로 비치는 게 싫어서 주로 안락의자에 앉았죠. 그런데 대화가 끝날 무렵 그가 '형제님, 그동안 저한테 정말 잘해주셨는데 제가 보답으로 해드릴 수 있는 게 있을까요?'라고 묻더군요."

짐은 그가 어떤 보답을 말하는 건지 바로 알아차렸다.

그리고 이렇게 대답했다. "원하신다면요."

"그 전날 밤, 재니스와 저는… 제가 먼저 분위기를 잡아봤지만 아내는 잠자리를 할 마음이 조금도 없었어요. 그래서 화가 났고 너무 외로웠어요. 그는 제게 재니스가 해준 적 없는 것들을 해줬어요."

하지만 그 후 짐은 엄청난 압박감과 괴로움이 밀려왔다고 말했다.

"추잡한 짓이었습니다. 빠져나갈 수 없이 궁지에 몰린 기분이었죠. 신을 실망시켰지만 누구에게도 말할 수 없었어요. 그 여성은 아름다웠고 그 순간엔 좋았지만 그가 그렇게 하도록 제가 조종한 것 같은 느낌도 들었어요. 지금 돌이켜 보면 제가 동조했다는 게 믿어지지 않아요. 그는 잠시도 망설이지 않았죠."

그로부터 일주일 후, 만나서 할 얘기가 있다며 그가 전화를 걸어왔고, 급기야는 짐의 사무실로 찾아왔다. 짐은 너무 당혹스러워서 어쩔 줄 몰랐다. 그는 짐과 자고 싶다고 말했다. 깜짝 놀란 짐은 그러지 않는 게 좋겠다면서 자신은 유부남이라고 밝혔다. 그 역시 토끼 같은 아이가 둘이나 있는 유부녀이기 때문에 우리 모두에게 부담스러운 일이라고도 했다.

"그랬더니 제가 거부하면 무슨 일이 있었는지 자기 남편에게 다 말해버리겠다고 했어요. 그래서 바로 제 사무실에서 그와 잤어요. 정말 비참했죠."

"비꼬는 것 같아 죄송하지만 제게는 변명처럼 들리네요. 그냥 '아내를 놔두고 바람을 피울 수밖에 없었던 내가 참 불쌍하다'라는 거잖아요."

"그렇게 들린다는 걸 알지만 저는 원치 않았어요. 제가 아내를 배신하고 신을 배신했다는 사실을 알고 있었으니까요. 저 자신을 배신하더니 결국 협박까지 당하는 상황에 빠진 거예요."

그 여성은 또다시 전화를 걸어왔고, 짐은 요구대로 그

의 집으로 찾아가 잠자리를 함께했다.

"그러더니 어느 날 제 사무실로 찾아와서 결혼하자고 했어요. 아내와 아이들을 버리고 자신과 함께 도망가면 100만 달러를 주겠다고 하더군요. 제가 절대 그럴 일은 없을 거라고 말했더니 또다시 자기 남편에게 다 밝히겠다고 협박했어요. 생각할 시간을 좀 달라고 부탁한 후 전 집에 가서 신께 기도하며 어떻게 해야 할지 고민했습니다."

이틀 후 짐은 교회 집사로부터 전화를 받았다. 그는 잠시 드라이브를 하면서 얘기하자고 했다. 함께 차에 타자 집사는 문제의 여성이 자신에게 연락해 왔으며 모든 것을 털어놨다고 설명했다.

"다른 교회였다면 전 그 자리에서 바로 해고됐을 거예요. 하지만 제가 제 발로 교회를 떠날 테니 제발 해고는 하지 말아달라고 부탁했죠. 그분은 부탁을 들어주셨어요."

"목사님께 그다지 동정심이 생기진 않네요."

"괜찮아요. 동정할 필요가 전혀 없습니다. 제가 잘못한 거니까요."

짐은 재니스에게 무슨 일이 있었는지 털어놨다.

재니스는 크게 화를 내고 눈물도 많이 쏟았지만 끝내 용서해 주었다.

"집으로 돌아가야겠어." 재니스가 말했다.

짐은 불버드에서 목사직을 내려놓고 가족과 함께 버트 럼으로 돌아왔다.

가장 의미 있는 직업을 찾다

버트럼으로 돌아온 후 짐은 병원에서 원목으로 일하면서 또 다른 임상 사목 교육 과정을 밟을 계획이었다. 그러나 출근 첫날, 한 통의 편지가 도착했다. 예산 부족으로 인해 원목 서비스를 포함한 병원의 모든 비수익 사업을 중단한다는 내용이었다. 또다시 짐은 부양해야 할 가족과 납부해야 할 공과금은 있지만 일자리도, 돈도 없는 상태로 새집에 살게 된 것이다.

짐은 또 다른 병원인 세인트 데이비드 병원에 연락해 시설관리 부서에 일자리를 구했다. 대학에서 3년 반을, 목사로 5년을 보내고 성경학으로 대학원에서 학위까지 받았지만 다시 원점으로 돌아와 병원에서 관리인으로 일하게 된 것이다.

"환기 시설이나 배수구 등에 문제가 생기면 제가 고쳤어요. 입에 풀칠하기도 힘들 정도로 월급이 짠, 형편없는 일이었죠. 전 텍사스의 모든 병원, 응급실과 수술실에 가봤어요. 원목으로 일하면서 모든 종류의 병동을 돌았고 꽤 일도 잘했다고 생각했었죠. 그런데 다시 관리인으로 일하고 있었어요. 제가 신을 실망시켜 모든 기회를 날려버린 것 같았지요."

하지만 짐은 교회에서 만났던 그 여성을 조금도 원망하지 않는다고 말했다. 대신 자신에게 화가 났고, 아내에게도 화가 나 있었다.

"재니스가 제가 원하는 아내의 모습에 맞춰주지 않아서 화가 났어요. 마치 저를 개 다루듯 하는 것 같았어요. 먹이를 눈앞에 매달아 놓고 아주 가끔 맛만 보게 해주는 거죠. 딱 그런 느낌이었어요. 그래서 아내에게 화가 나 있었어요."

"'눈앞에 매달아 놓고'라는 표현이 꽤 끔찍하게 들리네요. 마치 남성은 자신을 통제할 수 없는 동물이니까 여성은 그저 거기에 맞춰줘야 한다는 것처럼 말이죠."

"당시에는 그렇게 생각했어요. 지금은 그렇지 않지만요."

시간이 한참 흐른 뒤에야 분노가 가라앉았고 모든 일이 자기 탓이라는 사실을 깨달을 수 있었다.

"아내의 잘못이 아니며 아내 역시 상황의 피해자일 뿐이라는 것을 깨달았어요. 제가 그를 배신하고 신으로부터 멀어져서 신마저 실망시켰다는 것도⋯ 그제야 제 외도로 많은 사람이 상처받았으니 관리인으로 일해도 괜찮다는 생각이 들었어요. 마치 제가 저지른 짓을 속죄하는 기분이었습니다."

"목사님의 신이 벌을 주신 건가요?"

"그건 벌이라기보다는 속죄에 가까웠어요. 저를 그런 상황에 밀어 넣은 사람은 바로 저 자신이라는 사실을 깨달았거든요."

짐은 어느 한 곳에서라도 써주지 않을까 하는 희망을 품고 여러 교회에 이력서를 보냈다. 하지만 사실 목사로 다시 일할 수 있을 것이라는 기대는 거의 접어놓고 있었다.

그러던 어느 날, 새벽 근무를 하고 있던 짐은 3층 화장실에 변기가 막혔다는 전화를 받아 곧바로 3층으로 향했다. 한 간호사가 복도 쪽을 가리켰는데, 거기엔 두 남성이 서 있었다. 저 사람들이 왜 저기 있냐고 짐이 물어보자 간호사는 금방 알게 될 거라고 대답했다.

"그 사람들 쪽으로 다가갔는데, 알고 보니 텍사스 주지사의 아내가 방금 자궁 적출 수술을 받았더라고요. 두 사람은 보안 요원이었는데 제가 안으로 들어가려고 하자 먼저 제 몸을 수색했어요. 살면서 그렇게 치욕스러운 순간은 처음이었던 것 같아요. 석사학위까지 가진 목사인 제가 고작 막힌 변기를 뚫으려고 몸수색까지 당하고 있었으니까요."

겨우 들어간 화장실에서는 지금까지 맡아본 적 없는 역한 냄새가 풍기고 있었다. 불을 켜보니 변기가 흘러넘쳐서 온 바닥에 대변과 화장지가 널려 있었다. 짐은 더러운 물을 헤치고 화장실 반대편까지 걸어갔다.

"그때가 확실히 제 인생의 제일 밑바닥이었어요. 변기를 뚫기 시작했지만 순식간에 마음이 무너져 내렸습니다. 결국 똥물 위에 무릎을 꿇고서 눈물을 터뜨리고 말았어요. '주님. 제가 죄를 지었다는 것도 알고, 주님을 실망하게 했다는 것도 알고, 모든 것을 망쳤다는 것도 깨달았습니다. 저는 제 소명인 목사가 되기 위해 지금까지 그 먼 길을 고생해서 왔는데, 고작 이런 더러운 꼴을 보고 있습니다.' 그때 제 심정이 딱 그랬어요. 그리고 말 그대로 똥물 위에 무릎을 꿇고 더러운 꼴을 보고 있었죠. 저는 신께 '포기하는 것 말고 다른 방법을 모르겠습니다'라고 말했어요."

바로 그 순간 짐은 신의 음성을 들었다.

"말 그대로 신의 목소리가 제 귀에 들렸다거나 신께서 소리내서 외치셨다는 게 아닙니다. 하지만 전 그분의 말씀을 들었어요. 신께서는 '짐, 나는 네가 세계에서 가장 큰 교회에서 설교하든, 세인트 데이비드 병원에서 변기를 닦고 있든 상관이 없단다. 내가 바라는 대로 네가 행동한다면 모든 게 다 잘될 거야'라고 말씀하셨어요."

짐은 마치 부드러운 바람이 온몸에 불어오는 기분이었으며 이전과는 비교할 수 없는 마음의 평화가 느껴졌다고 했다.

"저는 '제 기도를 들어주셔서 감사합니다'라고 속삭였어요. 그리고 일어나서 화장실을 반짝반짝하게 청소했어요. 더러운 화장지와 배설물을 말끔하게 다 주워서 싹 변기에 넣고 물을 내렸죠. 그다음 욕조 안에서 제 몸에 묻은 것들도 닦아내고 단정해진 제 모습을 재차 확인한 후, 슬그머니 밖으로 나와 문을 닫았습니다."

* * *

그날 병원을 떠날 때 짐의 마음은 편안했다. 남은 인생을 변기를 뚫으면서 산다 해도 상관없을 것 같았다.

"분노를 털어냈고 과거도 잊었어요. 현재에 적응하니 마음도 편해졌죠."

하지만 얼마 지나지 않아 또 다른 길이 눈앞에 펼쳐졌다.

바로 그다음 주에 짐은 한 통의 전화를 받았다. 리버티힐에 있는 제일침례교회에서 목사를 찾고 있다며 목사직을 맡아줄 의향이 있는지 물었다. 짐은 교회를 방문해 설교했고, 교인들의 반응은 좋았다. 넘쳐흐르던 변기 옆에서 무릎 꿇고 기도한 지 꼭 한 달 만에 지금 집에서 25킬로미터도 채 떨어지지 않은 가까운 교회의 새 목사로 임명된 것이다.

짐은 그 교회에서 첫 설교를 마치고 나니 모든 상처가 회복되는 느낌이었으며 상쾌했다고 했다.

"설교를 위해 에스겔서의 한 구절을 골랐어요. 에스겔이 계곡을 바라보지만 보이는 거라고는 햇볕에 하얗게 말라버린 뼈들뿐이었다는 내용이었죠. 예수님은 그에게 '인간아, 이 뼈들이 능히 살 수 있겠느냐'라고 물어보십니다. 그건 교인들이 아니라 저를 위한 메시지였어요. 신의 손안에서 무無와 죽음도 생명이 될 수 있다는 뜻이었죠. 저는 그걸 실제로 느꼈어요. 무기력하고 공허하던 제게 신께서 두 번째 기회를 주셨으니까요."

짐은 마음 깊이 감사함을 느꼈다.

"불버드에서 구치소를 방문하기 시작할 당시에 만났던 몇몇 청년들은 열여덟이나 열아홉 살 때 어리석은 짓을 저질렀다가, 그 한 번의 실수로 오랜 시간을 복역하고 있었죠. 저도 마찬가지로 어리석은 일을 저질렀지만 저는 또 다른 기회를 받았지요. 저는 떠나올 때까지도 불버드가 어색

하고 낯설었어요. 제 소명은 사람들의 삶을 변화시키는 것이었는데 리버티힐에 도착해서야 저와 같은 목표를 가진 사람들을 발견했습니다. 신께 용서받고 두 번째 기회를 얻고 싶은 사람들이요. 마치 신께서 제가 준비할 수 있도록 미리 그런 경험을 하게 하신 것 같았어요."

"누구나 두 번째 기회를 얻을 수 있을까요?"

"그럼요."

"예외 없이요?"

"신은 두 번째 기회를 주십니다. 하지만 사람 사이에서는 그렇지 않아요. 예를 들어 누군가 제 아이를 다치게 했다면 제가 그 사람에게 두 번째 기회를 줄 수 있을지는 잘 모르겠어요. 하지만 그분은 우리가 할 수 없는 일을 하시죠."

짐은 리버티힐의 교회를 너무 사랑해서 1985년부터 1994년까지, 거의 10년 동안 담임목사로 일했다. 하지만 집안 분위기는 행복과 거리가 멀었다.

"저희 결혼 생활은… 그전에도 좋지 않았지만 점점 더 나빠지기만 했어요." 아내는 외상 후 스트레스 장애PTSD 진단을 받았다.

"재니스는 아무 이유 없이, 아무 예고도 없이 눈물을 터뜨렸어요. 그때는 제가 저질렀던 일 때문에 화가 나서 그런 줄 알았는데 사실 저와는 아무 상관이 없었어요. 아내에겐 어린 시절의 트라우마가 치유되지 않은 채 남아 있었어요. 그건 아내의 사적인 이야기니까 여기서 밝히진 않을게요. 어쨌든 저희에게 힘든 시기였어요. 그나마 서로에게 갖고 있던 약간의 정마저도 완전히 사라져 버렸죠."

어느 날 짐은 기독교 신문인《뱁티스트 스탠다드The Baptist Standard》를 읽다가 어떤 목회자들이 러시아와 우크라이나에 가서 교도소 수감자들을 만나고 왔다는 기사를 발견했다.

"구소련 시대에 오랫동안 세계와 단절되어 있었기 때문에 러시아에서 성경을 구하는 일이 쉽지 않다는 건 알고 있었어요. 그 기사를 읽으면서 '와, 저기 가서 신이 내게 주신 희망을 수감자들에게도 줄 수 있으면 얼마나 좋을까'라고 생각했어요."

짐은 그 기사를 비서에게 보여주며 이런 여행은 정말 큰 축복이 될 것이라고 말했다. 하지만 비서는 러시아 교도소에서 몇 주를 보내는 여행이 신의 선물이라는 생각을 비서는 도무지 이해하지 못했고, 대화는 금세 흐지부지 끝났다. 짐은 신문을 한쪽으로 치워두고 잊어버렸다. 그리고 그로부터 일주일 후, 짐은 교회에서 열린 회의에 참석했다.

"그날 저녁 적어도 60명 이상이 모였을 겁니다. 회의가 한창 진행 중이었고 평소처럼 제가 사회를 맡았죠. 모든 안

건들에 대한 논의가 끝나자, 집사님 한 분이 일어나서 '짐 형제님, 잠시만 나가주셨으면 합니다'라고 말했어요. 저는 저를 해고하려는 줄 알았어요."

시키는 대로 회의실 밖으로 나간 짐은 자신이 무슨 잘못을 했는지 곰곰이 생각해 봤다. 당시에 교인들의 수가 줄어들어 짐은 마치 신을 실망시킨 것만 같았다. 그는 사무실로 가서 자리에 앉아 더 이상 교회에 나오지 않으셔도 된다는 말을 들을 마음의 준비를 하기 시작했다.

"몇 분이 지났을까, 누군가 들어와서 '이제 들어오셔도 됩니다'라고 말했어요. 저는 최악의 사태를 예상하며 안으로 들어갔어요. 그런데 놀랍게도 한 남성이 이렇게 말하더군요. '짐 형제님, 러시아와 우크라이나를 방문하고 싶어 하신다고 들었는데, 그곳에서 선교 활동을 하고 싶으신가요?' 제가 그렇다고 대답하자 그분은 '교회 측에서 여행을 보내드리기로 만장일치로 결정했습니다. 교회 예산에서 지출하지 않고, 다양한 모금 행사를 열어서 여행 경비를 마련할 거예요'라고 했어요. 정말 감동적이었죠. 교회에서는 벼룩시장, 빵 판매 등 온갖 종류의 행사를 열었고 마침내 제가 갈 수 있을 만큼의 돈을 모아주셨어요."

그리하여 짐은 1992년 11월, 2주 반 동안 여행을 다녀왔다. 공산주의 국가들이 무너진 지 얼마 안 된 시점이었지만, 서방과 동방이 화해를 시도하면서 특별한 분위기가 조성되어 있었다.

　"제가 거기서 경험한 걸 전부 들려드리고 싶네요. 저희는 교도소를 13군데 정도 방문했는데, 매번 교도소장실로 제일 먼저 안내를 받았어요. 항상 정확한 수의 의자가 마련되어 있었죠. 저희가 가는 곳은 어디든 국가보안위원회KGB가 따라다녔기 때문에 누가 오는지 정확히 알고 있었어요. 미국의 교도소들과는 전혀 달랐어요. 수감자들은 빵과 수프 외에는 먹을 게 거의 없었어요. 가족이 음식을 가져오면 뭐라도 입에 넣을 수 있었지만, 대부분은 찾아오는 사람이 아무도 없었어요. 그들의 눈빛은 너무 차갑고 공허했습니다."

　첫 번째로 방문한 교도소에서 짐은 통역사를 통해 사도행전 16장에 나오는 바울과 실라의 감옥 생활에 관해 강론했다. 설교했다는 이유로 매를 맞고 감옥에 갇힌 바울과 실라는 자정이 되자 신의 말씀을 전할 수 있게 해주신 신께 감사하며 찬송가를 불렀다. 그러자 느닷없이 강력한 지진이 일어나 모든 사람이 족쇄에서 풀려났다. 죄수들에게 죽임을 당할까 봐 두려웠던 간수가 바울과 실라에게 어떻게 해야 하는지 묻자, 그들은 예수님이 그를 구원해 주시고 영생을 주실 것이라고 말했다.

　"교도소에 가면 살인범이나 다른 중범죄자와 같이 가

장 악랄한 사람들을 만나게 됩니다. 그들의 마음은 공허하지만, 저는 그들에게 신을 믿으면 신이 그들을 용서하고 새 삶을 찾을 수 있게 도와주실 거라고 말했어요. 그게 바로 제가 한 설교의 핵심이었죠."

그날 설교를 했던 방 안은 225명의 수감자로 꽉 차 있었다.

"여러분이 기꺼이 신께 마음을 내어드리고자 한다면, 부자든 가난하든, 젊었든 늙었든 상관없습니다. 단 한 번도 신을 구세주로 영접한 적이 없어도 괜찮습니다. 여러분에게는 그분이 필요합니다. 이 방에 있는 다른 이들 앞에서 신께 마음을 바치겠다고 일어나서 말할 수 있는 사람이 있습니까?" 짐이 이렇게 말했다.

교도소장이 가장 먼저 자리에서 일어났다. 곧이어 181명이 더 일어섰다. 전부 수감자들이었다.

"한 명씩 일어나서 신께 자신을 맡기는 모습은 정말 가슴 뭉클한 광경이었어요."

"혹시 교도소장을 따라서 일어난 거라고 생각하진 않으세요?"

"다들 진심이었어요. 많은 수감자가 눈물을 흘리며 감정을 표현하는 걸 보고 알 수 있었죠. 감옥에서 우는 건 절대 있을 수 없는 일이니까요."

짐은 일어선 사람들에게 성경을 나눠주기 시작했다. 모두 짐에게 사인을 해달라고 부탁했다.

"모여 있던 사람들이 서서히 양쪽으로 갈라지길래 고개를 들어보니 교도소장이 바로 제 앞에 서 있었어요. 교도소장이 성경에 사인해 달라기에 성경을 펼치고 제 이름을 쓴 다음 내밀었습니다. 그랬더니 그가 손을 뻗어 제 어깨를 잡고 입을 맞췄습니다. 약간 당황스러웠어요. 방문을 마친 후에 제 일행 중 한 명이 귓속말로 언어는 달라도 입냄새는 똑같다고 속삭이더군요."

"그 많은 수감자들 앞에 서 있을 때 어떤 생각이 들었는지 기억나세요?"

"신께서 제 목소리를 사용해 이렇게 많은 사람에게 감동을 주셨다는 사실에 한없이 겸손해졌습니다. 우리가 가는 곳마다 반응은 똑같았어요. 출발할 적에 러시아어 성경을 총 4500권 챙겨 갔었는데, 올 때는 단 한 권도 남아 있지 않았어요."

그 여행을 통해 짐은 마침내 신이 제게 무엇을 원하시는지를 알게 됐다. 바로 수감자들을 돕는 것이었다.

신께서 직접 내리신 명령이었다.

"병원에서 변기를 닦고 있을 때 들었던 목소리와 똑같았어요. 신께서는 '너는 교도소에서 일하게 될 것이다. 그리고 나를 만나고 경험하는 기회를 많이 얻게 될 것이다'라고 말씀하셨어요. 저는 그게 저를 부르시던 신이시며 그분의 말씀이라는 데 털끝만큼의 의심도 없어요. 제 마음에 평화가 밀려오면서 앞으로 무슨 일이 일어날지 알 것 같았죠. 그래서 '네, 전에 제게 직접 믿으라고 말씀하셔서 그 말씀대로 따랐습니다. 아직 저를 버리지 않으셨으니 이번에도 믿겠습니다'라고 외쳤어요."

텍사스로 돌아오는 비행기 안에서 짐은 더할 나위 없이 평온한 상태였다. 인생의 새로운 방향과 목적을 찾았고, 마침내 새 시작을 맞이할 순간이 다가온 것 같았다.

"금요일에 댈러스에 도착했어요. 어머니와 삼촌이 공항에 마중을 나오셨는데 재니스는 없었어요. 그때 뭔가 단단히 잘못되었다는 사실을 알았어요. 재니스에게 하고 싶은 말이 너무 많았기 때문에 상처를 받았죠. 제 마음은 고마움과 다른 많은 감정으로 가득 차 있었어요. 하지만 아내는 다음 날이 되어서야 집에 들어왔어요. 저는 아내와 사랑을 나누고 싶었지만 재니스는 '안 돼. 더 이상 당신을 사랑하지 않아'라고 말했어요. 맙소사. 조금 전까지만 해도 가득 차 있었던 제 마음은 순식간에 텅 비어버렸어요. 아내는 '당신 하고 잠자리에 드는 게 두려워. 아침에 일어나서 당신을 보는 것도 두렵고. 당신이 나를 만지는 게 싫고, 나도 당신을 만지고 싶지 않아'라고 말했어요. 제가 뭘 잘못했냐고 물었더니 그는 다른 사람이 생겼다고 하더군요."

짐이 나지막이 말했다.

"저는 아내를 너무 당연하게 여겼어요. 후회하고 있습니다."

짐은 가정을 지키기 위해 한 번 더 기회를 달라고 빌었다. 아내가 만나던 남자는 유부남이었고, 당장 이혼할 계획도 없었기 때문에 아내는 적어도 당분간은 떠나지 않기로 했다.

"그가 다른 사람을 사랑한다는 사실을 알고 괴로웠어요. 하지만 우리는 곧 이사할 예정이었기 때문에 리버티힐만 떠나면 모든 게 달라질 거라고 생각했죠."

교정 시설에 취직하기 위해 일자리를 알아보기 시작한 짐은 교도소에서 받게 될 임금이 무척 적다는 사실을 금방 알게 됐다.

"교도소 형목으로 일하려면 급여가 절반으로 줄어드는데 그것만으론 먹고살 수가 없었어요. 하지만 이 일은 신께서 제게 하라고 하신 일이었죠. 저는 신의 뜻을 따르고 있었지만 그 믿음이 살짝 흔들렸습니다. 솔직히 어떻게 가족을 부양해야 할지 막막하기만 했어요."

짐은 여러 교도소에 지원했지만 매번 거절당했다. 그렇

게 러시아와 우크라이나를 다녀온 지 2년이 지나고서야 마침내 헌츠빌에 있는 윈 교도소에서 형목으로 일해달라는 연락을 받았다. 리버티힐에서 동쪽으로 3시간이나 떨어져 있어서 아내의 연인과 거리가 먼 곳이었다.

"당시 저는 여전히 재니스와 함께 살고 있었는데, 헌츠빌로 이사를 가기만 하면 모든 게 나아질 거라고 생각했습니다. 아내는 여전히 그 남자를 만나고 있었어요. 두 사람이 키스하는 걸 제 딸이 목격하는 바람에 저도 알게 됐죠. 딸은 엄마가 바람을 피운다면서 화를 냈지만 저는 결코 아내의 험담을 하지 않았어요. 제가 한 짓을 생각하면 그가 더 나쁘다고 할 수 없었으니까요."

1994년 12월, 짐은 헌츠빌에서 일하기 시작했지만 재니스는 자신이 일하던 학교에서 한 해를 마무리하고 이듬해 여름에 리버티 힐을 떠나겠다고 했다. 짐은 그게 진짜 이유가 아닐 거라는 의심이 들기는 했지만 재니스의 마음을 바꿀 방법은 없었다. 그래서 결국 홀로 헌츠빌에 있는 트레일러로 이사해 교도소 형목으로서의 새 삶을 시작하게 됐다.

"아직도 그 첫날이 영화의 한 장면처럼 생생합니다. 신께서 제가 있어야 할 자리가 여기라고 말씀하시긴 했지만 저는 확신이 없었어요. 제가 복도를 따라 예배당으로 걸어가고 있는데 세탁실에서 일하는 수감자들이 벽을 보고 줄

지어 서 있던 것이 생각나요. 제가 지나갈 때 그들이 킥킥거렸는데 너무 무서웠어요. 불버드 구치소를 방문했을 때와는 전혀 다른 느낌이었죠. 이들은 오래, 아니 어쩌면 평생을 감옥에서 보내야 하는 중범죄자들이었습니다. 더 이상 잃을 것이 없는 사람들이라는 게 너무나 크고 무섭게 느껴졌어요. '잘못 온 것 같아. 내가 뭘 하고 있는 거지?'라고 생각했었죠."

얼마 후, 그는 헌츠빌 내 또 다른 교도소인 엘리스 교도소의 형목으로부터 전화를 받았다. 그는 짐에게 엘리스 교도소에 와서 강의를 해줄 수 있는지 물었다.

"그때는 사형 집행과 관련된 일을 해보겠다는 생각조차 하기 전이었어요. 당시 엘리스 교도소에서는 사형을 집행하고 있었죠. 저는 겁이 났지만 하겠다고 했어요."

짐은 기다란 중앙 복도를 따라 걸어가던 기억이 아직도 생생했다. 양옆에 여러 동으로 통하는 입구가 나 있었다. 미로 같은 곳이었지만 금방 길을 찾은 그는 생전 처음으로 사형장 앞에 서게 됐다.

짐은 사형수들과 다른 수감자들을 구분하는 파란색 철창을 올려다보며 잠시 머뭇거렸다. 그러다 사무실에 들어가 자신의 강의 장소를 어떻게 찾아가야 할지 물어봤다.

"예배당에 가세요?" 누군가 물었다.

짐이 고개를 끄덕이자 교도관이 문을 열었다. 짐과 교도관이 함께 모퉁이를 돌자 또 다른 문이 나왔다. 방금 전과 마찬가지로 교도관이 문을 열었고, 곧이어 짐은 폭 5미터에 길이 9미터 정도 되는 다른 방에 도착했다.

"제가 방 안에 들어가자 교도관이 수감자들을 들여보냈죠."

그날 그곳에는 사형수들이 스무 명쯤 모였는데, 짐은 자신이 도대체 여기서 뭘 하는 건지 회의가 들기 시작했다.

"수감자 수만큼 교도관이 있을 거라고 생각했는데 단 한 명뿐이었어요. 그 교도관마저도 저한테 두 시간 동안 진행해 달라고 말한 다음 가버렸죠. 제 등 뒤에서 철컥 문이 잠기는 소리가 들렸어요."

그 자리에 서서 짐은 눈앞에 있는 사람들이 전부 누군가를 죽였으며, 그들 역시 곧 죽게 될 것이라는 사실을 새삼 깨달았다.

"살인죄로 사형 선고를 받은 이 잔인한 범죄자들에게 제가 대체 무엇을 해줄 수 있을까 고민했습니다. 너무 무기력하게 느껴졌어요. 그러다 결국 솔직하게 털어놨죠. '전 지금 이 자리가 너무 무서워요. 여러분은 모두 강력 범죄자들이잖아요. 마음만 먹으면 눈 깜짝할 사이에 저를 죽일 수도 있지만, 저는 신에 관한 좋은 소식을 전하고 신이 여러분을 보고 계신다는 것을 알려주려고 여기에 왔습니다. 신께서 여러분을 여기에 두신 데는 이유가 있습니다.'"

짐은 러시아와 우크라이나에서 만났던 수감자들과 그 여행에서 자신이 받았던 감동에 관해 이야기했다. 그리고 그곳에서 우연히 접하게 된 책 『하나님을 경험하는 삶』도 소개했다.

"수감자들은 크게 관심을 보였고, 더 많은 것을 배우고 싶다고 말했어요. 그러다 보니 그 책에 대한 강연을 세 번이나 하게 되었죠. 그저 그들을 찾아가 보고 느끼는 것만으로도 즐거웠어요. 아직도 숨이 턱 막히는 그곳의 냄새가 떠올라요. 엘리스 교도소는 오래된 감옥이라 퀴퀴하고 답답한 냄새가 났죠. 전 그게 정말 좋았어요."

1995년 2월, 짐의 아버지가 돌아가셨고 짐은 장례식을 치르기 위해 잠시 휴가를 냈다.

"제겐 정말 힘든 시기였어요. 아버지를 잃었고, 아내가 여전히 헌츠빌로 이사 오지 않아서 아이들을 매일 볼 수도 없었어요. 교도소에서 일하는 게 즐거웠지만 교회에서 목사로 일하던 때가 그립기도 했습니다. 모조리 다 잃어버린 기분이었죠. 외로움과 무력감 속에서 허우적거렸어요."

여름이 가도 재니스는 계속 이사를 올 수 없다며 변명만 늘어놓았다. 짐은 그가 영영 헌츠빌에 오지 않을 거라는 걸 알았지만, 아직 포기할 준비가 되어 있지 않았다.

"저는 제 상사와 이야기를 나눴어요. 당시 교정 제도가 발전하면서 새로운 교도소가 계속해서 여기저기 생겨나고 있었는데, 게이츠빌에 여성 교도소를 세울 계획이 있다고 하더군요."

게이츠빌은 리버티힐에서 불과 1시간 15분 거리에 있어서 짐은 어쩌면 재니스가 이사를 올지도 모르겠다고 생각했다. 오랜 친구들과 계속해서 연락하고 지낼 수 있는 동시에 결혼 생활을 새롭게 시작할 수도 있었다. 그리고 운이 좋으면 아내가 애인과 헤어지게 될지도 모를 일이었다.

가족과 더 가까이 지낼 수 있다는 기대를 하며 짐은 게이츠빌에 있는 우드먼 주립 교도소에 지원했고 합격했다. 교도소는 아직 짓는 중이었지만 짐은 아내와 합칠 수 있을 거라는 희망에 부풀어 게이츠빌로 달려가 아파트를 구했다.

"목요일 저녁에 그냥 얘기나 좀 하려고 아내에게 전화를 걸었어요. 아내는 제 상사가 저를 찾는 전화를 여러 번 했다고 했어요. 그때 저는 휴대전화가 없었거든요. 이미 오후 5시가 넘은 시간이라 어디로 전화해야 할지 막막했죠."

다행히 재니스가 상사에게 게이츠빌에 마련한 짐의 새 아파트 전화번호를 알려주었다. 다음 날 아침 6시 30분에 새 아파트로 전화를 걸어온 상사는 짐과 통화했다. 그는 짐에게 8시 30분까지 사무실로 와달라고 말했다.

"그날은 금요일인 데다가 사무실까지 3시간이나 떨어져 있어서 그 시간까지 못 갈 것 같다고 대답했어요. 제 트레일러는 가구로 가득 차 있고, 휴가도 아직 며칠 남은 데다가 이삿짐도 풀어야 한다고요. 상사는 최대한 빨리 올 수 있는 게 언제냐고 물었고 저는 월요일이라고 답했습니다. 그러면서 휴가 중에 왜 그러시냐고 물었죠."

상사는 전화로 얘기하길 꺼리면서, 짐에게 월요일 아침에 올 때 며칠 동안 그곳에 머물 준비를 하고 정장도 두 벌 챙겨오라고 말했다.

주말 동안 짐은 게이츠빌에 있는 새 아파트로 모든 짐을 옮기고 월요일 새벽 4시에 일어나 헌츠빌로 달려갔다. 놀랍게도 교도소장은 짐에게 사형 집행 현장에 참석해 달라고 말하며 형목 자리를 제안했다. 그렇게 해서 짐은 헌츠빌의 차고로 돌아가 사흘 동안 신께 기도를 드렸던 것이었다.

"그렇게 사흘이 지난 후 교도소장에게 가서 그 일을 맡겠다고 하셨죠. 그다음에는 어떻게 되었나요?"

"제 사무실에 들어서자 인정받고 있는 느낌이 들었어요. 전임 형목이 나가면서 모조리 가져가는 바람에 서랍들이 온통 텅 비어 있었다고 얘기했었죠? 음, 그건 제가 아무것도 없는 맨바닥에서부터 다시 시작해야 한다는 뜻이었어요. 어떤 면에서는 감사한 일이기도 했어요. 앞서간 발자취를 따라갈 필요 없이 나만의 길을 개척할 수 있었으니까요. 제가 가고자 하는 목표와 방향에 대해 정말 많이 생각했어요."

신과의 대화, 그리고 러시아와 우크라이나에서 많은 수감자들을 만났던 경험은 짐의 마음에 깊이 새겨져 있었다. 짐이 해야 할 일은 사람들의 삶을 영원히 변화시키는 일이었다. 그래서 사형수에게 남겨진 마지막 시간을 함께 보내는 것이 무척 중요했다. 하지만 사형 일자가 정해지지 않은 다른 사형수들에게도 마음과 영혼을 바꿀 수 있는 기회를 선사하고 싶었다.

"저와의 만남이 인생의 전환점이 되어 수감자들이 신의 진정한 제자로 거듭나기를 바랐어요. 그게 형목으로서의 제 목표였죠."

"야심 차셨네요. 훌륭하시고요."

"이런 말이 있어요. '늘 하던 대로 하면 늘 얻던 대로 얻을 것이다.' 저는 그 순환의 고리를 끊고 싶었습니다. 그 덕분에 저도 새롭게 시작할 수 있었어요."

그는 형목으로 일하며 자유를 얻었다.

"교정 제도 내에서 형목의 역할은 일반 교회의 목사 역할과는 전혀 다릅니다. 교회 목사는 독립적이에요. 왜냐하면 침례교회는 독립적으로 운영되니까요. 지역 교회가 목사의 임금을 지급하고, 재임 여부를 결정합니다. 다시 말해 할머니들 마음에 들지 않으면 목사 자리에서 곧 쫓겨난다는 뜻이죠. 설교할 때 너무 강하게 이야기할 수도 없어요. 듣고 화가 나는 사람이 있으면 안 되니까요. 하지만 교도소에서는 매달 제 월급을 줄지 말지를 결정하는 사람이 재소자들이 아니라는 것을 금방 알았죠."

"그래서 더 강하게 나가셨나요?"

"맞아요. 저는 수감자들에게 뼈아픈 소리도 마음 놓고 할 수 있었어요. 실제로 가끔은 따로 불러내기도 했죠. 예배당에 오던 수감자 중에 상당수가 물건을 몰래 숨겨 와서 다른 사람들과 물물교환을 했어요. 양말과 속옷 속에 캔이나 담배를 숨겼는데 그게 전부가 아니었죠. 동성끼리 성적인 행위를 하는 사람들도 있었어요. 하루는 서로의 바지에 손을 넣고 있는 수감자 둘을 제가 잡아냈죠. 저는 그들에게 '전 여러분이 성소수자든 기독교인이든 상관없어요. 하지만 예배당은 신의 집입니다. 그러니까 여기서 동성애 놀이를 하면 안 됩니다. 남자 친구나 여자 친구와 놀러 오는 것도 안 돼요. 여기는 신의 집이니까요. 신이 계시는 이곳에서 예의를 지키지 않으면 여기 올 수 없습니다'라고 말했어요. 다른 수감자들은 모두 일어나 박수를 쳤고, 두 사람은 옷매무시를 정리하고 일어나 자리를 떠났어요."

"'동성애 놀이homosexual games'라고 하셨는데 무슨 뜻인가요?"

"교도소 안에 나이가 지긋한 수감자 중에는 성소수자가 아니면서 단지 돈 때문에 동성애를 하는 사람들이 수두룩해요. 그들에겐 놀이일 뿐이죠. 물론 진짜 동성애자들도 있습니다. 원 교도소에도 제가 아는 사람이 한 명 있었어요. 그 남성은 출소할 기회가 있었지만 자유로운 바깥 세상에 있는 것보다 감옥에 있는 게 더 안전하니까 나가지 않았다고 했어요. 교도소에서는 하루 세끼에 옷도 주고 의료 보험까지 들어주는 데다가 매춘으로 돈도 꽤 많이 벌 수 있었어요. 그는 행복해했죠."

짐은 정말 오랜만에 진정한 목회 활동을 했다고 말했다.

"사형수들과 함께 시간을 보내는 일은 무척 만족스러웠어요. 그들이 곧 죽을 사람들이라서가 아니라… 살면서 누군가와 마주 앉아 진심으로 대화할 수 있는 기회가 얼마나 자주 있을까요? 사형이 집행되기까지 몇 달, 몇 년 동안 사형수들의 신뢰를 얻고, 마지막이 다가오면 그들의 눈을 바라보며 '몇 시간 후면 당신은 죽게 될 겁니다. 예수님과 함께 모든 걸 정리해야 천국에 갈 수 있어요. 낭비할 시간이 없어요. 여러분이 유죄든 무죄든 말이에요. 저한테 말할 필요는 없지만 신과 화해해야 합니다. 이제 그분께 마음을 열어야 할 시간이에요. 그러면 진짜 달라질 수 있어요'라고 말했어요. 제게는 그게 진정한 목회 활동이었어요. 바로 본론만 얘기했죠."

직장 생활은 계속 순조로웠지만 안타깝게도 가정생활은 그렇지 못했다. 재니스는 여전히 헌츠빌로 이사 오지 않겠다며 버티고 있었다.

"1995년 겨울은 저에게 정말 힘든 시기였어요. 딸 미스티가 둘째를 임신하고 있었는데 저는 너무 멀리 떨어져 살고 있었으니까요. 그해 크리스마스가 진짜 엉망이었죠. 어머니와 저, 이렇게 단둘이서 크리스마스를 보냈어요. 다른 가족은 아무도 없었죠. 정말 우울했어요."

연휴가 끝나고 얼마 지나지 않아 짐의 세 자녀가 헌츠빌에 아버지를 만나러 왔다.

"그게 저를 살렸던 것 같아요. 다 같이 즐거운 시간을 보냈죠. 그리고 결혼 생활이 파경에 이르렀고 우리 가족이 다시는 예전 같지 않을 거라는 얘기를 하며 많이 울었어요. 1995년은 제게 상실의 해였다는 생각을 하곤 해요. 그해에 너무 많은 걸 잃었거든요. 하지만 그해 제 인생에서 가장 의미 있는 직업을 얻기도 했죠."

지옥에 가야 할 사람은 누구인가

초기에 사형 집행을 참관할 때까지만 해도 짐은 모든 것을 미리 알고 싶었다. 그는 사형수들을 제대로 이해하기 위해 그들이 저지른 무시무시한 범죄에 관한 내용을 사소한 부분까지 모조리 읽었다.

그렇게 여덟 번째로 참여한 사형식에서 그는 케네스 그랜빌을 만났다. 케네스는 어느 주택에 침입해 한 여성과 그의 두 살짜리 딸을 살해했다. 그러나 곧이어 딩동 하고 초인종 소리가 들렸다. 피해자의 친구 두 명이 세 살배기 남자아이를 데리고 놀러온 것이었다. 그랜빌은 그들마저 집 안으로 유인한 뒤 조각칼로 살해했다. 이후 붙잡힌 그는 이들 말고도 또 다른 여성 두 명을 더 살인했다고 자백했으며 시신의 위치도 털어놓았다.

"방 안으로 들어갔는데 그 사람이 참을 수 없이 미웠어요. 그에게 신의 사랑과 용서, 화해에 관해 이야기하려고 했지만… 무슨 말을 해도 아무 반응이 없었어요. 애쓰면 애쓸수록 제 말은 더 공허하게 들렸죠. 급기야 그와 단 1초도 같이 있을 수가 없었어요. 그래서 저는 핑계를 대고서 그냥 자리에서 일어나 버렸어요. 그리고 밖으로 나오자마자 울타리 뒤에 무릎을 꿇고 45분 동안 토하고 울며 기도했습니다."

짐은 교도소장을 찾아가 자초지종을 설명했지만 교도소장은 퉁명스럽게 다시 들어가서 맡은 일을 하라고 말했다.

"그래서 저는 사형장에 다시 들어가 사형수와 이야기를 나눴어요. 그가 저지른 범죄를 감당하기 어렵다고 사과한 뒤, 제 역할은 그가 저지른 죄가 아니라 그가 필요한 것에 집중하는 거라고 말했죠."

자기 입에서 나오는 그 말을 들으며 짐은 생각이 바뀌었다. 신의 전령인 짐 목사로서 사형수들을 만나야 했는데, 이제껏 자신은 짐 브라질이라는 한 남성으로 그를 대하고 있었다.

"사형수들은 자신을 혐오하는 사람들로 가득 찬 세상에 살고 있잖아요. 언젠가는 살해당한 한 소녀의 아버지가 제게 와서 딸을 죽인 범인이 있는 감방에 들어가게만 해준다면 1만 달러를 주겠다고 한 적도 있어요. 그는 '딱 2분만 같이 있게 해주세요'라며 애걸했어요. 사형수들이 주위 사람들에게서 느끼는 감정은 그런 것들입니다. 그러니 사형수들에게 자신을 미워하는 사람은 더 이상 필요 없어요. 이미 차고 넘치니까요. 그들에게 필요한 건 바로 신입니다. 그리고 제가 할 일은 이 땅에서 그분의 목소리 역할을 하는 거예요. 그래서 그때부터 저는 개인적인 감정을 배제하고 수감자들이 제가 아닌 신과 대화할 수 있도록 최선을 다했습니다."

항상 쉽지만은 않았다.

"히스패닉계 수감자가 한 명 있었는데, 사형장에 들어올 때부터 건방지고 거만했어요. 누구의 도움도 원하지 않았고 담배나 마지막 식사도 거부하더군요. 머리부터 발끝까지 분노로 가득 차 있었어요. 왜 그렇게 화가 났냐고 물었더니 그가 이렇게 대답했어요. '솔직히 저는 남한테 화를 내는 게 아니에요. 그냥 저 자신에게 화가 나요. 죄를 저지른 건 저니까요.'"

당시 서른한 살이었던 에세클 반다는 스물두 살 때 멀레어드라는 노부인의 집에 침입했다.

"누군가 자신의 범죄를 자백하려고 할 때 그 이야기를

들어주는 게 제 일이에요. 그는 저에게 전부 털어놨습니다. 노부인을 협박해 물건을 훔치고 강제로 음식을 만들어 대접하게 했다고 했죠. 식사를 마친 후에는 그를 강간하고 구타했어요. 그런 다음 음악을 틀고 그 불쌍한 여성을 협박해 자신과 춤까지 추게 만들었습니다. 노부인을 꽉 끌어안은 채 춤추다가 결국은 그의 등에 칼을 내리꽂았어요. 칼은 한쪽 폐를 관통했고, 노부인이 피를 토하기 시작하자 에세켈은 고개를 숙여 그의 입에서 피를 빨았죠. 숨이 멎을 때까지 말이에요."

짐이 끝말을 흐리더니 나를 쳐다봤다. "진짜 악마 같은 사람을 만나본 적이 있나요?"

"언젠가 백인극우단체인 큐 클럭스 클랜Ku Klux Klan, KKK을 조사하다가 그들과 함께 주말을 보낸 적이 있어요. 블루베리 팬케이크를 먹으며 앞으로 다가올 인종 전쟁 얘기를 하던 도중이었는데 주위에서 묘한 기운이 느껴졌어요. 너무 스트레스를 받아서 쓰러질 것 같았지만 그게 무엇 때문인지 정확히 콕 짚어낼 수가 없었죠. 그 자리가 끝나고 제 동생이 전화해서 어땠는지 물어보길래 어렸을 적 부엌 식탁에 앉아 있던 기분이었다고 말했어요. 그 후에야 왜 그랬는지 알았죠."

짐은 잠자코 내 말을 듣고 있었다.

"위험하고 불확실한 상황에 가까워졌을 때 느껴지는 익숙하고도 불안한 기운이었어요. 공기에서부터 느껴져요. 내 옆에 나를 해칠 수 있는 사람, 예측할 수 없는 누군가가 앉아 있으면 알 수 있어요. 순식간에 모든 것이 바뀔 수 있다는 것도요. 눈 깜짝할 사이에 일상이 위험해지는 거죠."

나는 말을 멈추고 오랫동안 나를 두렵게 했던 사람들을 떠올려 봤다.

"노르웨이의 어느 법정에서 한 남자가 차분하고 덤덤한 말투로 77명을 어떻게 죽였는지 자백하는 모습을 봤어요. 그때도 한없이 불안했어요. 그러고 보니 저도 진짜 악마를 가까이에서 만난 적이 두어 번 있었네요."

짐은 고개를 절레절레 흔들더니 잠시 말이 없었다.

"제가 말씀드린 그 남자는… 사악한 기운이 방을 가득 채우고 있었어요. 사형수 형목으로 일하면서 그 정도로 사악한 사람과 마주친 일은 손에 꼽힐 정도로 드물었죠. 그가 죽는 순간 안도감이 파도처럼 밀려왔어요. 그걸 인정하는 게 부끄럽지 않습니다. 이제라도 그가 이 세상을 떠난 건 다행이었어요."

"방 안에서 그런 악의 기운을 느꼈을 때 어떤 기분이었나요?"

"목 뒤의 머리카락이 쭈뼛 섰어요. 저는 쉽게 겁을 먹지 않는 편인데, 그가 마지막 숨을 내뱉자 어둠이 스멀스멀 방 안에 퍼지는 것 같았어요. 마치 자욱한 연기가 공간을 가득 채우는 것처럼요. 위로 떠오르지 않고 아래로 가라앉는 종류의 연기였어요. 지금까지 그런 느낌을 받은 사람은 손에 꼽힐 정도로 적었어요. 그 순간 저는 그가 지옥에 갔다는 것을 알았습니다. 확실해요."

"지옥은 어떤 곳이라고 생각하시나요?"

"제 머릿속에는 불타는 호수가 있는 어떤 장소가 그려져요. 악마가 있고 고통이 있죠. 가보고 싶지도 않고 상상조차 하고 싶지 않은 그런 곳입니다."

"전 지옥을 믿는다고 할 순 없지만, 평생 동안 제 한쪽 어깨 위에 악마가 앉아서 못된 말을 속삭여 왔어요. 그 악마는 오랫동안 혼자였는데, 최근 반대쪽 어깨에 격려의 말을 속삭여주는 친절한 인물이 나타났죠. 그런데 올바른 방향으로 균형을 맞추기가 어려워요. 악마가 아닌 다른 쪽의 이야기에 귀를 기울이는 거 말이에요."

"그게 바로 악마인 것 같아요. 악마에 대해 어떻게 생각하는지는 상관없어요. 악마는 사람들을 꾀어서 자기 쪽으로 끌어당기거든요."

"또 누가 지옥으로 바로 떨어졌다고 확신했나요?"

"후안 소리아, 게리 그레이엄, 폰차이 윌커슨."

"그 네 명이요?"

"딱 그 네 명이요."

후안 소리아는 다른 사람의 머리에 칼을 꽂아 살해한 혐의로 사형 선고를 받았다.

"그를 몇 번 만났는데 진짜 미치광이였어요. 그가 복역 중일 때 자원해서 수감자들을 만나러 오시는 한 목사님이 계셨어요. 교도소에 정식으로 고용된 건 아니었지만 사형수들을 자유롭게 만날 수 있어서 소리아와도 이따금 대화를 나누셨지요. 그렇게 소리아의 사형 집행일을 석 달쯤 앞둔 어느 날, 목사님이 그의 감방으로 갔습니다. 소리아는 평소와 다름없이 이렇게 말했어요. '목사님, 그동안 제게 참 잘해주셔서 감사의 표시로 목사님께 팔찌를 만들어드리고 싶어요. 그래도 될까요?' 목사님은 좋다고 하셨고, 소리아는 '손목 두께를 한번 볼게요'라고 말했어요. 감방문 아래쪽에는 손을 밀어 넣을 수 있을 정도의 틈이 있었어요. 소리아는 그 구멍으로 손을 넣어달라고 부탁했고, 목사님은 무릎을 꿇고 손을 넣었죠. 그러자 소리아가 그의 팔을 덥석 붙잡고는 어딘가에서 면도날을 꺼내서 팔 전체를 베었어요. 뼈가 닿을 정도로 깊숙이요. 살점들이 떨어져 팔에 매달려 있었어요. 목사님은 과다 출혈로 하마터면 죽을 뻔하셨죠."

다행히도 목사는 목숨을 건졌다. 교도소 직원들이 간신히 그를 병동으로 데려갔기에 목사는 수혈을 받을 수 있었다. 이후 그는 휴스턴으로 이송되어 몇 달 동안 병원에서 치료받았다. 하지만 한동안 목숨이 위태로울 정도로 위독한 상태에 빠졌었다.

"그 목사님을 잘 아세요?"

"지인이긴 했지만 잘 아는 사이라고 할 수는 없어요. 병원에 병문안을 가긴 했었어요. 입원해 있는 동안 뇌졸중으로 쓰러지셨고 6개월 후에 돌아가셨죠. 결국 회복하지 못하셨어요. 소리아는 사형 집행일을 미루기 위해 새로 재판을 받고 싶어했지만 뜻대로 되지 않았죠. 그는 사형이 예정대로 진행될 것이라는 사실을 알자 결국 미쳐버렸어요. 결국 휴스턴의 정신병동으로 이송되었고, 죽기 직전까지 거기에 갇혀 있었죠. 정신병동에 있었기 때문에 그의 누이들이 마지막 날 면회를 왔었어요. 작별 인사를 하고 싶어 했죠. 그가 들어오자 교도관들이 그를 철창에 가뒀어요. 소리아는 침을 질질 흘리고 말을 더듬으며 미친 사람처럼 중얼댔어요. 입가에 침을 대롱대롱 매달고 앉아 있던 모습이 기억나요. 약에 취한 사람처럼 보였죠. 당연히 누이들은 눈물을 터뜨렸어요. 그렇게 아픈 사람이 처형당하다니 끔찍하다고 생각했죠."

오후 4시 30분쯤 변호사가 도착했다.

"후안 소리아는 계속해서 말을 더듬고 침을 흘렸어요. 교도관들은 그를 다시 감방으로 데려갔죠. 5시쯤에 그의 항소가 기각되었고 예정대로 사형이 집행될 것이라는 전화가 왔습니다. 그게 그의 마지막 희망이었어요. 저는 전화를 내려놓고 그를 향해 '법원에서 방금 항소를 기각했습니다. 사형이 집행될 거예요'라고 말했어요. 그러자 놀랍게도 소리아는 저를 돌아보며 차분하고 분명하게 대답했어요. '뭐, 어쨌건 시도는 해봤으니까요.' 그때까지 내내 연기를 하고 있었던 거예요."

짐이 지옥으로 갔다고 확신하는 세 번째 인물은 게리 그레이엄이었다.

1981년 5월 21일 한 여성 택시 기사의 신고로 체포되었을 때 게리는 겨우 열일곱 살이었다. 경찰이 신고한 여성의 호텔 방에 출동하자, 그는 게리가 자신을 총으로 위협해 납치했으며 5시간 동안 반복해서 강간했다고 진술했다. 그는 게리가 잠이 든 틈을 타 총을 빼앗은 다음 경찰에 신고했다.

그 전 일주일간 발생한 범죄를 조사하기 시작한 수사관들은 여러 목격자의 증언으로 어린 게리가 이미 강도 20건, 차량 절도 10건, 살인 미수 3건에 연루되어 있다는 사실을

175

밝혀냈다. 또한 그는 8일 전에 발생한 강도 살인 사건과도 관련이 있었다.

게리 그레이엄은 살인을 제외한 모든 혐의를 자백했지만, 이후 항소심에서 인종차별과 편견 때문에 자신이 공정한 재판을 받지 못했다고 주장했다.

사형 집행 당일, 교도소 이송 차량에서 사형장 안으로 그를 옮기는 데 교도관이 여섯 명이나 동원되어야 했다. 게다가 게리는 사형실로 들어가는 내내 고래고래 소리를 지르며 몸싸움을 벌였다.

짐이 꼽은 네 명 가운데 마지막은 폰차이 월커슨이다. 텍사스주 리빙스턴에 있는 폴룬스키 교도소에 가보면 사형수 구역으로 들어가기 전 마지막으로 통과하는 문에 빨간 표지판이 붙어 있는데, 그 표지판이 생긴 이유도 바로 월커슨 때문이다.

이 표지판에는 이곳에 들어오는 사람들의 생명과 안전을 교도소와 교도관이 책임지지 않으며, 인질 상황이 발생하면 안전한 석방을 위해 수감자의 어떠한 요구도 들어주지 않는다는 내용을 담고 있다. 2000년 2월 한 여성 교도관이 폰차이 월커슨과 하워드 가이드리라는 두 사형수에게 제압당했던 사건 이후에 이 표지판이 붙었다. 두 사람은 교도관을 인질로 잡고 사형수들의 처우에 세상의 이목을 집중시킨 다음, 인질 석방의 대가로 여러 인권 단체의 지도자들을 만나게 해달라고 요구했다.

그날 저녁, 세 사람이 수감자들의 권리에 대해 논의하기 위해 교도소장을 따라 교도소 안으로 들어왔다. 극적인 대치 상황은 13시간 동안 지속되었지만 다행히도 교도관은 무사히 풀려났다. 교도소 환경은 미미하게나마 개선되었지만 폰차이 월커슨은 3주 후 예정대로 사형이 집행되었다. 그의 죽음은 사형 집행에 참석한 사람들 모두의 기억에 깊이 남았다. 사형대 위에 누워 있던 폰차이는 수갑 열쇠를 뱉어냈다. 그 열쇠가 도대체 어디서 나왔는지 아무도 몰랐다.

"폰차이 월커슨과 게리 그레이엄이 목사님께 자백했나요?"

"아니요, 저와 이야기를 나누긴 했지만 자신들의 범죄에 대해서는 한마디도 하지 않았어요."

"폰차이 월커슨은 사형장으로 끌려갔는데, 목사님과 함께 있는 동안에는 차분했나요?"

"침착했습니다. 저에게 말도 걸었어요. 그는 오직 저한테만 말을 걸었지만 그렇다고 즐거운 대화는 아니었어요. 그의 얼굴, 목소리, 모든 것이 사악한 기운을 풍겼어요. 모든 사람을 적으로 여겼던 그는 그날 교도관들에게 이렇게 말했어요. '나는 당신들과 싸울 거야. 조용히 가지는 않을 거라고. 너희들이 끌고 나갈 때까지 여기서 버틸 거야.'"

게리 그레이엄도 마찬가지였다. 사형 집행 당일에는 앨 샤프턴Al Sharpton 목사, 제시 잭슨Jesse Jackson 목사와 사회운동가인 비앙카 재거Bianca Jagger 등 수많은 유명 활동가들이 그를 지지하기 위해 참석했다.

"사형제를 폐지하기 위해 죽어도 싼 저 남자를 홍보에 이용한다는 게 믿기지 않았어요. 정말 형편없는 인간이었거든요. 머릿속에 가득한 그 울분과 분노는… 그는 인종문제를 무기로 삼았지만 적어도 제가 보기엔 피부색과 아무 상관이 없었어요. 그는 끔찍한 일을 저지른 끔찍한 인간일 뿐이었어요."

교도소 직원들은 게리 그레이엄의 자살을 막기 위해 하루 종일 그를 감시했고, 그가 자신이나 남을 해치지 못하도록 종이로 만든 죄수복을 입혔다.

"그는 어딜 가든 모든 사람에게 소리를 지르고 욕설을 퍼부었으며 분노를 쏟아냈어요. 교도관들이 가까이에만 와도 고함을 질렀죠. 나중에는 아예 제가 교도관들에게 가까이 오지 말아달라고 부탁할 정도였어요. 그래야 대화를 할 수 있었으니까요."

사형 집행 시간이 다가오자 게리 그레이엄은 말한 대로

마지막 순간까지 격렬하게 저항했다.

"그날 저녁 그를 데리러 온 교도관들은 완전 방호복을 입고 있었어요. 그들은 문을 열고 곧장 게리를 향해 달려들었죠. 먼저 그의 가슴을 쳤어요. 그 바람에 게리가 뒤로 밀려나 벽에 부딪히자 그 위에 몸을 던졌고요. 게리는 미친 듯이 소리를 질렀지만 교도관들은 그를 꼼짝 못 하게 제압하고 머리 위로 들어 올린 다음 데려갔습니다. 그러는 데 불과 7~8초도 걸리지 않았어요. 저는 그냥 거기 서서 모든 과정을 지켜봤어요. 그리고 나서 아래를 내려다보니 바닥에 그의 머리카락들이 네 덩어리나 나뒹굴고 있었죠."

교도관들은 게리를 사형대 위에 내려놓고 끈으로 단단히 고정했다.

"그날 저녁에는 평소보다 교도관이 한 명 더 배치됐어요. 원래 절차대로라면 수감자의 가슴과 발을 묶지만, 그때는 머리까지 묶어서 고개를 들어 올릴 수 없게 만들었어요. 교도관들과 실랑이를 벌이는 동안 입고 있던 종이 죄수복이 찢어져 그의 몸 여기저기가 드러나 있었죠. 교도소장은 재빨리 그를 천으로 덮어주었어요. 그날 이후로 텍사스에서는 사형을 집행할 때 항상 죄수들을 천으로 덮어주기 시작했습니다. 그게 더 실용적이라는 사실을 알게 된 거죠."

"죽은 사람의 얼굴을 천으로 덮는 건 상징적인 의미도

있죠."

"맞아요, 목사가 하던 일이었습니다. 의사가 사망 선고를 하고 떠나면 제가 시신을 천으로 덮어주었습니다. 게리의 경우에는 천을 머리 위까지 끌어 올리지는 않았지만요. 왜냐하면 그때는… 그전까지는 해본 적이 없던 일이었으니까요. 그 후로 우리는 무엇보다도 유족에 대한 존중과 마지막 배려의 표시로 매번 얼굴까지 천을 덮어주었어요."

* * *

1996년 재니스는 결국 이혼하겠다고 통보했다. 그리고 자신은 헌츠빌로 이사할 생각은 단 한 번도 해본 적 없다고 말했다.

"저는 아내에게 '정말 이혼하고 싶다면 당신이 다 알아서 진행해. 나는 이혼하고 싶지 않아. 난 당신이 좋아. 당신을 사랑해'라고 말했어요."

아내는 변호사를 구했다. 짐은 이혼 절차에 이의를 제기하지 않았다. 하지만 그렇다고 적극적으로 협조하거나 변호사를 고용하지도 않았다.

사형 집행일에는 빨간 속옷을

텍사스주는 1997년 한 해 동안 사형을 총 37건 집행했다. 당시 최고 기록이었다. 그해 텍사스주에서는 모든 문명국과 비교해 가장 많은 사람들이 사형되었고, 많게는 일주일간 네 건이나 사형이 집행되기도 했다. 실제로 짐은 연달아 사형 집행에 참여해야 하는 경우가 두 번이나 있었다.

"하룻밤에 두 번이라니, 정말 힘들었어요. 사형 집행 날짜는 판사가 정하는데 두 명의 판사가 같은 날을 집행일로 정한 거였죠. 제가 처음 연속으로 사형 집행에 참여했을 때는 사형수 중 한 명이 먼저 사형장으로 끌려갔고, 다른 한 명은 엘리스 교도소에 남아 있었어요. 첫 번째 사형수는 너무 긴장해서 제정신이 아니었죠. 사형수가 죽자마자 시신은 밖으로 치워졌습니다. 그때 두 번째 사형수는 이미 사형장에 도착해 밖에서 차로 빙글빙글 돌며 대기 중이었어요. 교도소장이 신호를 보내자 차가 멈췄고 교도관들이 사형수를 안으로 데려왔습니다. 그리고 늘 하던 절차를 거친 다음 이렇게 말했어요. '됐네요. 이제 죽입시다.' 제가 먼저 여유를 좀 달라고 말했더니 대충 15분에서 20분 정도 시간을 줬어요. 그 후 사형수는 사형실로 들어갔고 사형이 집행됐죠. 정말 이상한 밤이었어요."

1997년 6월 4일, 짐은 또다시 연속으로 사형 집행을 돕게 됐다. 사형수들은 서른 살의 도시 리 존슨베이 주니어와 서른두 살의 데이비스 로사다였다.

"너무 고된 경험이었어요. 지난번처럼 두 사형수가 따로 들어올 것이라고 예상했었죠. 그런데 놀랍게도 멕시코인 한 명과 흑인 한 명, 이렇게 두 사람을 같이 데려왔더군요."

사형수들은 오후 1시쯤 도착했고, 짐은 두 사람 사이를 오가며 대화를 나누려고 애썼다.

"먼저 멕시코인에게 갔어요. 그는 자신이 한 일을 시인했고 진심으로 뉘우치고 있었습니다. 본인이 잘못을 저질렀다는 것을 알고 용서를 빌었어요. 그리고 신을 영접했죠. 그는 마지막 순간에도 평온하고 온순했기 때문에 대화하기가 수월했어요. 하지만 그도 죽는 걸 두려워했습니다. 나머지 한 사람은 무척 억울해했고 공격적이었어요. 그는 마음속에 담을 쌓아두었고 그 안에 누구도 들여보내려 하지 않았어요. 화가 많이 나 있었죠. 저는 그들 사이를 오가며 두 사람과 대화하려고 노력했어요. 처음에 흑인 사형수는 전혀 관심이 없더군요. '너네들은 그래봤자 살인 기계의 톱니바퀴일 뿐이야'라고 말했죠. 하지만 멕시코인은 '이봐요, 진정 좀 해요. 우린 이런 취급을 받아도 싸요'라고 했어요. 정확히 그렇게 말했어요. 그러자 흑인 남자는 '너나 그렇지'라고 대꾸했어요. 시종일관 그런 태도였죠. 그러다 마침내 멕시코인이 먼저 처형당할 시간이 됐어요. 교도소장이 들어와서 이제 갈 시간이라고 알려주자 그는 눈물을 흘리기 시작했어요. 하지만 차분하게 저와 나란히 사형실로 걸어갔습니다. 그는 사형대 위에 스스로 올라가 아주 평화롭게 죽었어요."

사형실에서 말하는 소리는 스피커를 통해 뒤에 있는 감방으로 전달되기 때문에 짐은 남은 사형수가 모든 내용을 들었다는 것을 알고 있었다.

"첫 번째 집행이 끝나고 교도소장에게 다음 사형수와 잠깐 이야기를 나눌 수 있는지 물어봤어요. 교도소장은 괜찮다고 했고 저는 다시 사형수에게로 돌아갔죠. 사형수는 신음하듯 '소름 끼치네' 하고 내뱉었어요. 저도 맞장구쳤죠.

'그래요, 화해하지 못하면 끔찍한 일이겠죠.' 그는 결국 하나님과 화해하지 않았지만 그래도 저를 존중해 주었습니다. 우리는 함께 사형실로 걸어갔고 몇 분 후 그는 사형당했어요. 그날은 한없이 고분고분하던 사형수와 고집불통이던 사형수를 함께 만나야 했던 힘든 하루였어요. 극과 극에 있는 두 사람을 상대하기란 정말 쉽지 않았죠."

당시 짐은 두 자녀와 함께 살고 있었는데, 자녀들은 그날 사형이 순조롭게 집행됐는지를 단박에 맞히곤 했다.

"아이들이 설명하길, 제가 모든 감정이 완전히 소진된 듯한 모습으로 집에 올 때가 있었대요. 육체적으로, 영적으로, 정신적으로 지친 거죠. 그래서 특히나 힘들었던 날은 한눈에 알아볼 수 있었던 거예요."

어느 날 집에 돌아온 짐은 마음이 공허했다. 그는 재빨리 외출복을 벗어버리고 아이스티를 한 잔 따라 놓은 뒤 전날 밤 먹다 남은 닭튀김을 꺼내왔다. 그런데 하필 그때 전화벨이 울렸다. 홍보부서에서 일하는 래리의 전화였다. 래리는 캘리포니아의 한 라디오 방송국에서 방금 참석했던 사형 건에 대해 짐을 인터뷰하고 싶어 한다고 말했다. 짐은 흔쾌히 동의한 다음 부엌 바닥에 앉아 기자와 이야기를 나누었다. 그러던 와중에 아들이 부엌으로 들어왔는데, 아들은 짐이 지금까지 본 적 없는 큰 웃음을 빵 터뜨렸다.

"전 바닥에 앉은 채로 최대한 집중해서 영적인 문제에 대해 심오한 대화를 나누고 있었어요. 그런데 브라이언이 곁에서 계속 깔깔거리고 있으니 무척 신경에 거슬렸죠. 인터뷰가 끝나고 전화를 끊은 후에 '대체 왜 그래?'라고 물었어요. 브라이언은 여전히 배꼽을 잡고 웃으며 말했어요. '절대 못 잊을 거예요. 아빠가 한 손에는 닭다리를 들고, 곁에는 아이스티 한 잔을 놓고, 맨몸에 빨간 팬티만 달랑 입은 채 바닥에 앉아 신과 사형에 대해 얘기하고 있는 이 장면 말이에요.'"

고개를 숙여 아래를 본 짐은 아들의 말이 맞다는 사실을 깨달았다.

"우리끼리의 농담이 됐죠. 며칠 후 사형 집행이 예정되어 있는 날에 출근하려는데, 브라이언이 '빨간 속옷 입는 거 잊지 마세요!'라고 하더군요. '까짓것 그러지 뭐' 하는 마음이 들었어요. 그 후로 그게 습관처럼 돼버렸죠."

"사형 집행 날에는 빨간 속옷을 입기 시작하신 거예요?"

"네, 두 벌을 번갈아 입었어요. 나중에는 꽤 많이 낡았더군요."

"저도 절대 잊지 못할 이미지가 생겨버렸네요. 감사합니다."

"별말씀을요."

"사형수들은… 그 빨간 속옷을 입고 사형 집행에 참석하실 때 사형수들에게 '당신이 그랬어요?'라고 물어본 적 있나요?"

"한 번도 없어요. 그럴 필요가 없었거든요. 다들 자진해서 털어놨으니까요."

"사형실에 동행한 사형수 155명 중 몇 명이나 범죄 사실을 얘기하던가요?"

"75퍼센트쯤 됐죠."

"그중에 살려달라고 애원하는 사람도 있었나요?"

"아니요, 가끔 주삿바늘을 놓지 말아달라고 요청하기는 해요. '바늘이 무서워요. 제발, 제발, 바늘은 안 돼요'라고 하죠. 하지만 죽는 것과 관련해서는 한 번도 없었어요. '죽는다'라는 단어 자체를 절대 사용하지 않기도 하고요. 그저 항상 '주사 놓지 마세요'라고만 했어요."

"제가 목사님과 처음 만났을 때 워너 브러더스에서 목사님의 이야기 중 몇 가지를 바꾸자는 연락을 해왔다고 하셨는데요. 예를 들어 주지사에게 한 남자를 사면해 달라고 탄원하셨다거나 마지막 순간에 누군가의 목숨을 구하는 내용으로 말이에요. 이건 그쪽에서 지어낸 이야기인가요, 아니면 실제로 그런 일이 있었나요?"

"언젠가 한 번 피바다가 되는 걸 막은 적은 있습니다.

사형이 예정된 남자는 멕시코 시민이었어요. 그때는 제가 아직 사형수들의 범죄에 대해 알려고 하지 않던 시절이어서 그가 무슨 죄를 저질렀는지 몰랐어요. 그게 무슨 일이었든 간에 브라운즈빌에서 일어난 일이었죠. 어쨌든 그는 멕시코인이었기 때문에 멕시코 측에서는 그가 미국에서 처형되길 바라지 않았어요. 우리에게 처벌할 권리가 없다고 했죠. 외국인이 연루되면 항상 그런 일이 벌어졌어요. 하지만 이 남자는 길길이 날뛰었어요. 그의 어머니와 아내까지 거기 있었는데 그는 화가 나서 제정신이 아니었죠. 그는 소리를 지르고, 욕하고, 난동을 부리면서 교도소로 이송됐어요. 그의 가족들과 사형 집행 준비를 하려고 길을 건너는데, 그의 아내가 제 눈을 바라보며 말했어요. '그이가 죽으면 오늘 밤 텍사스 거리에 피가 쏟아질 거예요. 국경에서 사람들이 기다리고 있으니 피비린내 나는 밤이 되겠네요.'"

"그래서 어떻게 하셨나요?"

"그 말을 듣고 저는 곧바로 교도소장을 찾아가서 그가 한 말을 전했어요. 교도소장은 내무부에 연락을 한 뒤 브라운즈빌 경찰에게도 알렸고, 경찰은 텍사스와 멕시코 사이의 국경을 임시 폐쇄했습니다. 아무도 나가거나 들어올 수 없었죠. 교도소장은 저를 다시 사형수에게 돌려보냈어요. 사형수가 제일 먼저 한 질문은 '제 아내는 괜찮습니까?'였

어요."

짐은 그에게 피바다를 만들겠다는 아내의 계획을 알고
있었는지, 사형은 결국 집행되고 말 텐데 복수를 위해 아내
마저 감옥에 보내고 싶은지 물었다.

그는 고개를 숙이며 친구들이 자신을 위해 복수하고 싶
어 한다고 대답했다.

"저는 '그럼 당신은 이 모든 사람이 다치고 고통받고 심
지어 죽어도 될 만큼 스스로가 중요하다고 생각합니까? 고
작 당신의 복수를 위해서 아들이 엄마나 아빠 없이 살게 될
텐데요? 왜 이러는 거죠?'라고 말했어요. 그러자 그는 '내
가 뭘 했다고 이래요. 진짜 못 살겠네!'라고 대꾸하더군요.
그래서 저는 '당신이 못 사는 건 저 때문이 아니라 자기 자
신 때문이에요. 본인이 지은 죄 때문에 사형을 당하는 거라
고요'라고 했어요."

시간이 흐른 뒤 분위기가 진정되었다. 짐은 그에게 오
직 당신만이 유혈사태를 막을 수 있다고 했고, 그는 고민하
는 듯했다. 그래서 짐은 아내에게 편지를 써보라고 제안한
다음 그 편지를 아내에게 꼭 전달하겠다고 약속했다.

"그는 감방 안을 이리저리 서성거리기 시작했어요. 그
러다 변기 쪽으로 걸어가서 안에 침을 뱉고 돌아섰어요.
그러더니 마침내 '펜과 종이를 좀 주세요'라고 말했어요.

달라는 걸 가져다줬더니 아내에게 스페인어로 편지를 쓰더군요."

짐은 다시 교도소장실로 향했고, 가는 길에 동료 조 구즈만과 우연히 마주쳤다. 사형 집행 시에 사형수들을 제압하는 교도관인 그는 스페인어를 구사할 수 있었다. 짐은 그에게 함께 가서 편지를 번역해 달라고 부탁했다.

"제가 바라던 내용이 그대로 쓰여 있었어요. '너무 많은 사람이 다치게 될 거야. 더 이상 피를 흘리면 안 돼. 이제 그만해. 모두 취소하고 오늘 밤은 차분히 보내자. 내가 당신 사랑하는 거 알잖아. 그러니까 내가 마지막으로 좋은 일하나 하고 가게 해줘.'"

교도소장은 짐에게 그 편지를 아내에게 전달하되, 교도소에서 가장 건장한 교도관 네 명과 동행하라고 했다.

"제가 갔을 때 사형수의 아내는 여전히 몹시 흥분한 상태였어요. 하지만 결국 제가 그를 자리에 앉힌 다음 편지를 건넸어요. 남편분이 스스로 아내를 위해 편지를 썼고 제게 전해달라고 부탁했다고 말했죠. 그는 편지를 다 읽더니 종이를 무릎 위에 내려놓았어요. 그리고 아무 말 없이 저를 올려다보았죠. 그러고는 다시 편지를 집어 들었어요. 그의 손은 떨리고 있었고 눈에서는 눈물이 흘러나왔어요. 저는 그를 위로하는 대신 울도록 내버려뒀습니다. 그렇게 몇 분이 지난 다음 그의 손을 잡고 '당신은 이걸 멈출 수 있어요' 라고 말했어요. 그러자 그가 고개를 끄덕였죠."

짐은 사형수의 아내에게 전화기가 필요한지 물었다. 그는 그렇다고 대답했다. 스페인어를 구사하는 구즈만이 들어와서 통화를 감독했다. 그는 두 사람에게 전화를 걸었다.

"그 두 사람이 누군지는 전혀 모르지만 그날 밤 아무도 피를 흘리지 않았습니다. 폭력도 없었어요. 모든 게 순조롭게 진행됐죠. 하지만 사형수에게는 이미 희망이 없었어요. 제가 무슨 말을 해도 천국에 결코 가지 못할 거라는 걸 알았죠. 피바람을 막을 수는 있었지만 그가 평화를 찾게 도와주지 못했어요. 그에게는 애초에 평화가 없었으니까요."

잠시 말을 멈춘 짐은 의자 뒤편에 기대어 앉았다.

"마지막 순간에 누군가를 구해본 적이 있느냐… 없습니다. 하지만 그럴 뻔한 적은 있었어요. 위치터폴스에서 온 사형수와 이야기를 나누는 중이었어요. 그는 거기서 사람을 죽였지만 사형이 집행되는 날까지도 계속 무죄를 주장했죠. 사형수들이 사형장으로 이송된 후에는 태도가 불량하지 않다면 전화를 몇 통 걸 수 있도록 해주는데, 일부 사형수들은 장시간 통화를 하기도 했습니다. 대부분의 사람은 잘 모르지만 실제로 그랬죠. 이 사형수는 삼촌에게 전화해서 작별 인사를 했어요. 삼촌도 위치터폴스에 살고 있었던 것 같은데, 삼촌은 사형수의 무죄를 입증할 새로운 증거를 가진 이가 나타났다고 했어요. 통화한 뒤 사형수는 잔뜩 흥분해서 외쳤어요. '여기서 나가야 해요. 내가 무죄라는 걸 증명할 수 있어요.' 저는 그에게 무슨 내용인지 물은 다음 최대한 힘써보겠다고 했어요. 저는 그를 믿지 않았지만 그래도 우선 교도소장을 찾아갔습니다. 혹시라도 그가 말한 내용 중에 중요한 내용이 있을지 모르니 전달해야겠다 싶었어요. 오후 3시쯤이었죠."

짐은 사형수에게 들은 내용을 간략하게 전달하고 삼촌과의 전화 통화 후 그의 태도가 어떻게 변했는지 설명했다. 교도소장은 주지사 사무실에 전화를 걸어 이 내용을 조사하는 동안 사형 집행을 잠시 보류해 달라고 요청했다. 하지만 두어 시간 만에 다시 주지사 측으로부터 전화가 걸려 왔다.

"그들은 '사형수의 주장에 대한 어떤 증거도 찾을 수 없습니다. 관련된 모든 이들과 이야기해 봤지만 새로운 증거는 없었습니다'라고 말했어요. 그래서 그는 예정대로 처형되었죠."

그 후 짐의 머릿속에는 궁금증이 사라지지 않았다. 그래서 그 남자는 무죄였을까? 만약 무죄였다면, 왜 갑자기 태도가 변했을까?

"그 전화 이후 그가 더 이상 저와 말하지 않으려 했기 때문에 사형을 앞두고 마지막 준비를 하기가 무척 어려웠어요. 하지만 결국에는 그도 진정했고, 오히려 저에게 고마워했습니다. 제가 노력했다는 걸 알고 있었으니까요."

* * *

"무죄라고 믿었던 사람이 죽는 것을 본 적이 있나요?"

"네, 벤저민 보일이라는 남자였는데 오클라호마 출신에 조용하고 나이가 많았어요. 다른 사람들과 태도가 아주 달랐죠."

짐은 엘리스 교도소에서 보일을 만났다. 그는 솔직하고 예의가 바른 사람이었다. 그는 사형 집행 당일에 이렇게 말했다. "저는 그런 짓을 하지 않았어요. 제 얘길 들려드릴게요."

"그는 자신이 트럭 운전사였고 아내와 이혼 수속을 밟는 중이었다고 했어요. 아내와 사이가 정말 안 좋았기 때문에, 그는 아내에게는 넉넉한 돈을 가져다주고 자신은 새 트럭을 사기 위해 마약을 팔기 시작했어요. 그가 원했던 거였어요. 보일은 장거리 운전자였기 때문에 중간중간 여러 도시에 들러 마약을 팔았죠."

애머릴로에 가는 길이었는데, 그의 말로는 현금으로 치면 약 50만 달러어치에 상당하는 마약을 트럭에 싣고 있었다. 운반을 마치면 받게 될 돈으로 그는 아내가 원하는 건 뭐든 해준 뒤 영원히 도로를 달리며 살 수 있었다.

"그러다 도중에 한 여자를 태웠대요. 그는 '당신이 자리를 비운 동안 트럭을 사용하게 해주면 원하는 대로 다 할게요'라고 말했고요. 보일은 좋다고 했고 대가로 성관계를 맺은 다음 마약을 팔러 나갔어요. 약 2시간 동안 자리를 비웠다가 다시 트럭으로 돌아왔을 때는 서둘러 출발해야 하는 상황이었어요. 운전석에 올라타 보니 안이 비어 있어서 여자가 떠난 거라고 생각했죠. 트럭을 출발시킨 그는 고속도로에 진입한 후 담배를 피우려고 운전석 뒤로 손을 뻗어 담뱃갑을 잡으려 했습니다. 순간 무언가가 손에 잡혔어요. 뒤를 돌아보니 거기 여자가 있었어요."

벤저민 보일은 자신이 브레이크를 힘껏 밟자 차가 미끄러지며 배수로에 부딪혀 타이어 두 개가 터졌다고 설명했다. 운전석에는 무려 현금 100만 달러와 죽은 여성이 들어 있는 상황이었다.

"순간적으로 이런 생각이 들었대요. '어차피 난 죽었어. 경찰이 죽이지 않으면 마약상이 죽이겠지.'"

보일은 여성의 시신을 천으로 둘둘 말고 강력 접착테

이프로 꽁꽁 붙였는데, 그 과정에서 지문을 남기고 말았다. 시신을 배수로에 숨긴 그는 정비공을 불러 타이어를 수리한 후 그 자리를 떠났다.

"시신은 금세 발견됐어요. 경찰이 이미 그의 지문을 확보하고 있었기 때문에 보일은 이틀 만에 살인 혐의로 체포됐습니다. 그는 저에게 이렇게 말했어요. '전 그 여자를 죽이지 않았어요. 하지만 혐의를 부인하지도 않았어요. 단 한 번도요. 왜냐하면 제가 더 나쁜 짓을 저질렀으니까요. 저는 이 벌을 받아도 싸요.' 자신이 저지른 짓에 대해서 말한 건 그게 다였어요. 하지만 보일과는 말이 잘 통했어요."

그러나 공식적인 사건 내용은 보일의 마지막 고백과 여러 가지 면에서 달랐다.

피해자는 매춘부가 아니라 식당 종업원으로 일하던 스물두 살의 여성, 게일 스미스였다. 당시 그는 차를 사기 위해 돈을 모으는 중이었기 때문에 히치하이크로 차를 얻어 타고 수백 킬로미터 떨어진 메러디스 호수 근처에 사는 어머니를 방문하곤 했다. 문제의 그날, 한 친구가 '루거 화물'이라고 적힌 빨간색 대형 트럭에 그가 올라타는 모습을 목격했다. 수사관들이 화물 회사를 추적해 오클라호마까지 왔는데, 그 지역에서 해당 날짜에 운전한 사람은 벤저민 보일 단 한 명이라는 사실이 밝혀졌다.

경찰은 그의 트럭을 수색해 은색 접착테이프 한 롤과 여러 장의 천과 담요를 발견했다. 담요의 섬유는 워싱턴의 FBI로 보내졌고, 게일 스미스의 시신에서 발견된 섬유와 동일하다는 사실이 곧바로 확인되었다.

신원 조회 결과 벤저민 보일이 이전에도 납치를 시도했다는 적이 있었다는 사실이 추가로 밝혀졌다. 1979년 콜로라도 스프링스에서 28세의 여성을 납치하려 했으나 여성은 그를 칼로 찌르고 달아나는 데 성공했다. 보일은 체포되었고 유죄를 인정한 후 5년의 집행유예를 선고받았다. 텍사스에서 체포될 당시에도 그는 또 다른 강간 혐의로 콜로라도에서 수배 중이었는데, 사진을 본 피해자가 그를 범인으로 지목한 상황이었다. 계속해서 그의 트럭 운송 경로를 조사하던 경찰은 캘리포니아에서 발생한 또 다른 살인 사건의 연결 고리를 찾았다. 1985년 6월 21일 신원 미상의 시신이 발견된 사건으로, 나체 상태의 여성이 손과 발은 테이프로 묶인 채 종이 상자에 담겨 있었다.

"사형이 집행되던 날 저녁, 보일의 두 형제가 교도소로 찾아왔어요. 모두 댈러스에 살고 있었는데 한 명은 치과의사였고 다른 한 명은 자동차 영업사원이었던 것 같아요. 둘 다 좋은 사람들이었고 저는 그들과 이야기를 나누면서 사형 참관 준비를 도왔습니다. 이미 항소할 기회는 더 이상 남아 있지 않았거든요."

형 집행이 다 끝난 후, 짐은 사형수의 소지품을 형제들에게 가져다주며 월스 교도소에서 길 건너편에 있는 텍산 카페에서 함께 저녁을 먹겠냐고 물었다.

"사형을 자정에서 오후 6시로 바꿔 집행하던 때라 늦은 저녁 무렵이었어요. 해가 지고 어스름이 깔리고 있었죠. 으스스한 시간대잖아요. 남들도 으스스하다고 느끼실지 모르겠지만 저는 항상 그 시간이 어쩐지 묘하다고 생각했어요. 그리고 그 사람들과 거기 함께 앉아 있는데… 형제가 방금 죽었는데도 둘 다 눈물 한 방울 흘리지 않았어요. 우리는 보일에 대해 정말 많은 이야기를 나눴는데 두 사람은 그저 덤덤했어요. 그저 형제가 죽는 일이 있었다 정도의 느낌이었어요."

짐은 보일이 한 말을 그들에게 전할 수 없었다.

"기밀 유지 의무를 위반한 적이 있나요?"

"지금 깨고 있죠. 이런 얘기를 한 건 이번이 처음이에요. 아무에게도 말한 적이 없는데 그래서 가끔은 정말 답답했어요. 너무, 너무 힘들었어요."

"왜 저를 믿기로 하신 거예요?"

"글쎄요, 정직해 보였어요. 좋다 나쁘다 평가하지도 않았고요."

"평가는 살짝 하는 것 같아요. 목사님 말씀을 듣다가 몇 번 발끈했거든요."

"네, 저와 삶의 태도나 관점이 다르다는 건 알고 있었어요. 하지만 그건 중요하지 않았어요. 왜냐하면 기자님 덕분에 제가 진심에서 우러나오는 말을 할 수 있었거든요. 다른 사람들과는 달라 보였어요. 이건 그저 베스트셀러 책을 쓰기 위한 일이 아니잖아요. 저를 속이거나 제가 틀렸다는 것을 증명하려는 행위가 아니라 제 이야기를 더 자세히 듣고 싶기 때문인 거죠. 과거에 언론 매체들과 만나보면 한결같이 이런 식으로 흘러갔어요. '어떻게 이렇게 형편없는 인간이 그 많은 사형수를 도운 거죠?' 그들은 이 일을 정치적 발언으로 왜곡하려고도 했지만 그건 저랑 맞지 않았어요. 전 정치에 관심이 없습니다. 저는 사형수들에게 관심이 있죠."

"기밀 유지 의무를 어기고 싶었던 적이 있었나요?"

"댈러스에 살던 한 소년이 있었어요. 결국 그 아이 때문에 제가 이 이야기들을 하기로 결심하게 된 것 같아요."

편의점을 털다가 한 사람을 살해한 그 소년은 몇 시간 만에 경찰에 붙잡혔다.

"경찰은 그를 체포해 댈러스 구치소로 데려갔고, 소년은 자신의 아버지에게 전화해 큰일이 났다고 말했어요."

소년의 아버지는 걱정하지 말라며 변호사를 보낼 테니 변호사가 시키는 대로 하면 된다고 말했다.

"그날 아침, 변호사가 들어와서 서류 가방을 탁자 위에 내려놓은 뒤 아이의 눈을 바라보며 이렇게 말했습니다. '내 말 잘 들어. 네가 유죄인지 아닌지 난 알고 싶지 않아. 그러니까 아무에게도 말하지 마. 절대 소리 내서 자백하면 안 돼. 누가 들으면 넌 사형이야. 절대 자백하지 마.'"

변호사는 자리를 떠났고, 몇 시간 후 소년의 아버지가 아들을 만나러 구치소로 찾아왔다.

"아버지는 아들의 눈을 똑바로 쳐다보며 물었어요. '딱 한 번만 물어볼 거야. 네가 아빠한테까지 거짓말을 하지는 않을 거라고 믿는다. 네가 그랬어?' 그러자 아들은 아버지와 눈을 맞추며 대답했어요. '아니에요, 아빠. 전 아무 짓도 안 했어요.'"

아버지는 아들을 믿었고 아들이 억울하게 살인 혐의를 받고 있다는 사실에 가슴 아파했다. 그는 변호사 비용을 내기 위해 집을 담보로 또 다른 대출을 받았고, 연금을 끌어다 썼다. 이처럼 아버지는 모든 재산을 다 털어서 아들의 변호에 최선을 다했다. 하지만 그 모든 노력에도 불구하고 아들은 사형 선고를 받고 말았다.

"스트레스를 심하게 받은 나머지 결국 아버지는 심장마

비로 세상을 떠나고 말았어요. 이제 성인이 된 그 아이는 제게 이 이야기를 들려주면서 엄마가 사형실에서 자신이 죽는 모습을 지켜볼 거라고 했습니다. 그러자 아이는 이렇게 말했어요. '저는 사형대에 누워서 엄마 눈을 바라볼 거예요. 엄마는 모든 걸 잃었어요. 전부 다요. 제가 죽는 순간에도 엄마는 제가 결백하다고 믿으셔야 해요. 하지만 사형실에 발을 들여놓기 전에 딱 한 번만이라도 털어놓고 싶어요. 제가 그랬어요. 전 유죄예요.'"

짐은 그와 함께 용서를 빌며 기도한 뒤 사형실로 들어갔다. 아나나 다를까 사형수는 참관실에서 자신을 바라보는 어머니를 발견하자 자신은 결백하다고 말했다. 그리고 그의 사형이 집행됐다.

"그의 어머니에게 유품을 전달하러 호스피탈리티 하우스에 갔어요. 어머니는 화가 머리끝까지 났고 마음속에 증오가 가득했어요. 가엾은 아들을 빼앗겼다는 생각에 원통해했죠. '남편을 잃고 이번에는 죄 없는 아들까지 잃었어요. 이건 아니에요. 텍사스는 엉망이에요.' 뭐 그런 얘기였죠. 그에게 진실을 말하지 않으려고 안간힘을 썼어요."

설사 진실을 알려줬어도 그 어머니는 믿지 않았을 거라고 짐은 말했다.

"하나도 안 믿었을 거예요. 그 어머니는 제가 생사람을

저는 사형대에 누워서 엄마 눈을 바라볼 거예요.
엄마는 모든 걸 잃었어요. 전부 다요.
제가 죽는 순간에도 엄마는 제가 결백하다고 믿으셔야 해요.
하지만 사형실에 발을 들여놓기 전에
딱 한 번만이라도 털어놓고 싶어요.
제가 그랬어요. 전 유죄예요.

잡는다고 했겠죠. 제가 어떻게 해도 잘못될 상황이었어요. 누구에게도 좋을 게 없었죠."

짐은 사형 집행 이후 그 어머니를 여러 차례 만났지만, 그는 아들이 죽기 전에 범죄를 자백했다는 사실을 여전히 몰랐다.

그의 자백은 지금까지도 짐 브라질만 알고 있던 사실이었다. 오직 신과 짐만이. 짐은 그것이 무거운 부담이었다고 말했다.

"당연하게도 가끔은 버거워요. 사형 집행관도 문제가 생길 때를 대비해 보조해 주는 조수가 있잖아요. 하지만 제겐 아무도 없었어요. 사형수들은 제 눈을 똑바로 쳐다보며 아동 학대와 강간, 살인을 고백했지만, 저는 어디에도 말할 수 없었죠."

모두가 죽기 좋은 날을 맞이하길 바랍니다

1998년 2월 3일, 칼라 페이 터커의 사형이 집행됐다. 1984년 노스캐롤라이나에서 벨마 바필드가 처형된 후 최초의 여성 사형이었다. 또한 텍사스주 내에서는 미국이 남북전쟁 중이던 1863년 치피타 로드리게스가 교수형에 처해진 이후 최초로 사형이 집행된 여성이기도 했다.

칼라 페이는 서른여덟이라는 비교적 젊은 나이에 외모도 아름다웠는데, 수감 중에 기독교인으로 다시 태어났다. 이 사건은 당시 큰 파문을 일으켰고 전 세계 언론의 머리기사를 장식했다. 교황 요한 바오로 2세Pope John Paul II는 당국에 그의 목숨을 살려달라고 탄원하는 편지를 썼다. 여러 유명 TV 설교자들과 국제기독교협의회World Council of Churches,

심지어는 피해자의 남동생까지 이에 동참했다. 수천 명의 사람들이 윌스 교도소 밖에 모여서 항의 시위를 벌였고, TV 제작진들도 몰려와 인산인해를 이뤘다.

짐은 그 난리법석 중에 사형수를 포함해 일반 수감자 20여 명이 칼라 페이를 대신해 사형실에 들어가겠다고 자원했다고 말했다. 사형 집행에 지나치게 많은 관심이 쏟아지자 결국 당국은 칼라 페이를 헌츠빌로 이송하기로 했다.

"게이츠빌에서 헌츠빌까지는 차로 세 시간이 걸려요. 그러니 보안을 위해 하루 전날 비행기로 이송하기로 한 거죠."

짐은 공항에서 그를 인계받아 고리 교도소로 데려다주는 임무를 맡았다. 당시 고리 교도소는 임시 수용시설로 사용되고 있었다. 수용 인원이 늘어나면서 대부분의 수감자는 게이츠빌로 이송되었지만, 고리 교도소는 여전히 여성 사형수들을 수용하고 있었다.

짐은 공항에서 칼라 페이 터커를 기다리면서 평소보다 더 긴장되었다고 말했다.

"무슨 일이 일어날지 전혀 알 수가 없었어요. 다들 쉬쉬하는 분위기였죠."

비행기는 그날 오후 늦게 착륙했다. 호송을 받으며 계단을 내려오는 칼라 페이의 곱슬머리가 바람에 흩날렸다.

고리 교도소로 이송된 그는 그곳에서 면회 온 가족들을 만났다. 그리고 수감 중에 한 목사와 만나 사랑에 빠졌고, 결국 결혼까지 하게 되었다.

"모든 언론이 그를 교도소 형목이라고 보도했지만 그건 사실이 아닙니다. 그 목사는 자원봉사자였어요. 어쨌든 좋은 분이었죠. 사실인지 아닌지는 알 수 없지만 교도관들이 결혼식을 열어주고 두 사람이 함께 결혼식을 즐기도록 해줬다는 소문이 돌았어요. 서로 포옹하고 키스할 수 있게 허용해 주었다고요. 사형수들은 보통 다른 사람을 만질 수 없게 되어 있지만 그날에는 진짜 결혼식을 마친 뒤 그의 감방에서 첫날밤도 치렀다고 들었어요."

칼라 페이가 사형장에 도착하기 전 그 지역 전체가 봉쇄되었다. 아무도 건물 위로 올라갈 수 없게 바리케이드도 설치됐다. 그는 지방교정청장의 개인 차량인 쉐보레 카프리스를 타고 도착했는데, 모든 창문이 새까맣게 코팅되어 있었다.

"옆이나 뒤에서 차 안을 들여다볼 수 없었어요. 흰색 승합차를 타고 오면 눈에 띄거나 심지어는 시위대를 동요시킬 수도 있으므로 눈에 안 띄는 차량을 이용했어요."

칼라 페이 터커는 스물세 살 때 당시 남자 친구와 함께 강도질을 벌이다 곡괭이로 두 사람을 살해했다.

"사형제도의 목적은 범죄자의 재범을 막는 거예요. 전 칼라 페이 터커가 체포 당시에 풀려났더라면 다시 살인을 저질렀을 거라고 확신합니다. 하지만 15년 뒤에 제가 만난 칼라 페이 터커라면? 다시 생각해 봐야 할 문제였죠."

짐은 사형 집행을 앞둔 그가 기분이 좋아 보였다고 말했다.

"그는 '집에 보내주세요. 전 제가 어디로 가는지 알아요. 만약 사형 집행이 유예돼도 말하지 말아주세요'라고 말했어요."

칼라 페이와 짐은 실제로 그가 수감 생활을 하는 동안 좋은 친구가 되었다. 그들은 한동안 함께 기도하고 수다도 떨었다.

"그는 정말 친절했어요. 여동생과 남편도 모두 친절한 사람들이었죠. 제가 그의 가족들과 대화하기 위해 호스피탈리티 하우스로 가려는데, 제가 다녀오는 동안 제 성경책을 읽고 있어도 되겠냐고 물어보더군요. 저는 그러라고 대답하고 별생각 없이 성경을 건네줬어요. 제가 돌아왔을 무렵 사형장으로 가야 할 시간이 되었죠. 그는 순순히 시키는 대로 따랐어요. 사실 전 그날 칼라 페이가 사형실로 들어가는 사진도 가지고 있어요."

"아직도 갖고 계세요?"

"네, 그러면 안 되지만 가지고 있어요. 척 브루스라는 사람이 있었는데, 기록으로 남겨야겠다 싶은 경우 교도소에 와서 사형 집행 사진을 찍곤 했어요."

"이런 사진이 몇 장이나 있나요? 가지고 있으면 안 되는 사진들 말이에요."

"두 장이요."

"칼라 페이 터커가 사형실로 들어가는 사진은 왜 달라고 하신 거예요?"

"워낙 세간의 이목을 집중시킨 사건인 데다가 칼라 페이가 오래 기억에 남았어요. 그는 품위 있게 죽었어요. 전 정말 그렇게 생각해요. 그리고 칼라 페이의 믿음이 진심이었다고 믿어요. 신께서 오셔서 그의 삶을 변화시키셨고, 그를 신께 헌신하게 만드셨다고 믿습니다. 그 과정 내내 그는 매우 평온했어요."

"그가 오래 기억에 남았던 이유는 무엇인가요?"

"아마 그의 신앙심과 최초의 여성이었다는 이유 때문이었을 거예요. 특히 그때에는 여성이 사형을 당할 거라고는 꿈에도 생각 못 했거든요. 이 교도소에서 여성이 마지막으로 사형을 당한 지 100년이 훌쩍 넘었어요. 그래서 이번 사형을 집행하기까지 많은 사람이 엄청난 고생을 했고요. 사형 집행이 끝나고 난 후, 교도소장과 사형 집행관, 그리

207

고 집행 교도관 두 명이 사직했어요. 저는 사형이 집행되자
마자 곧바로 교도소를 나왔는데, 밖에서 기독교 TV 채널
이 생방송 중계를 하고 있더군요. 제가 지나가는데 곁에서
진행자가 '방금 사형 집행에 참석했던 목사님과 제가 이야
기를 나눠봤는데요. 목사님에 따르면…'이라고 말하는 게
들렸어요. 저는 그 진행자를 빤히 쳐다봤어요. 얘기를 나누
기는커녕 일면식도 없는 사람이었거든요. 기독교 TV쇼까
지도 이렇게 뻔뻔하게 시청자들에게 거짓말을 하다니! 저
는 집에 가서 울었습니다."

다음 날 짐은 성경을 들고 자리에 앉았다. 칼라 페이가
자신의 장례식을 집례해 달라고 부탁했기 때문에 어울릴
만한 구절을 찾아 책장을 넘기기 시작했다. 그러다 돌연 칼
라 페이가 남긴 메시지를 발견했다.

그 얘기를 하면서 힘겹게 일어선 짐은 쿡쿡 쑤시는 다
리로 걸어가서 성경책을 가져왔다. 빛바랜 가죽이 씌워진
손때 묻은 성경책이었는데, 앞부분 어느 페이지에 간결한
인사말이 적혀 있었다.

짐 형목님,

주님을 대면할 준비를 하는 제 삶에 예수님의 사랑을 가져
다주시고 예수님과 동행할 수 있게 해주셔서 감사합니다.

사랑하는 형제님, 형제님께서는 이 길을 걷는 사람들에 대한 연민을 갖고 있기 때문에 신께 직접 선택받았습니다. 부디 신의 은혜와 평화가 남은 평생 형제님과 함께하길 바랍니다!

예수님의 이름으로 사랑합니다.

당신의 자매, 칼라 페이로부터

시편 16:11

칼라가 언급한 시편 구절은 '주께서 그의 영혼을 지옥에 남겨두지 않으시고 주께서 생명의 길을 내게 보여주시니, 주의 앞에는 충만한 기쁨이 있고 주의 오른쪽에는 영원한 즐거움이 이어지나이다'라며 감사하는 내용이다.

짐에게 그 구절대로 칼라 페이 터커가 천국에 갔을지 묻자 짐은 갔을 거라고 확신한다고 대답했다.

"목사님이 사진을 갖고 있는 또 다른 한 사람은 누구인가요? 두 명이라고 하셨잖아요."

"케네스 맥더프예요."

"그 사람의 사진을 왜 갖고 싶으셨어요?"

"저는 평생 케네스 맥더프를 알고 지냈거든요. 그날 척 브루스가 사진을 찍고 있을 때 제가 한 장 갖고 싶다고 했더니 알겠다고 했어요. 그러고는 갈색 봉투에 담은 사진을 제 사무실 책상 위에 툭 던져놓고 갔죠. 그 후로 한 번도 그 사진에 관해 얘기해 본 적이 없어요."

짐이 케네스 맥더프를 가깝게 느낀 데에는 몇 가지 이유가 있었다. 우선 어릴 적 케네스와 그리 멀지 않은 곳에서 자랐고, 그의 몇몇 친척과도 아는 사이였기 때문이다.

"개인적으로 잘 아는 건 아니지만 그는 카우보이였어요. 비열한 유형의 카우보이 말이에요. 아마 제가 만나본 가장 잔인한 사람 중 한 명이었을 거예요. 섹스 중독자였고 마약도 했죠. 그리고 사형을 선고받을 정도의 큰 범죄를 저질렀고요. 어떤 남자와 함께 차를 타고 가다가 지나가던 십 대 아이들 세 명을 총으로 위협해 트렁크에 강제로 집어넣었어요. 그런 다음 웨이코 근처 어딘가로 데려가 여자아이만 트렁크에서 끌어낸 뒤, 남은 두 남자아이에게 총알을 여섯 발이나 쐈습니다."

남자아이들의 이름은 로버트 브랜드와 마크 던먼이었다. 열일곱 살과 열다섯 살이었던 둘은 사촌 사이였고, 여자아이의 이름은 에드나 루이스 설리번이었다. 로버트의 여자 친구였던 에드나는 열여섯 살이었다.

"그는 에드나에게 끔찍한 짓을 저질렀습니다. 오래된 자갈 구덩이로 데려가 옷을 모조리 찢어버렸어요. 그런 다음 강제로 바닥에 쓰러뜨리고 빗자루 막대기로 소녀의 목을 누르며 강간하기 시작했죠. 소녀가 저항하자 다른 남성이 빗자루 막대기 위에 올라서서 눌렀고, 그는 하던 행위를 계속했어요. 그가 몸부림치는 모습을 보며 짜릿한 쾌감을 느꼈던 것 같아요. 소녀의 숨이 멎었지만 그는 강간을 멈추지 않았죠. 그를 대하는 게 저에겐 큰 시련이었어요. 우리가 만났을 때 그는 너무 늙고 비열한 모습이었어요. 그 모습을 전 절대 잊지 못할 거예요."

짐이 가지고 있던 사진은 맥더프가 죽기 전 마지막으로 찍은 사진이었다.

"말씀드린 것처럼 윗선에서는 제가 이걸 가지고 있다는 사실을 몰라요. 하지만 교도소장은 알죠. 사진 속에는 맥더프가 속옷만 입은 채 여전히 감방에 갇혀 있습니다. 위를 올려다보고 있는데 아주 평온해 보이죠. 모두 합쳐 일고여덟 명을 죽였지만 잔혹한 살인자처럼 보이지는 않아요. 그는 자기 인생이 끝났다는 것을 알고 있었어요. 태도가 완전히 바뀌어 있었죠."

"사형이 집행될 때는 어땠나요?"

"재밌는 일이 있었어요. 아직 그와 함께 감방에 있었는데 교도소장이 들어와서 집행 과정에 관해 설명해 줬어요. 소장이 맥더프에게 시신을 어떻게 처리하고 싶은지 묻자, 그는 주정부에서 묻어주길 바란다고 대답했어요. 교도소장

211

은 다른 질문이 있는지 물었고, 그는 다른 사형수들이 다 그렇듯 '담배 한 대 피울 수 있나요?'라고 했어요. 교도소장이 불이 있냐고 물어봤더니 맥더프가 '네, 있습니다'라고 대답하더군요. 교도소장은 무척 놀란 듯한 표정으로 맥더프에게 보여달라고 했어요."

맥더프는 교도관에게 자신의 감방에 있는 소지품 가방을 확인해 달라고 말했다. 가방 안에서는 성냥으로 만든 시계가 나왔다.

"집 모양으로 생긴 크고 아름다운 시계였어요. 정말 잘 만들었더라고요."

맥더프는 교도소장에게 시계를 건네달라고 한 뒤, 작은 서랍을 열고 라이터를 꺼냈어요.

"교도소장이 '당연하죠. 피우세요'라고 말했어요. 대화는 그걸로 끝이었어요. 나중에 이 얘기를 하면서 엄청 웃긴 했지만요. 수감자들은 가끔 생각지도 못한 방식으로 금지물품을 숨기곤 했어요."

"그가 자신이 저지른 범죄에 관해 이야기하던가요?"

"아니요, 단 한마디도 하지 않았어요. 그래도 그는 싹싹한 편이었어요. 아주 예의도 발랐고요. 우리는 그냥 오후를 차분하게 보냈어요. 그가 종교를 믿지 않는다고 하길래 저는 그렇다면 신에 대해 생각하라고 하지 않겠다고 말했죠.

그는 후회하는 기색조차 없었어요."

사형이 집행된 후 주정부가 맥더프의 장례식을 열어주었고 그의 유족들이 참석했다.

"힘들었어요. 그가 어떤 사람인지 오랫동안 알고 있었기 때문에 자꾸 개인적인 감정이 들었어요. 모르는 사람일 때는 영적인 부분에 대해 표면적으로 이야기하기 쉽지만, 그 사람의 성품, 심지어 얼마나 나쁜 사람이었는지를 알고 있으면 좋은 말을 해주기가 어렵거든요."

***

"사형을 집행하면서 가장 마음에 들었던 날이 있었나요? 더 나은 표현이 생각나질 않네요."

"조너선 노블스가 죽던 날이요. 그날 밤은 꿈만 같았어요."

조너선 노블스는 오스틴에서 소녀 두 명을 강간한 뒤 살해한 죄로 사형을 선고받았다. 짐이 그와 몇 년 동안 관계를 쌓아온 덕분에 노블스는 짐이 진행하는 '하나님을 경험하는 삶' 수업을 듣기도 했다.

"저는 노블스를 꽤 잘 알았어요. 그는 소녀들에게 끔찍한 일을 저지른 뒤 살해했다는 사실을 솔직히 고백했었죠.

그의 사형 집행일이 다가오자 피해자 중 한 명의 어머니가 중재 회의를 신청했어요. 우리는 만반의 준비를 했고 두 사람은 함께 여덟 시간을 보냈습니다. 저도 그 자리에 있었죠. 정말 멋졌어요."

중재 회의를 준비하는 데 최소 6개월, 대개는 그보다 더 오래 걸렸다.

"중재자는 수감자와 대화하고 나서 피해자나 피해자 가족과 대화합니다. 다양한 생각과 질문을 준비해 양측이 함께 검토하죠. 그런 다음 모든 게 괜찮고 양측 다 준비가 되었다고 여겨지면 회의를 여는 데 동의하게 됩니다. 그때부터 서류 작업이 시작되죠. 양측 모두 서명해야 할 서류가 어마어마하게 많아요."

짐이 중재 회의에 참여할 때마다 피해자 측은 하루 전날 교도소를 방문해 시설을 둘러보곤 했다. 교도소 직원들은 수감자의 생활이 어떤지 어느 정도 파악할 수 있도록 식당과 병동, 빈 감방 등을 보여줬다. 물론 그 시간 동안 모든 수감자는 감방 밖으로 나올 수 없었다.

"피해자의 가족이나 친구들은 수감자들이 실제로 교도소에서 어떻게 생활하는지 궁금해하는 편이에요. 조너선 노블스처럼 중재 회의에 참여하는 수감자들은 다음 날 새 옷을 입고 쇠사슬로 묶인 채 조용한 방으로 이동합니다."

대화를 요청한 여성은 노블스가 살해한 두 소녀 중 한 명의 어머니였는데, 이미 방에서 그가 들어오기를 기다리고 있었다. 노블스는 탁자를 사이에 두고 그의 맞은편에 앉았고 중재자는 한쪽 옆에 앉았다.

"노블스는 그 여성에게 아무 말도 하지 않았어요. 말하는 게 허용되지 않았거든요. 그냥 그 자리에 앉아 있었어요. 그들은 서로 고개를 끄덕여 인사했고 중재자는 전체 과정이 어떻게 진행되는지 설명했습니다."

중재 회의의 규칙은 무척 엄격했다. 피해자가 먼저 발언할 수 있었으며 하고 싶은 말은 무엇이든 할 수 있는 권리가 있었다. 자리에서 일어서거나 수감자를 때리는 것은 허용되지 않았지만 자유롭게 말할 수 있었다. 그다음은 수감자의 차례로, 이때 피해자는 수감자의 말을 들어야 했다. 수감자의 발언이 끝나면 두 사람은 번갈아 가며 이야기했다. 한 쪽이 말하는 동안 다른 쪽은 침묵해야 했다. 누구든 자기 생각을 적고 싶을 때를 대비해 탁자 위에는 펜과 종이가 준비되어 있었다.

"피해자의 어머니는 조금도 망설이지 않았어요. 그는 딸의 죽음을 극복하지 못했고 그 결과 남은 가족까지 모두 잃어버린 상태였죠. 그가 술을 마시고 마약을 하기 시작하자 나머지 자녀들은 어머니를 떠나버렸어요. 딸의 죽음으로 어머니의 삶은 완전히 망가졌어요. 그는 노블스에게 그 얘기를 모두 들려줬어요. 돌려서 말할 것도 없이 솔직하게 전부 쏟아냈죠."

그간 조너선 노블스는 수감 생활을 하면서 가톨릭 신자가 되어 있었다.

"그는 성실한 가톨릭 신자였어요. 제가 가톨릭 신앙을 완전히 이해한다고 할 수는 없지만 엘리스 교도소에서 자원봉사를 했던 가톨릭 신부와 집사님이 항상 그와 대화를 나눴다는 건 알고 있었어요. 심지어 교황에게서 받은 편지까지 가지고 있었죠."

가톨릭 교회의 입장에서 조너선 노블스는 속죄하고 개과천선한 사람이었다. 신께 쓰임받을 수 있는 신자였다. 그는 피해자의 어머니가 자신에게 욕을 퍼붓는 동안 흐트러지지 않은 자세로 앉아 이야기를 들었다.

"그는 마침내 입을 열어 차분하게 자신이 유죄이며 그에게 큰 고통을 준 사람도 자신이라고 말했어요. 그리고 자신이 준 상처 때문에 얼마나 괴로웠을지 상상도 할 수 없다고 했죠. 모든 것이 자기 잘못이라는 걸 인정하고 진심으로 죄송하다고 말했어요. 그러면서 눈물을 흘리자 피해자의 어머니도 같이 울었어요. 정말 감동적인 순간이었죠."

조너선 노블스의 말이 끝나자 다시 어머니의 차례가 되

었다.

"거의 한 시간이 다 되도록 어머니의 분노는 가라앉질 않았어요."

하지만 짐은 서서히 변화가 나타나고 있었다고 말했다. 어느새 두 사람의 대화는 따로 중재할 필요 없이 이어지고 있었다. 피해자의 어머니는 노블스에게 자신이 신께 마음을 바치고 평화를 찾았다고 말했다.

"그는 '당신이 내 딸에게 한 짓과 내 인생을 망가뜨리고 남은 아이들과의 관계까지 망쳐놓은 것까지 난 용서할 수 있으며 이미 용서했다는 것을 알려주고 싶어요. 난 당신이 잘되길 바라요. 당신이 천국에 갈 수 있기를, 신을 마음으로 받아들이길 바라요'라고 말했어요. 그러자 노블스는 '마음으로 받아들였습니다'라고 대답했죠. 대화는 그렇게 몇 시간이나 계속되었고, 마침내 회의가 끝나자 어머니는 노블스를 안아주고 싶다고 말하며 손을 잡았어요."

"안아주고 싶다고 했다고요? 딸의 살인범을?"

"네."

"그의 반응은 어땠나요?"

"눈물을 흘렸어요. 자신이 용서받을 자격이 없다고 생각했거든요. 그 순간 정말 가슴이 뭉클했어요."

"저로서는 도저히 이해할 수가 없네요. 자기 아이를 죽

217

인 사람을 용서하다니요."

"저는 정의란 마땅히 받아야 할 것을 받는 행위라고 말하고는 합니다. 연민은 마땅히 받아야 할 것을 못 받는 거예요. 그리고 자비는 마땅히 받을 수 없는 것을 받는 거죠."

"그게 무슨 뜻인가요?"

"행복한 삶을 살고 싶다면 용서할 줄 알아야죠. 상대방만을 위해서가 아니라 자기 자신을 위해, 자신의 마음을 위해 용서하는 거예요."

"하지만 실제로는 어떻게 할 수 있을까요?"

"늘 마음속에 분노 대신 평화를 품고 싶다면 상대방을 용서해야 합니다. 그건 과정이에요. 사랑과 마찬가지죠. 누군가를 사랑하는 데도 시간이 걸리는 것처럼 용서하는 데도 시간이 걸립니다. 그러다가 '당신을 용서할게요'라고 말할 수 있을 정도가 되면, 용서를 한 사람도 용서받은 사람만큼이나 자유로워져요."

그 중재 회의는 사형이 집행되기 불과 며칠 전에 이뤄졌는데, 그 이후 짐과 만난 노블스는 피해자의 어머니를 만날 기회가 주어진 것에 무척 감사하고 있었다.

"사형이 집행되던 날 밤, 노블스는 자신이 초래한 고통을 그에게서 조금이라도 덜어줄 수 있다면 무엇이든 하겠다고 했어요. 잘못을 후회하고 있었고 자신이 신께 상처를 입혔다는 사실도 알고 있었어요. 우리는 감정이 북받쳐서 진솔한 대화를 나눴어요. 그는 오후 내내 기도를 했고, 무척 경건하게 저녁을 보냈습니다."

교도소장이 조너선 노블스에게 마지막으로 남기고 싶은 말이 있는지 묻자, 그는 모두에게 감사 인사를 전하기 시작했다.

"그는 모든 과정을 마음 편히 받아들였어요. 중재 회의로 만난 피해자의 어머니에 대해 언급하며 인사를 건넸어요. 그 어머니도 인사를 하고 울기 시작했죠. 노블스는 자신의 죄를 뉘우치며 사과했어요. 그리고 눈물을 쏟으며 '저는 죽어 마땅합니다'라고 말했어요."

교도소장이 사형 집행을 시작하라는 신호를 보내자 노블스는 「고요한 밤, 거룩한 밤」을 부르기 시작했다.

"모두가 할 말을 잃었죠. 아무도 예상하지 못한 일이었으니까요. 피해자의 어머니를 쳐다보니, 그를 바라보는 표정이 너무나 평온해 보였습니다."

짐은 사형수의 목소리가 듣기 좋았다고 말했다. 힘이 있고, 맑은 소리였다.

"그날 독극물 주사를 맞고 사람이 죽는 데 얼마나 걸리는지 알았어요. 노블스는 '고요한 밤 거룩한 밤, 어둠에 묻힌 밤, 주의 부모'까지 부른 후 '앉아서' 부분에서 컥컥거렸

어요."

짐은 조그맣게 노래를 흥얼거리기 시작했다.

"몇 마디 전부터 약효가 나타나는 게 들리기 시작했는데, '앉아서' 부분에서 정말 끝이라는 걸 알았어요."

"「고요한 밤 거룩한 밤」을 들을 때마다 노블스가 생각나시나요?"

"네, 매번 그래요. 그렇다고 그가 노래를 망쳐버렸다고 생각하지는 않아요. 오히려 그의 노래 덕분에 더 감사하게 된 것 같아요. 크리스마스에 우리가 모두 느끼는 평화로움을 노블스는 그날 저녁에 느낀 거겠죠. 그래서 그 노래를 들을 때마다 전 기분이 좋아요."

"거룩한 밤이었나요?"

"그랬던 것 같아요. 사형 집행 후에 그의 시신은 곧바로 가톨릭 성당으로 옮겨졌어요. 성당 측에서는 화장대 위에 있는 시신을 머리까지 천으로 덮은 다음 그의 부모에게 보여줬어요. 시신은 여전히 따뜻했고, 부모님은 오랜만에 처음으로 아들의 몸을 만져볼 수 있었죠. 아들을 품에 안고 입을 맞추며 작별 인사를 하는 모습을 보니 정말 가슴이 찡했어요."

"중재 회의 자리에서 만났던 그 여성과 이후에 대화해 보신 적이 있나요?"

"여러 번 만났습니다. 그는 정말 고마워했어요. 사형이 집행된 날 밤에는 심경이 복잡했다고 했어요. 딸이 너무 보고 싶어서 화가 났었대요. 하지만 노블스를 그를 만났던 순간을 떠올리자 자신이 그에게 해주었던 용서가 훨씬 더 중요하다는 사실을 깨달았다고 하더군요. 저에게도 믿을 수 없을 정도로 의미 있는 저녁이었어요. 전체 과정이 다 그랬죠. 피해자의 어머니도 그 이후 더 강한 사람이 되었습니다. 그의 사과를 받아들이고 그에게 했던 모든 말들이 진심에서 우러난 것이었어요."

"그래서 그때가 가장 마음에 드셨던 건가요?"

"네, 노블스는 진정한 평화를 느꼈어요. 그리고 제게 보여준 믿음도 칼라 페이 터커의 믿음처럼 진실했고요."

짐은 사형수의 마지막 유언이 계속해서 귓가를 맴도는 경우가 몇 번 있었다고 말했다. 결백하다는 외침이나 가족들에게 보내는 작별 인사처럼 늘 되풀이되는 말과는 달랐다.

"얼 베링거라는 사형수가 있었어요. 여러 번 만났는데 보통 사형수들과는 다르게 친절했어요. 면도도 깔끔하게 했고 전반적으로 무척 청결한 데다가 문신도 없었죠. 항상 협조적이고 싹싹했어요. 그를 태운 승합차가 사형장에 도착하자 마지막 여정에서 느끼던 슬픔이 또다시 떠올랐어요. 죽기 위해 여기까지 왔다는 걸 알고 있으니까요. 매번 속이 상했어요. 절대로 익숙해지지 않더군요."

마침내 차가 멈춰 섰고 문이 열렸다. 얼 베링거는 평소처럼 손목과 발목에 쇠사슬을 차고 있었다. 그날은 6월의 어느 밝고 화창한 날이었다.

"얼은 차에서 내린 다음 하늘을 올려다보더니 크게 숨을 들이마셨어요. 그러고는 이렇게 말했죠. '죽기 좋은 날이네요.' 그는 입가에 미소를 띠고 안으로 향했어요."

"우리가 처음 만났을 때 그 사람에 대해 말씀해 주셨던 게 기억나요. 그 말이 기억에 남았어요. 죽기 좋은 날. 그 말을 책 제목으로 쓸까 싶어요."

"좋은 제목이네요. 저도 그 말이 기억에 남더라고요."

얼 베링거는 스물두 살 때 또래 남성과 여성을 살해했다. 두 사람의 머리에 여러 차례 총을 쏜 다음 그들의 지갑을 훔쳤다.

"그는 처음 사형장에 도착했을 때 했던 말을 마지막 인사로 남겼어요. '죽기 좋은 날이네요. 저는 여기에 남자답게 들어와서 남자답게 떠날 겁니다. 저는 잘 살았어요. 제 아내같이 좋은 여자를 만나 사랑을 알게 됐고 소중한 가족도 있습니다. 제 할머니는 집안의 든든한 기둥이셨죠. 제 친구와 가족들 모두 사랑해요. 저를 사랑해 주셔서 감사합니다.' 그런 다음 얼은 피해자 유족들을 향해 '여러분에게 고통을 줘서 미안합니다. 내 죽음으로 여러분이 조금이라도 위안을 받길 바랍니다'라고 말했어요. 그리고 이렇게 덧붙였죠. '제 친구들이 이렇게 죽어서는 안 된다는 걸 알았으면 좋겠어요. 하지만 저는 예수 그리스도와 함께 있습니다. 제 죄를 고백합니다.' 이게 그의 마지막 말이었어요."

"그 말을 듣고 기분이 어떠셨나요?"

"하루하루가 소중하다는 생각이 들었어요. 오늘은 살기 좋은 날이면서 죽기 좋은 날이기도 합니다. 그게 제게 일종의 철학이 되었어요. 하루하루는 제가 만들어가는 거예요. 나쁜 날이 있다면 그건 제가 나쁜 날로 만들었기 때문이죠. 죽어가고 있는 지금도 전 그렇게 생각해요. 얼은 자신이 죽는 날을 긍정적인 날로 만들기로 결정했잖아요. 그렇게 그날은 죽기 좋은 날이 되었죠. 저는 그 모습이 정말 멋지다고 생각했어요."

"그날을 죽기 좋은 날이라고 생각하다니 정말 훌륭하네요. 오늘은 죽기 좋은 날일까요?"

"그렇겠죠. 하지만 살기 좋은 날이기도 합니다."

"저도 그렇게 생각해요. 내내 죽음에 관해 이야기하면서도 정작 여기서 즐거운 시간을 보내고 있잖아요."

"인생은 당신이 만드는 거예요. 그건 진리죠. 어떤 남자

그는 차에서 내린 다음 하늘을 올려다보더니
크게 숨을 들이마셨어요.
그러고는 이렇게 말했죠. '죽기 좋은 날이네요.'
그는 입가에 미소를 띠고 안으로 향했어요.
오늘은 살기 좋은 날이면서 죽기 좋은 날이기도 합니다.
하루하루는 제가 만들어가는 거예요.

를 만났었는데, 이름이 래키였던 것 같아요. 그는 옛날 카우보이처럼 거칠었죠. 딱 보기만 해도 산전수전을 겪었다는 사실을 알 수 있었어요. 뼛속까지 시골 사람이었죠. 그와 함께 앉아 있던 때가 기억나요. 그날 오후 우리는 이미 마지막을 준비하며 기도를 올린 후였죠. 이제 막 마지막 식사를 받아 든 그는 저에게 컨트리 음악을 듣냐고 물었어요. 이 지역에서 안 듣는 사람은 없을 거라고 제가 대답했더니 그는 제게 부탁 하나만 들어달라고 했어요. 지역 라디오 방송국에 전화해서 조지 스트레이트George Strait의 「블루 클리어 스카이Blue Clear Sky」를 신청해 달라고 하더군요. 자신이 가장 좋아하는 노래라고 하면서요. 그는 그 노래를 정말 좋아했어요."

짐이 교도소장에게 그 얘기를 전했지만 교도소장은 단호하게 거절했다.

"교도소장은 '사형수가 라디오에 음악을 신청했다는 사실을 알게 되면 사람들이 도대체 뭐라고 하겠어요? 절대 안 됩니다'라고 말했어요. 저는 다시 래키에게 돌아가 이 소식을 전했고, 그는 '뭐, 그래도 시도는 해봤으니까요'라고 하더군요."

두 사람은 여전히 라디오를 들으며 식사를 계속했다. 헌츠빌의 지역 라디오 방송국 KSAM에 주파수가 맞춰져 있었다.

"저는 모든 준비가 시작되면 보통 사형 집행 15분 전쯤에 라디오를 껐어요. 전원을 끄려고 손을 뻗었는데, 그가 '제발 끄지 말아주세요'라고 하더군요. 그래서 그냥 켜놨어요. 정확한 시간은 기억나지 않지만 6시가 되기 3~4분 전이었을 거예요. 진행자가 다음 곡을 소개하는데, 조지 스트레이트의 「블루 클리어 스카이」였어요. 라디오에서 그 노래가 흘러나왔고 노래가 끝나자마자 교도소장이 문을 열고 들어왔어요. 때가 된 거였죠. 래키는 '와, 더 이상 바랄 게 없네요'라고 말했어요. 그의 마지막 바람이 결국 이루어졌다는 사실에 마음이 따뜻해졌어요. 그는 입가에 미소를 띠고 사형실로 걸어 들어갔습니다. 저는 모든 사형수가 그런 날을 맞기를 바랍니다. 죽기 좋은 날 말이에요."

남겨진 사람들을 어떻게 위로할 수 있을까

1999년 8월 11일에 도착한 이 수감자는 다른 수감자들 사이에서 단연 눈에 띄었다. 몸무게가 180킬로그램이 넘고 허리둘레가 56인치에 달할 정도로 체격이 큰 데다가 유난히 더러웠기 때문이었다.

"제임스 오토 에어하트는 샤워를 하지 않거나 아랫도리를 씻지 않으면 감옥에서 강간당하는 일이 없을 거라고 굳게 믿었어요. 그래서 온몸에서 썩은 냄새가 풍겼죠. 그가 처음 도착했을 때 교도관들은 그를 소방 호스로 씻겨야 했어요."

12년 전, 에어하트는 텍사스주 브라이언에서 학교를 마치고 집으로 걸어가던 아홉 살 소녀 캔디 커틀랜드를 납치했다. 2주 동안 갈색 머리에 파란 눈을 가진 소녀의 사진이 온 마을 곳곳에 붙었다. 그리고 14일째 되던 날, 소녀의 시신은 집에서 불과 수 킬로미터 떨어진 숲속에서 나뭇잎과 나뭇가지로 일부가 덮인 채 발견되었다. 두 손은 케이블 타이로 묶여 있었다. 부검 결과 22구경 권총으로 머리에 총상을 입어 사망한 것으로 밝혀졌다.

에어하트는 소녀가 사라지기 일주일 전, 소녀의 아버지가 팔고 있는 스프레이건을 보러 집에 찾아온 적이 있었다. 두 사람은 결국 가격 흥정에 실패했다. 하지만 에어하트는 그때 처음 소녀를 보았다. 한 이웃 주민이 캔디가 실종되던 날 이 건장한 체격의 44세 남성이 캔디와 대화를 나누던 장면을 목격했고, 수사관에게 자세한 인상착의를 제공했다. 그 덕분에 캔디의 시신이 발견된 바로 당일에 신속히 에어하트를 체포할 수 있었다. 경찰은 그의 집에서 캔디의 실종 사건에 관한 기사와 함께 신체 결박 상태에서의 성관계에 대한 책자를 발견했다. 또한 그의 차에서 22구경 권총도 찾았다.

에어하트는 수사관들에게 소녀를 차에 태운 다음 한동안 같이 다니다가 길에 내려줬다고 진술하며 살해 혐의를 부인했다. 그러나 그의 옷에서 검출된 혈흔이 소녀의 혈액형과 일치했고, 권총의 탄환이 소녀의 머리에서 발견된 총

알 파편과도 일치했다. 검찰은 그의 살해 동기가 성적 욕구에 있다고 믿었지만, 소녀의 시신이 너무 심하게 부패하여 강간 여부를 확인할 수 없었다.

"에어하트는 수년 동안 여러 차례에 걸쳐 항소했지만 모두 기각됐습니다. 그리고 결국 자신이 죽게 됐다는 사실을 깨달은 다음에야 제게 강간과 살인을 모두 자백했어요."

이번만큼은 짐이 평소에 하지 않던 행동을 했다. 지금 자백한 내용을 소녀의 어머니인 잰 브라운에게도 들려줄 수 있는지, 오랜 시간 한결같이 부인해 왔지만 사실 그가 아이를 죽인 범인이라고 말할 수 있는지 사형수에게 물었던 것이다.

"이유를 설명할 수는 없지만 그냥 물어보고 싶은 충동을 느꼈어요. 그러자 그가 할 수 있다고 하더군요."

에어하트는 사형대에 묶여 있던 마지막 순간까지 단 한 마디도 하지 않았다. 짐은 어떻게 해야 할지 고민스러웠다. 하지만 에어하트가 이미 동의했으니 사형 집행이 끝나면 소녀의 어머니에게 그가 범죄 사실을 다 털어놨다고 말하기로 결심했다.

"그건 피해자의 어머니에게 큰 의미가 있었어요. 더 많은 사형수가 자신이 한 말을 사후에 제가 전달할 수 있게 허락했으면 좋았겠다는 생각이 들었죠."

하지만 짐은 에어하트가 소녀를 강간했다는 사실은 말하지 않았다.

"그것까지 알 필요는 없었으니까요."

"저도 잰 브라운을 만났어요. 그는 자신을 '사형제도의 혜택을 받은 사형제도 반대자'라고 설명했어요. 원칙적으로는 사형제도에 반대하지만, 에어하트가 죽었을 때 안도의 한숨이 저절로 새어 나왔다고요."

"대부분의 유족이 비슷한 감정을 느끼죠."

* * *

1998년 가을, 짐과 텍사스주의 사형수들 모두에게 큰 변화가 찾아왔다.

9월 28일, 짐과 재니스는 2년간의 협의 끝에 마침내 이혼을 마무리 지었다. 이로써 둘의 결혼 생활은 27년 만에 막을 내렸다.

"함께 차를 타고 법원에 갔는데 판사가 우리에게 정말 이혼하고 싶냐고 물었습니다. 아내는 그렇다고 대답했고 저는 아니라고 했죠. 하지만 재판은 그렇게 끝이 났고 우리는 팬케이크 식당에 가서 함께 아침을 먹었어요. 평소 먹던 대로 팬케이크와 달걀, 베이컨을 먹었는데 식사 내내 가슴

위에 돌덩어리를 올려놓은 것 같은 기분이었어요. 슬픈 날이었습니다. 이혼하고 나니 목회자로서 제 삶이 끝난 것 같았어요. 삶이 너무 외롭고 공허했죠. 저는 너무… 지금까지 아무에게도 말한 적이 없었는데, 그 당시에 아마 우울증이 있었던 것 같아요. 달리는 도로 위에서 운전대를 꺾어버리고 싶을 정도로 힘들었던 시간이었어요."

"자살을 생각하셨던 거예요?"

"네, 그랬어요."

"계획을 세웠나요?"

"아니요. 그러고는 싶었죠. 죽고 싶었지만 실제로 자살을 실행할 생각은 없었어요. 처음부터 알고 있었어요. 절대 그렇게 하지는 않았을 테지만, 분명 상상해 보긴 했어요."

"우리가 조금 전까지 잰 브라운에 관해 이야기하고 있었는데, 별난 우연이네요. 잰이 자살할 계획을 어떻게 세웠는지 제게 말해줬었거든요."

딸이 사망한 후 잰 브라운은 제 발로 정신 병원을 찾아가 죽고 싶다고 말했다. 의사는 그에게 스스로 목숨을 끊을 생각이 있는지 물었다. 그는 그렇다고 대답했고 의사는 어떻게 할 계획인지 물었다. 잰은 자신의 차를 몰고 차고로 들어가서, 시동을 걸고 에어컨을 켜두면 세상을 떠나게 될 거라고 대답했다. 이번에는 의사가 언제 그렇게 할 계획이냐고 물었고, 그는 가을까지 기다렸다가 아들이 학교로 돌아가면 하겠다고 말했다. 그렇게 하면 주중에는 아들이 아빠 집에 있을 테니 자신을 발견하지 못할 거라면서 말이다. 의사는 그렇다면 누가 자신을 발견할 것 같냐고 물었다. 그러자 잰은 변호사인 친구에게 편지를 쓸 계획이라고 설명했다. 의사는 친구가 그를 발견했을 때 어떤 반응을 보일지 묘사해 달라고 했고, 잰은 그렇게 했다. 의사는 장례식장에서 관 속에 누워 있는 자기 모습을 상상한 뒤, 그 모습과 관의 모양에 관해 이야기해 달라고 말했다. 잰은 관을 어떤 종류의 꽃으로 장식하고 싶은지 설명했다. 그러자 의사는 장례식에 참석할 사람들을 하나하나 소개해 달라고 했고 그는 사람들을 소개했다. 의사는 그 사람들이 어떤 말을 할 것 같은지, 장례식 후에 그의 시신이 어떻게 될지, 관이 안치될 장소는 어딘지에 대해 말해달라고 요청했다. 이번에도 잰은 모든 질문에 아주 상세하게 대답했다. 마지막으로 의사는 그에게 땅속 깊은 곳에 관을 묻고 그 위를 흙으로 덮을 때 관 속에 누워 있으면 어떤 느낌일지 상상해 보라고 했다.

잰 브라운은 그 이야기를 내게 들려주다가 별안간 깔깔거리며 웃음을 터뜨렸다. 어두운 대화 주제와 전혀 어울리지 않았지만 자연스러운 웃음에 어쩐지 속이 시원했다. 그는 의사가 깜짝 놀라더니 환자가 얼마나 심각한 상태인지 알아보기 위해 이런 사고 훈련을 하는 거라 설명했다고 했다. 환자 대다수는 자신의 삶을 어떻게 끝낼지조차 설명하지 못했다. 잰은 지금까지 그 의사가 만난 사람 가운데 모든 질문에 답을 한 유일한 사람이었다.

잰은 병원에 한 달 동안 입원해 있었다. 나와 만났을 때 그는 더디지만 어쨌든 분명 어떤 현실로 돌아오는 중이라고 말했다. 비록 막내딸은 죽었지만 그와 다른 세 자녀가 아직 살아 있는 새로운 현실이자, 언젠가 더 이상 죽고 싶은 생각이 들지 않는 그런 현실이었다.

내 이야기를 듣고 있던 짐은 생각에 잠기더니 고개를 저었다.

"아니요, 저는 그 단계까진 가보지도 못했어요. 차를 타고 암벽을 그대로 들이받는 상상을 해봤지만 거기까지가 끝이었죠."

그는 잠시 말을 멈추고 한숨을 내쉬었다.

"제 아이들은 저에게 무척 소중했는데 제가 결혼 생활을 망쳐서 아이들을 실망시킨 것 같았어요. 그 상실감이 너무 뼈저리게 느껴졌어요."

짐이 자신을 괴롭히는 상실감과 싸우는 동안 사형수들에게도 급격한 변화가 일어나고 있었다. 1998년까지만 해도 텍사스주의 모든 사형수들은 엘리스 교도소 내에서 다른 수감자들과 분리된 별도의 동에 수용되었다. 제한된 환경이었지만 사형수들에게는 꽤 많은 자유가 주어졌다. 믿을 만하다고 판단되는 사람들은 일을 할 수 있었고, 원한다면 공부도 할 수 있었다. 몇 시간 동안 단체로 운동하거나 TV를 시청할 권리가 있었다. 오직 밤에만 혼자 갇혀 있었다. 심지어 특정 상황에서는 면회도 허용되었다.

하지만 이 모든 것들이 1998년 추수감사절을 기점으로 변했다. 사형수 일곱 명이 탈옥을 시도했기 때문이었다. 텍사스주에서 사형수가 탈옥한 사건은 1934년 악명 높은 2인조 강도인 보니 파커와 클라이드 배로가 총으로 무장한 채 헌츠빌의 이스텀 교도소로 돌진, 교도관 2명을 살해하고 클라이드의 사촌 레이먼드 해밀턴을 탈옥시킨 이후 처음이었다.

1998년에 일어난 탈옥 사건은 그렇게 난폭하지는 않았지만 치밀하게 계획되고 실행됐다.

"추수감사절 저녁이면 항상 특식이 나왔어요. 수감자들은 식사를 마치고 마당에 나와 있었습니다. 휴일이었기 때문에 교도소 안에 인력이 상당히 부족했어요."

사형수 일곱 명은 교도관들을 속이기 위해 옷으로 인형을 만들어 침대 위에 올려둔 뒤, 마당에 숨어 어둠이 깔리기를 기다렸다. 그들은 철조망에 찔리지 않게 골판지와 신문지, 여러 겹의 옷으로 몸을 감싼 채 첫 번째 울타리를 향해 달려가 전지가위로 울타리를 잘라낸 다음 건너갔다. 그렇게 더 넓은 마당에서 몇 시간 동안 숨어 있다가 두 번째 울타리를 향해 돌진했는데, 그곳에서 발각되고 말았다. 감시탑 위에서 저격수들이 총을 쏘기 시작했다. 연이어 스무 발쯤이 발사됐을 무렵 사형수 일곱 명 중 여섯 명이 바닥에 엎드려 항복했고 결국 붙잡혀 감방으로 돌아갔다.

하지만 마지막 한 명은 찾을 수가 없었다. 1992년 코퍼스크리스티에서 한 식당 주인과 요리사를 살해한 혐의로 사형을 선고받은 29세의 마틴 구룰레였다. 그를 찾아내기 위해 전례 없는 대규모 수색이 시작되었다. 약 500명의 경찰관과 경찰견 수색대, 열화상 카메라를 장착한 헬기가 '위험하지만 비무장 상태'로 분류된 탈옥수를 찾기 위해 일주일간 주변을 수색했다. 5000달러라는 포상금도 내걸렸다.

짐은 그 주에 교도소의 분위기가 어땠는지 들려줬다. 긴장된 분위기에 교도관들 모두 신경이 잔뜩 곤두서 있었다. 모든 것이 철저하게 규정에 따라 이루어졌고, 수감자들 또한 아주 사소한 규정 위반까지도 기록되어 압박감에 시달렸다.

"여기뿐만 아니라 텍사스주 전역의 모든 교도소가 마찬

가지였습니다. 갑자기 모두가 규정을 따르기 시작했는데 그걸 반기는 이는 아무도 없었어요. 힘들었죠. 헌츠빌 지역 주민들 모두 겁을 먹고 있었어요. 수감자가 탈옥했는데 그가 잔인하고 폭력적인 범죄자라는 사실을 잘 알고 있었으니까요. 가는 곳마다 교도관들이 있었어요. 팔레스타인부터 휴스턴에 이르기까지 모든 교도소에서 인력을 동원해 거리 곳곳을 순찰하고 차 안에 잠복해 있었어요. 무슨 일이 일어날지 모르지만 살인범이 도주 중이라는 사실만은 명확했죠."

하지만 7일째 되던 날, 마침내 마틴 구룰레가 발견되었다. 교도관 두 명이 휴일에 낚시를 나갔는데 그중 한 명이 구룰레의 시신을 낚아 올린 것이었다. 시신은 일주일 동안 물속에 잠겨 있었으며, 등에 난 상처로 미루어 탈옥 과정에서 총에 맞은 것으로 추정되었다.

"그날 저녁 교도소에 있었는데 부소장이 제게 다가와 '구룰레를 찾았어요. 같이 가실래요?'라고 물었어요."

짐은 차에 올라탔고 그들은 19번 고속도로로 달려갔다.

"경찰이 그의 시신을 물 밖으로 건져낼 때 저희도 거기 있었어요."

일주일이나 물속에 잠겨 있었는데도 구룰레의 몸은 여전히 신문과 잡지에 싸여 있었다. 짐이 기억하기로 그중에는《내셔널 지오그래픽 National Geographic》도 여러 장 있었다.

"보기 좋은 광경은 아니었어요. 죽은 지는 오래됐지만 날씨가 추워서 시신 상태가 그리 나쁘지 않았어요. 두려움에 떨었던 사람들이 이제는 편안하게 쉴 수 있게 되었다고 생각했었어요. 교도관들도 계속 긴장한 상태로 엄청난 스트레스를 받고 있었기 때문에 마음이 놓였죠. 이 사건은 너무 많은 주목을 받아서 다른 수감자들을 비롯한 모두가 정말 힘들어했어요."

당시 텍사스 주지사였던 조지 W. 부시 George W. Bush는 대통령 선거에 출마하려는 야망이 있었기 때문에 강경한 태도를 취했다. 사형수의 탈옥은 용납할 수 없는 일이었고, 어떤 대가를 치르더라도 헌츠빌 주민들을 보호해야 했다. 그 결과 규정이 강화되고 엘리스 교도소의 작업 프로그램이 즉시 취소되었으며, 나머지 사형수들은 모두 리빙스턴에 있는 최고 수준의 보안을 자랑하는 최신식 교도소, 이른바 슈퍼맥스 교도소로 이감하기로 결정됐다.

"물론 많은 직원들이 해고당했어요. 저와 절친했던 교도소장까지도요. 사실 이런 일이 발생하면 누군가는 결국 일자리를 잃게 되죠. 하지만 진짜 고위층이 아니라 항상 교도소 내에 관리직에 있는 사람이 책임을 졌어요. 늘 그런 식이었죠. 구룰레가 탈옥한 후 여덟 명이 직장을 잃었

어요."

짐은 이 모든 사태가 매우 불공평하다고 생각했다. 어떤 논리에서 비롯된 일인지는 이해가 갔지만, 교도소 직원들이 일자리를 잃어야 할 정도는 아니라고 생각했다.

"탈옥 사건이 발생한 날 교도소장은 교도소 내에 있지도 않았는데 직원들을 더 잘 교육하지 못한 책임을 지게 됐어요. 이런 관료주의에서는 언제나 누군가가 희생됩니다."

이후 6개월여에 걸쳐 사형수들은 약 80킬로미터 떨어진 테럴 교도소로 이감되었다.

"어마어마한 변화였어요. 엘리스 교도소에서는 사형수들이 다른 시설과 격리되어 있긴 했어도 다른 수감자들과 함께 일하고, 밖에 나가고, 이야기하고, 웃고, TV를 볼 수 있었습니다. 어떤 물건들은 서로 교환해서 쓰기도 했고요, 감방에서 물건을 만드는 일도 허용됐죠. 면도날도 있었고, 나무와 성냥개비도 있었어요. 배와 시계, 온갖 종류의 물건을 만들었습니다. 십자가도 정말 많았죠. 모두들 항상 무언가를 만들고 있었어요. 하지만 새 교도소에 도착하자마자 전부 다 빼앗겼어요."

테럴 교도소의 이름은 텍사스 교정국의 전 국장이었던 찰스 테럴Charles Terrell의 이름을 따 지어졌다. 그런데 1999년부터 이 시설에 사형수들이 수용되기 시작하자 테럴은 부담스러워졌는지 당국에 교도소의 이름을 변경해 달라고 요청했다. 그 결과 사형수와 얽혀도 아무렇지 않았던 텍사스 형사사법위원회의 전 위원장의 이름을 따서 앨런 B. 폴룬스키 교도소라고 불리게 되었다. 그 이후 폴룬스키 교도소는 여러 차례 미국 최악의 교도소로 선정되는 불명예를 안았다. 죽음을 기다리는 범죄자들이 갇혀 있을 법한 교도소의 모습 그 자체였다. 거칠고 냉혹하며 위압적이었다.

폴룬스키 교도소는 약 1만 6000평 넓이의 대지 위에 세워진 23개의 칙칙한 사각형 건물들로 구성되어 있다. 높은 벽과 날카로운 철조망으로 둘러싸여 있으며, 네 개의 감시탑에서 소총을 든 저격수들이 경계근무를 서고 있다. 이 저격수들은 주차장과 벽을 가르는 약 9미터 길이의 잔디밭에 누구라도 발을 들여놓으면 무기를 사용할 수 있는 권한이 있다.

사형수들이 수용되어 있는 12동은 총 290개의 감방이 있는 2층 건물이다. 각 감방은 1.6평도 안 되는 작은 크기로, 콘크리트 바닥에 가구도 거의 없다. 마지막 페인트칠이 언제였는지 모를 만큼 오래된 흰 벽에는 바닥에서 약 2.5미터 떨어져 있는 강화 유리로 만든 작고 기다란 창문이 나 있다. 이 창문을 통해 감방 안으로 햇빛이 조금씩 들어오는데, 길이는 대략 1미터가 넘지만 폭은 10센티미터도 되지 않는다. 그래도 수감자가 침대 위로 올라가 몸을 들어 올리면 바깥 하늘을 언뜻 엿볼 수 있다. 침대 폭은 약 80센티미터로, 옅은 파란색의 얇은 방수 매트리스가 놓여 있다. 침대 아래에는 세 칸짜리 수납공간이 있으며, 침대 옆에는 탁자로도 사용할 수 있는 선반이 벽에 고정되어 있다. 수감자들은 의자가 따로 없어서 탁자를 사용하려면 침대에 앉아 몸을 앞으로 숙여야 한다. 그 작은 선반 겸 탁자 위에는 벽에 나사로 고정된 좁은 선반이 하나 더 있고, 그 너머에는 뚜껑이 없는 철제 변기가 있다.

흰색 감방문에는 길쭉한 두 창문이 설치돼 있는데 창문 유리는 검은색 철망으로 덮여 있다. 그리고 그 아래에는 과거에 소위 콩밥을 넣어주던 작은 구멍이 나 있다. 수감자가 감방에서 나오기 전 수감자가 문을 등진 채 무릎 꿇고 앉은 다음 두 손을 이 구멍에 내밀면 바깥에 있는 교도관이 수갑을 채운다. 하지만 많은 장기 수감자들이 류머티즘 관절염을 앓고 있어서, 쪼그려 앉기 어려운 일부 고령 수감자들은 감방 밖으로 나가는 게 힘들다.

사형수들은 대부분의 시간을 감방 안에서 혼자 보낸다. 일반적으로 하루에 최소 22시간을 격리된 상태에서 보내면 독방에 감금되어 있다고 간주한다. 하지만 이들은 일주일에 5일 동안 '오락실', 즉 더 큰 철장 안에서 2시간씩 오락 시간을 보낼 수 있다. 이 오락 시간은 교도관의 재량에 따라 결정되며 보안상의 이유로 매일 달라지기 때문에 수감자들은 언제 오락 시간이 주어질지 알 수 없다. 이 '오락실'은 건물의 가장 중심부에 위치하기 때문에 모든 수감자들이 자신의 감방 안에서 문에 달린 창문을 통해 볼 수 있다. 각 수감자들은 오락실을 2시간씩 사용할 수 있으며, 여기서도 서로 격리되어 있다. 옆 방 이외에 다른 수감자들과 대화할 수 있는 건 오직 '오락실'에 있을 때뿐이다. 텍사스에서는 자주 사용되지는 않지만 야외 철장도 있다. 코네티컷이나 오하이오, 테네시처럼 사형제도가 시행되고 있는 주에서는 날씨가 허락하는 한 수감자들이 일주일에 5일, 한 시간씩 야외 활동을 하도록 허용한다.

"폴룬스키 교도소 생활과 비교했을 때, 엘리스 교도소에서 허용되는 활동들이 수감자들의 정신 건강에 어떤 영향을 미친다고 생각하시나요?"

"활동을 통해 수감자들이 집중할 수 있는 무언가가 생겼죠. 그래서 하루 종일 멍하니 감방에 앉아만 있지 않아도 됐고요. 같이 있으면서 수감자들 사이에도 목표와 존재감, 공동체 의식이 생겼어요. 그런데 지금 폴룬스키 교도소에 있는 사형수들을 보면 그런 게 전혀 없습니다. 모두가 고립되어 있어요. 사람을 짐승처럼 대하면 짐승처럼 행동한다

243

는 옛말이 있는데, 정말 사실입니다. 다른 사람들과 접촉할 수 있는 유일한 기회는 교도관들이 감방에서 샤워실이나 면회실로 데려갈 때뿐이에요."

폴룬스키 교도소와 같은 슈퍼맥스 교도소는 미국 교도소들 가운데 가장 높은 보안 수준을 갖추고 있다. 특히 고위험군으로 분류된 수감자, 즉 국가 또는 국제 안보에 심각한 위협을 가하는 수감자들을 장기간 격리 수용하기 위해서다.

샌프란시스코 외곽의 앨커트래즈섬에 있는 앨커트래즈 교도소는 오랫동안 슈퍼맥스 교도소의 표본이자 초창기의 모범 사례로 여겨져 왔다. 1983년 일리노이주 매리언에서 멀 클루츠와 로버트 호프먼이라는 두 명의 교도관이 수감자들의 칼에 찔려 사망하는 사건이 터졌고 이를 계기로 대규모의 슈퍼맥스 교정 시설 건설이 전국적으로 추진되었다. 폴룬스키 교도소는 현재 미국 전역에 세워진 50여 개의 슈퍼맥스 교도소 가운데 한 곳이다.

슈퍼맥스 교도소는 높은 보안 수준을 갖춘 일반 교도소에 비해 운영 비용이 세 배가량 더 든다. 비용이 더 많이 들어가는 이유는 보안 문과 강화 벽, 첨단 전자 시스템 등과 같이 주로 교도소를 운영하는 데 필요한 기술 때문이다. 또한 이 모든 시설들을 계속 운영하려면 더 많은 직원이 필요하다.

짐은 이런 변화에 착잡한 마음이 들었다.

"슈퍼맥스 교도소는 가장 위험한 수감자를 관리하는 효과적인 방법이라고 생각합니다. 하지만 순수하게 인도주의적인 차원에서, 저라면 남은 인생을 그렇게 살고 싶지 않을 것 같아요."

그는 매주 한 번, 때로는 두세 번씩 폴룬스키 교도소에 가서 사형수들과 대화를 나누곤 했다.

"언젠가 사형 집행 때문에 그곳에 갔었어요. 사형수가 감방 안에서 나오기를 거부하고 있었죠. 교도관들이 철창문을 열자 그는 침대 구석에 웅크린 채 버텼어요. 교도관들은 그에게 후추 스프레이를 뿌렸죠. 그들은 모두 방독면을 쓰고 있었지만 저는 안 쓰고 있었어요. 그래서 아무렇지 않은 척하려고 애썼던 게 기억이 나요. 그때 다른 수감자들이 교도관들에게 소리를 지르고 욕을 퍼부었어요. 당연히 수감자들은 전부 사형수의 편이었거든요. 다들 그가 곧 죽을 걸 알고 있었기 때문에 최대한 소리를 질러서라도 그를 응원하고 싶었던 거예요. 후추 스프레이가 사방에 흩어지면서 감방 안은 매운 공기로 가득 찼어요. 사형수의 얼굴에서 눈물, 콧물이 줄줄 흐르기 시작했고 결국 그는 밖으로 나왔습니다. 그날 감방에서 나와 신선한 공기 속으로 걸어 들어가면서 얼마나 상쾌했었는지 새삼 기억이 나네요."

"엘리스 교도소에서도 사형수들을 만났고 폴룬스키 교
도소에서도 사형수들을 만나셨잖아요. 가장 큰 차이점이
뭐였나요?"

"폴룬스키 교도소에서 만난 사형수들은 더 이상 자신을
인간이라고 생각하지 않았던 것 같아요. 평범한 삶을 다 빼
앗겼으니까요. 사형 집행을 앞두고 기도하면서 저는 사형
수에게 '원하시면 제 손을 잡으세요'라고 말했어요. 그랬더
니 그가 저를 쳐다보면서 '16년 만에 처음으로 남을 만져보
네요'라고 말했죠. 정말 큰 의미가 있었어요."

"폴룬스키 교도소가 제 역할을 잘하고 있다고 생각하시
나요? 목사님이 보시기에 폴룬스키 교도소와 엘리스 교도
소의 운영 방식 중에 어느 쪽이 더 바람직한가요?"

"제대로만 운영된다면 저는 엘리스 교도소의 방식을 선
호합니다. 하지만 엘리스 교도소 수감자들에게는 너무 많
은 자유 시간이 주어져요. 당국이 일정 짜는 방식을 바꾸면
더 좋을 것 같아요. 그리고 폴룬스키 교도소보다 엘리스 교
도소에서 수감자들 사이에 살인이 더 많이 일어납니다."

수감자 간 폭력 사건은 미국 교정 시설 내에서 이미 심
각한 문제로, 점차 증가하는 추세다. 짐이 교도소에서 근무
하던 2000년 무렵에는 한 해 평균 40명의 수감자가 동료

수감자에 의해 살해당했다. 그러나 2018년에는 그 숫자가 연평균 120명으로 급격하게 치솟았다. 단, 이 수치는 수감자들이 서로 교류할 수 있는 일반 교도소에 해당하며 수감자들이 완전히 격리되어 있는 슈퍼맥스 교도소와는 무관하다. 참고로 국제앰네스티Amnesty International에서는 이러한 극단적 고립 상태를 고문으로 규정한다.

"엘리스 교도소에서는 수감자들이 서로 신체 접촉을 할 수 있었기 때문에 합의에 따른 성관계와 강간이 모두 가능했죠."

"맞아요, 항상 일어나는 일이었죠. 강간은 교도소에서 정말 흔하게 벌어집니다. 교도소 내에 병동에서 제가 만난 성폭력 피해 남성들은 피해 사실에 대해 전혀 입을 열지 않았어요. 혹시라도 제가 자신을 공격한 사람에게 그 말을 전하면 살해당할 수도 있기 때문에 저를 믿지 않았죠. 그래서 안타깝게도 그 사람들에게 마땅히 도움을 줄 수가 없었습니다."

짐은 말을 멈추고 잠시 생각에 잠겼다.

"남성 수감자들뿐만 아니라 같은 일을 겪고 중재 회의에 참석한 여성 피해자들도 마찬가지였어요. 저는 무슨 말로 그들을 위로해야 할지 모르겠더군요. 전혀 모르는 영역이라서요. 죽음을 앞둔 사람에게는 해줄 말이 있었지만 강간을 당한 사람에게는 뭐라고 해야 할지 도무지 모르겠더라고요."

사형수의 마지막 식사

짐은 이혼한 지 얼마 지나지 않아 바비 블런트를 만났다. 바비는 두 아이의 엄마로 텍사스주 형사사법부의 공보실에서 사형 집행에 앞서 언론 배포 자료를 준비하는 일을 했다. 언론에 배포될 자료에는 사형수가 수감 생활을 시작할 당시의 몸무게와 사형 집행 당일의 몸무게처럼 세부 사항을 포함해 사형수와 그가 저지른 범죄에 대한 각종 정보가 담겨 있었다.

"처음에는 그냥 친구 사이였어요. 바비의 상사인 래리가 제 친구였기 때문에 매주 사무실에 갔었죠. 래리와 저는 사형 집행이 끝나면 거의 매번 '싱코 데 마요'라는 멕시코 식당에 갔거든요. 그는 술을 마시고 저는 커피나 차를 마시곤 했습니다."

바비도 그 자리에 몇 번 참석했지만 두 사람은 서로 호감을 가지는 정도의 관계로 남아 있었다. 바비는 두 딸과 함께 텍사스 스프링에 살았다. 짐과 마찬가지로 그도 이혼한 상태였다.

"저는 바비를 정말 좋아했어요. 아름답고 재밌어서요. 바비는 항상 웃는 편이었는데 저는 그런 사람이 필요했어요. 그는 무슨 얘기든 나쁘게 하는 법이 없었죠. 우리는 1999년 말에 연인이 됐어요."

다시 사형수 얘기로 돌아와 보자면, 연쇄 살인범 대니 리 바버는 사형수들이 폴룬스키 교도소로 이감되기 전 엘리스 교도소에서 마지막으로 사형된 사형수 중 한 명이었다. 1979년 10월 한 여성을 강간하고 살해한 혐의로 사형을 선고받은 그는 체포된 후 경찰 조사에서 지난 2년 동안 댈러스에서 세 명을 더 살해했다고 자백했다.

"대니는 수다스러운 사람이었어요. 말이 많았죠. 무식한 시골 노인네였어요. 말이 심하다고 생각할 수 있겠지만 딱 그런 사람이었죠. 죽는 걸 너무 무서워해서 사형 집행 과정 내내 정말 보기 안쓰러울 정도였어요."

그날 저녁, 공식적인 사형 집행 시간인 오후 6시가 이미 지나 있었지만 법원의 허가가 나지 않으면 아무것도 할 수 없었다. 그러다 보니 법원의 연락을 몇 시간씩 기다리는 일이 비일비재했다.

"그는 너무 긴장해서 이리저리 서성거렸어요. 6시가 지나자 상태는 더욱 심각해졌죠. 사형 집행 절차가 미뤄졌을 때 그를 위해서 정말 열심히 노력했어요."

"어떻게 하셨는데요?"

"그냥 이야기하고 또 이야기했어요. 하지만 이야기를 하면 할수록 상황은 점점 더 나빠졌죠. 결국 버티지 못한 그가 쓰러지기 일보 직전에 사형 집행이 연기됐다는 전화가 걸려 왔어요."

짐은 대니 리 바버를 바라보며 오늘 저녁에는 죽지 않게 됐다고 말했다. 처음에는 농담이라고 생각했지만 형목의 말이 사실이고 사형 집행이 진짜 유예됐다는 사실을 깨달은 그는 점점 건방지게 변했다.

"그의 말투가 머릿속에서 잊혀지지 않아요. '당신들이 날 못 죽일 줄 알았어. 절대 못 죽이지.' 그 말을 들으니 그가 교도소 내부에서 무슨 일이 벌어지고 있는지 전혀 모른다는 생각이 들었어요. 사실 이 안에 있는 모든 사람은 누구도 죽기를 바라지 않아요."

열흘 후, 대니의 새로운 사형 집행 날짜가 두 달 뒤로 정해졌다.

"사형수들은 사형장에 도착하면 온갖 끔찍한 일을 겪을 거라고 믿어요. 똥오줌을 지리다가 강제로 기저귀를 차고, 찔리고, 구타당하고, 학대당할 거라고 생각하죠. 사형장에 대한 온갖 소문이 떠도는데, 안타깝게도 직원들 중에 수감자들을 겁주고 싶어 하는 사람들도 있어요. 수감자가 어떤 정보를 입수하면 그게 들불처럼 퍼지기 때문에 사형수들은 사형장에 도착하기도 전에 지레 겁을 먹게 됩니다. 그리고 사형장에 간 사람들은 대부분 죽으니까 돌아와서 소문을 잠재우는 경우가 거의 없는 거죠. 그런데 사실 한 번이라도 사형장에 끌려가 본 적 있는 사람들이 가장 힘들 것 같아요. 사형장에 와서 좋은 대우를 받죠. 누가 때리지도 않고, 감옥에 갇혔던 동안에 먹어본 것 중에 제일 맛있는 음식도 먹고요. 그런데 갑자기 집행유예를 받고 다시 감방으로 보내지는 거예요. 그리고 모든 과정을 또 한 번 겪어야 한다는 걸 깨닫게 되죠. 다음번에는 죽게 될 거고요. 힘든 일이죠."

두 번째로 사형장에 도착했을 때, 대니 바버 리는 전혀 다른 사람 같았다. 무척 조용했다.

"사실 그는 사형 집행유예를 두 번이나 받았습니다. 두 번째 유예 소식은 오후 6시가 되기 전에 전해졌지만 얼마 지나지 않아 사형장으로 다시 돌아오게 됐죠. 하지만 이번

252

에는 조금도 건방지게 굴지 않았어요. 이 순간이 영원하지 않을 걸 알고 있었으니까요. 세 번째로 사형장에 돌아왔을 때 그는 실제로 '이번에는 정말 끝이라는 걸 알아요'라고 말했어요. 마지막 식사를 세 번이나 한 건 정말 흔치 않은 일이었죠. 그는 스테이크 두 개, 구운 감자, 샐러드, 홍차 그리고 초콜릿 아이스크림을 주문했어요. 거기에 더해 매번 담배를 요청했죠."

수감자들의 마지막 식사는 그 자체로 흥미로운 이야깃거리가 됐다. 일부 수감자들은 매우 특이한 요청을 하기도 했다.

"이 얘기는 아직 안 한 것 같은데 포트워스에서 한 남자를 만난 적이 있습니다. 이름은 기억나지 않지만 키가 크고 비쩍 마른 흑인 남자였어요. 중년의 나이였고 딱 봐도 험하게 살아온 것 같았죠. 어쨌든 사형장에서 그를 만나 마지막으로 뭐가 먹고 싶은지 물어봤습니다. 그는 아무거나 주문할 수 있냐고 물었고, 저는 뭐든 말해보라고 했어요. 그러자 그는 '치틀린스chitlins가 정말 먹고 싶어요'라고 하더군요."

미국 남부 외의 지역에서는 치터링스chitterlings라고도 알려진 치틀린스(미국 남부의 아프리카계 미국인들의 전통 음식 —옮긴이)는 소울푸드 중 하나다. 이 요리는 돼지의 소장을 깨끗이 씻고 여러 번 헹군 후 몇 시간 동안 끓여서 만든다.

소장은 특히 처음 익기 시작할 때 냄새가 강해서 요리사들은 종종 반으로 자른 양파를 냄비에 넣어 강한 향을 없앤다. 이렇게 삶은 다음 반죽을 묻혀 튀기기도 하는데, 일반적으로 사과식초와 핫소스를 곁들여 먹는다.

"냄새가 지독해요. 창자를 끓이기 시작하면 돼지 분뇨 같은 끔찍한 냄새가 납니다. 실제로 돼지우리에 들어와 있는 것 같은 느낌이에요. 그래도 이 지역 흑인 사회에서는 이 요리를 정말 많이들 해 먹죠. 나이가 드신 분들은 끓인 치틀린스를 좋아하지만 젊은 세대는 불쾌한 향이 안 나는 튀긴 치틀린스를 더 좋아합니다. 핫소스를 부어서 게눈감추듯 먹어 치워요. 저는 직접 먹어본 적도 없고 앞으로도 먹고 싶지 않지만 그날 교도소장에게 가서 제가 수감자를 위해 특별한 음식을 준비해도 되는지 물어봤어요. 소장이 뭐냐고 물었고 저는 '치틀린스'라고 대답했죠. 그러자 소장은 얼굴을 찡그리며 역겨운 음식이라고 말했어요."

교도소장은 음식을 어떻게 구할 계획이냐고 물었고, 짐은 교도소에서 일하는 여성 중 한 명에게 도움을 요청해 볼 생각이라고 대답했다. 교도소장은 해결할 수 있다면 한번 준비해 보라며 허락했다.

"그래서 예배당에 가서 제 보조인 리사에게 치틀린스를 만들어본 적이 있냐고 물었어요. 그는 콧등을 찡그리며 만들어본 적은 있지만 온 집 안에 악취가 진동했다고 하더군요."

짐은 리사에게 난감한 상황을 설명했다. 그러자 그는 어깨를 으쓱해 보이더니 알겠다고 말했다. 다행히 집에 가서 치틀린스를 만든 리사는 저녁 식사 시간에 맞춰 돌아왔다. 짐은 요리를 구내식당으로 가져갔고, 식당 직원들이 그를 위해 따뜻하게 요리를 데워주었다.

"사형수에게 음식을 가져다주자 남자는 마치 크리스마스 선물을 받은 듯한 표정이었어요. 마지막으로 원하던 음식을 먹게 된 그의 얼굴에는 기쁨이 가득했죠. 그가 저에게 한 입 먹겠느냐고 물어봤지만 저는 그냥 웃으며 싫다고 했어요. 사실 그 방 안에 있는 것조차 고역이었거든요. 그 후에 이틀 동안이나 지독한 악취가 남아 있었어요. 하지만 그는 맛있게 먹었어요. 마지막 한 조각까지 다 먹어치운 후 남자의 기분은 훨씬 좋아졌어요."

사형을 집행하는 주에서는 대부분 수감자에게 마지막 식사를 제공하지만, 각 주마다 정해진 규칙이 따로 있다. 예를 들어 플로리다주에서는 플로리다주 내에서 구매할 수 있는 음식만 제공하며 가격이 40달러를 넘을 수 없다. 오클라호마주에서는 오랫동안 구매 한도가 15달러로 정해져 있었지만 최근에는 조금 증액됐다. 그래서 2022년 1월 도널드 그랜트가 사형당했을 당시에는 오클라호마주 역사상 가장 호화로운 마지막 식사를 즐길 수 있었다. 그는 참깨 치킨, 에그롤 여섯 개, 새우볶음밥, 그리고 커다란 사과튀김 한 개를 요청해서 먹었다. 루이지애나주에서는 교도소장이 수감자와 함께 마지막 식사를 하는 전통이 있다. 그리고 아침 10시에 사형이 집행되는 오하이오주에서는 수감자들이 전날 밤에 마지막 식사를 한다.

텍사스주는 2011년부터 더 이상 사형수에게 마지막 식사를 고를 기회를 주지 않기로 했다. 사형수들은 사형 집행 날에도 다른 수감자들과 같은 음식을 제공받게 된 것이다. 그 이유는 살인범이자 백인 우월주의자였던 로런스 러셀 브루어가 마지막 식사로 엄청난 양의 음식을 요청해 놓고 단 한 입도 먹지 않았기 때문이었다. 이 사건을 계기로 상원의원 존 휘트마이어John Whitmire는 87년 동안 이어져 온 사형수가 마지막 식사를 선택할 수 있었던 전통을 없애버렸다. 그러나 짐이 형목으로 근무하는 동안, 직원들은 수감자들이 원하는 음식을 제공하기 위해 여전히 최선을 다했다.

"칼라 페이 터커는 신선한 과일을 원했어요. 잘 익은 바나나를 간절히 꿈꿔왔다고 해서 제가 크로거 슈퍼마켓에 가서 바나나와 복숭아를 사서 줬죠. 그는 바나나를 먹으면서 눈물을 흘렸어요."

"제가 목사님을 만난 계기가 되어준 사형수 본 로스를 만났을 때, 그는 7분이 넘도록 사과에 관해서만 얘기하더라고요. 사과가 얼마나 먹고 싶은지 말이에요. 달콤한 과즙, 한 입 베어 물었을 때의 아삭함. 그 작은 부분 하나하나까지 설명했어요."

"교도소에서는 과일을 주지 않아요. 너무 딱하죠."

짐은 사형수들을 위해 다른 물품도 자주 사다 줬다.

"언젠가 간을 산 적이 있어요. 한 사형수가 저녁 식사로 으깬 감자와 간, 양파를 먹고 싶어 했거든요. 또 한 번은 수 감자가 맥아 가루를 첨가한 밀크셰이크를 원했어요. 한동안은 모든 비용을 제 사비로 냈기 때문에 이러다가 빈털터리가 될 수도 있겠다 싶었어요. 그 당시에는 사형 집행을 많이 했거든요. 사형수들은 늘 뭔가를 원하고 있었고, 저는 제가 그들의 삶을 변화시키고 있다는 느낌을 받고 싶었어요. 수감자들이 정말 원하는 것을 주면 그렇게 할 수 있을 것 같았죠."

짐은 그게 단지 선한 마음에서 비롯된 것만은 아니었으며, 그의 전략이기도 했다고 말했다.

"사형수가 요청한 음식이 담긴 그릇을 들고 감방으로 들어가면서 그와 눈을 마주쳤어요. 그러면서 내가 이 음식을 준비하기 위해 노력했다는 사실을 생각하면, 항상 남은 시간을 더 수월하게 보낼 수 있었죠. 누군가가 최선을 다하면 진정한 관계를 맺을 수 있는 여지가 생깁니다. 그래서 자신이 어떤 일을 했는지, 어떤 기분이었는지 털어놓게 되죠. 가끔은 조금… 글쎄요. 실망스러울 때도 있었어요. 제가 노력한 사실을 아는 사람들이 전부 세상을 떠나버리니까 제가 한 선행들이 결코 알려질 리가 없잖아요. 하지만 그럴 때면 저는 저 자신을 위해 그런 일을 한 것이 아니었다고 마음을 다잡아요. 이 모든 건 저를 위한 것이 아니에요. 신께 영광이 돌아가길 바랄 뿐입니다."

"'오늘 진짜 잘했어. 그런데 아무도 모른다니 너무 아쉽군'이라고 생각했던 순간에 대해 말씀해 주세요."

"1999년에 트로이 패리스라는 사형수가 사형 집행 장소에 도착했어요. 그는 미친 듯이 화가 나 있었어요. 가족들이 자신을 배신했다고 생각했고, 자신을 처형하는 사형제도와 당국에도 분노하고 있었어요. 그냥 화가 나 있었을 뿐이에요. 하루 종일 그는 저를 상대도 하지 않으려고 했어요. 하지만 시간이 지나면서 제 말을 조금씩 듣기 시작했고, 잠시 후 '남들한테 화풀이를 하고 있지만 사실은 나 자신에게 제일 화가 나요'라고 말했어요."

트로이 패리스는 꼭 구원받고 싶지만 자신이 한 일을 신이 절대 용서하지 않을 거라며 속내를 털어놨다.

그 말을 들자 짐은 의지가 불타올랐다.

"제가 그의 마음을 붙잡았다는 걸 알았어요. 우리는 대화를 시작했고, 그는 제게 정말 신이 그를 용서하실 거라고 생각하는지 물었어요. 저는 그렇게 생각하는 게 아니라, 그러실 거라는 걸 알고 있다고 대답했죠."

사형수는 자신보다 더 위대한 존재를 감히 마음을 터놓고 믿어본 적이 없다고 했다. 그러자 짐은 조금만 더 늦어지면 그나마도 시도할 수조차 없을 거라고 직설적으로 말해줬다.

그러자 트로이 패리스는 "목사님 말이 맞아요"라고 말하며 눈물을 왈칵 터뜨렸다.

"저는 감방 문에 가까이 다가가 함께 기도했어요. 그는 모든 것을 털어놓았어요. 하지만 저에게 말하는 것이 아니라 신께 말씀드리고 있는 거였죠. '저는 끔찍한 인간입니다. 제 손도 제 마음도 피투성이예요. 저는 악마예요. 하지만 신께서는 저를 사랑하고 용서해 주실 거라고 들었어요. 용서받을 자격이 없지만 저를 용서해 주시길 간절히 빕니다.' 패리스는 계속해서 눈물을 펑펑 흘리며 울기만 했어요. 그리고 길고 긴 기도를 올렸어요."

패리스가 기도를 마치자 이번에는 짐이 그를 위해 기도했다. 이 남성에게 기꺼이 손을 내밀어 용서해 주시고, 순수한 마음을 주신 신께 감사드렸다.

"마지막으로 트로이 패리스에게 평화를 가져다 달라고 간청하며 기도를 마무리했는데, 그 말이 떨어지자마자 그의 표정이 변했어요. 분노가 사라지고 없었습니다. 그의 눈에는 그때까지 없었던 평온함이 깃들어 있었고요. 심지어 웃기까지 했는데, 그 모습을 보니 정말 기분이 좋았어요."

자리에서 일어난 트로이 패리스는 이제 사형 집행 시간이 기다려진다면서, 자신이 천국에 갈 수 있다는 것을 알게 됐다고 말했다.

"그는 정말 들떠 있었어요. 그러더니 '저기요, 세례란 게 있다고 들었어요. 제가 세례를 받을 수 있는 방법은 없나요?'라고 물었어요. 저는 고개를 저으며 안타깝게도 불가능하다고 말했습니다. 정식 세례를 받으려면 사형장을 떠나야 하는데, 그렇게 늦은 시간에는 허용되지 않을 테니까요."

트로이 패리스는 교도소장에게 가서 다른 방법은 없는지 물어봐 달라고 짐에게 부탁했다. 그래서 짐은 교도소장을 찾아가 사형수가 자신을 신께 바쳤으며 세례를 받고 싶다는 의사를 밝혔다고 설명했다. 예상대로 교도소장은 사형수를 사형장 밖으로 데려가 세례를 받게 하는 건 불가능하다고 대답했다. 이 소식을 전하기 위해 트로이 패리스의 감방으로 돌아가던 짐은 문득 텍사스주 크로킷에 있는 한 요양원에서 한 할머니에게 세례를 해주었던 일이 떠올랐다.

"할머니는 제게 와서 신에 대해 이야기해 줄 수 있냐고 물으셨어요. 그리고 바로 그날 저녁에 신을 영접하셨죠. 당시 여든 살 정도 되셨는데 '오늘 밤에 세례를 받고 싶어요'라고 말씀하셨어요. 저는 어떻게 할 수 있을지 잘 모르겠다고 대답했어요. 하지만 그분은 지혜로운 어르신이셨어요."

그는 가장 친한 친구들에게 전화를 걸었고 전화를 받은 친구들은 모두 요양원에 모였다. 딸도 달려왔다. 짐은 주위를 둘러보다 욕실에 들어가 보고는 욕조에서 세례를 하기로 마음먹었다.

"저는 욕조에 물을 가득 채운 다음 할머니께 안에 들어가시라고 했어요. 그리고 저는 욕조 옆 바닥에 무릎을 꿇었죠. 그렇게 세례가 끝나고 할머니는 일어나면서 '하나님을 찬양합니다'라고 외치셨어요. 정말 멋진 저녁이었어요. 저는 그날 트로이 패리스에게 돌아가는 길에 그 일을 떠올리면서, 정석은 아니었지만 그 세례가 할머니께 얼마나 큰 의미가 있었는지에 대해 생각했어요. 사실 세례를 주는 방법에는 여러 가지가 있지만, 물에 완전히 잠기지 않는 한 성경에서 말하는 세례라고 할 수는 없어요. 하지만 저는 트로이에게 진심으로 세례를 받고 싶다면 방법을 찾아보자고

오늘은 저에게 정말 특별한 날이에요.
제 인생의 마지막 날인 건 알지만
어떤 면에서는 첫 번째 날이기도 해요.

말했습니다."

트로이 패리스의 의지는 확고했다. 세례받기를 원하고 있었다. 짐은 수건을 몇 장 가져와서 감방 바닥에 펼쳐놓았다. 트로이 패리스가 무릎을 꿇고 가슴 앞에서 팔을 교차시키자 짐은 그의 이마에 물이 닿도록 머리 위에서 물을 부었다.

"물이 얼굴 위로 흘러내리자 성령께서 그의 죄를 용서하시는 게 정말 눈으로 보였어요. 그 후 우리 둘 다 기도를 올렸죠. 그는 더없이 행복해했습니다. 그는 '오늘은 저에게 정말 특별한 날이에요. 제 인생의 마지막 날인 건 알지만 어떤 면에서는 첫 번째 날이기도 해요'라고 말했어요. 그런 다음 제가 가지고 있던 영성체 도구들로 함께 영성체를 했어요. 교도관도 한 명 참여했죠."

"교도관이 감방 안으로 들어와서 참여한 건가요?"

"세례식을 진행하는 중간에 들어와서 마칠 때까지 함께 했어요. 영적으로 멋진 저녁이었습니다."

"트로이 패리스가 세상을 떠날 때는 어땠나요?"

"무척 평화로웠어요."

트로이 패리스는 그가 살해한 피해자의 가족들에게 마지막 말을 남겼다. "클라크가 헛되이 죽지 않았다는 사실만은 말씀드리고 싶어요. 기분을 상하게 하려는 의도는 절대 아니에요. 그가 죽음을 통해 여기 있는 저를 신께 인도했다는 사실을 말씀드리고 싶었어요."

"보람찬 하루였던 것 같네요."

"정말 보람찬 하루였어요."

"방금 해주신 말씀 덕분에 마음이 조금 따뜻해진 것 같아요. 목사님은 정말 좋은 분이세요."

"저는 제가 좋은 사람이라고 생각하지 않아요."

"왜요?"

"제가 저지른 일들 때문이죠…. 저는 사도 바울과 조금 닮았어요. 해야 할 일은 하지 않고 하지 말아야 할 일들을 하죠. 늘 그 문제로 씨름합니다. 평생을 그랬어요. 오해하지 마세요. 그렇다고 제가 나쁜 사람이라는 얘기는 아니니까요. 다만 대단히 뛰어난 구석이라고는 하나도 없어요. 그래서 저를 실패자라고 부르는 편이 더 맞을 것 같아요. 좋은 사람이 아니라."

"사형수 중에 구해주고 싶었던 사람이 있었나요?"

"네, 여러 명이요. 예를 들자면 1999년에 사형당한 엑셀 화이트요. 제 기억에 깊이 남았던 사형수였어요. 살인죄로 이미 25년간 수감 생활을 했지만 남들과 달랐어요. 그는 나이가 좀 있는 백인이었고 말수가 적었죠. 가장 인상 깊었던 것은 그가 처음 감옥에 들어올 때 신었던 신발을 사형 집행일까지 그대로 신고 있었다는 거예요. 정말 흔치 않은 일이었죠. 게다가 매우 차분했어요. 우리와도 문제없이 잘 지냈죠."

"25년 동안 한 신발을 신었다는 것은 무슨 의미일까요?"

"지쳤다, 이제 다 끝났다는 뜻이죠. 그는 제게 준비가 됐다고 했어요. '전 여기 오래 있었어요. 25년 동안 이렇게 사는 건 고역이에요'라고 말했죠. 그가 담배를 피우고 싶어 했고 무척 예의가 발랐던 게 기억나요. 차분하고 말투도 나긋나긋했어요. 마침내 떠날 때가 되자 엑셀은 소란스럽지 않게 조용히 감방을 떠났습니다. 망설이지 않았지만 서두르지도 않았어요. '좋아, 얼른 해치우자'라는 식이었죠. 그가 사형대에 눕자 교도관들은 그를 묶었고, 교도소장이 '마지막으로 할 말이 있습니까?'라고 물었어요. 엑셀은 '아니요, 하고 싶은 말이 없습니다'라고 대답했어요. 그러다 잠시 멈칫하더니 '그냥 집에 보내주세요'라고 말했어요. 그는 평화롭게 죽었습니다. 저는 가끔 그 점이 궁금했어요. 그렇게 평화롭게 죽음을 맞이하는 사형수가 과연 몇 명이나 될까요? 젊은이들은 분노를 터트리면서 금방이라도 덤벼들 것처럼 굴 때가 많아요. 자신을 피해자라고 여기는 경향이 있죠. 자신을 범죄자라고 생각하지 않고 폭력적이라고 생각하지도 않습니다. 자신을 가해자로 보지 않아요. 사형 선고를 받고 항소하고 싸우는 과정에서 시간이 흐를수록 그들은 자신을 피해자로 생각하기 시작합니다."

"잠시 신발 얘기로 돌아가 볼까요. 그 신발을 보고 뭘 느끼셨나요?"

"다른 수감자들은 항상 새 신발을 구하려고 애썼어요. 신발은 수감자들에게 중요한 상징이거든요. 그래서 바깥세상에 있는 사람들에게 운동화를 사 달라고 부탁합니다. 하지만 엑셀은 그런 것에는 전혀 신경 쓰지 않고 25년을 신발 한 켤레로 버틴 거예요.

그는 흔히 볼 수 있는 잔인하고 폭력적인 사형수 같지 않았어요. 오히려 온화하고 조용한 성격에 가까웠죠. 하지만 오해하지 마세요. 그가 끔찍한 짓을 저질렀다는 사실을 저도 알고 있으니까요."

로버트 엑셀 화이트는 매키니 인근에서 강도질을 벌여 세 명을 살해한 혐의로 사형 선고를 받았다. 1974년 5월 10일 동이 트기 직전, 당시 36세였던 화이트는 기관총을 들고 힐톱에 있는 식료품점 밖에 차를 세웠다. 가게 안에는 주유소 주인인 73세의 프레스턴 브로일스와 승합차에 기름을 넣으러 주유소에 들른 18세 동갑내기 소년, 게리 코커와 빌리 세인트존이 있었다.

두 소년이 도착한 지 얼마 되지 않아 화이트와 그의 두 친구는 식료품점을 습격했다. 그들은 피해자들을 바닥에 강제로 눕히고 금전등록기에서 6달러, 지갑에서 60달러를 빼앗은 다음 누가 피해자들을 죽일 것인지를 놓고 티격태격하기 시작했다. 결국 화이트는 자신의 30구경 권총으로 세 사람에게 각각 여러 발을 발사했다.

힐톱 살인 사건이 있기 전날, 화이트는 웨이코에서 친구와 함께 술을 마셨다. 그 친구는 화이트를 위해 칼을 날카롭게 갈아주고 있었다. 하지만 화이트는 그 칼을 집어 들고 그 친구를 찔러 살해한 후 여러 가지 무기를 훔쳤다. 이후 강도질을 벌이며 사용한 총도 그때 훔쳤던 총이었다.

며칠 후 엑셀 화이트는 경찰에 자수했고 네 건의 살인을 모두 시인했다. 언론에서는 그를 '사형 집행인 엑셀Excell the Executioner'이라고 불렀다.

"자신의 죄를 인정하고 사형을 받아들일 준비가 된 남자… 그는 저에게 마음을 열었고 사형 과정도 잘 받아들였어요. 저는 엑셀이 좋은 사람이라고 생각했어요. 그를 아주 좋아하게 될 수도 있었죠. 그래서 만약 기회가 주어졌다면 그의 목숨을 살려줬을 거예요. 칼라 페이 터커도요. 그도 살려줬을 거예요. 칼라 페이가 나쁜 짓을 저질렀고 유죄라는 걸 알았어도, 저는 옆집에 살 수 있었을 것 같아요. 그는 그런 사람이었으니까요. 엑셀도 마찬가지고요.

라디오로 「블루 클리어 스카이」를 듣고 싶어 했었던 사형수는 이미 말씀드렸죠? 재밌는 사람이었어요. 제가 많이 좋아했죠. 아마 그 사람도 살려줬을 겁니다. 또 데이비드 리 허먼이라는 사람도 있었어요. 그는 요란하고 당당하게 사형장에 들어왔어요. 화가 난 게 아니라 그냥 시끄러운 거였죠. 그는 잘 웃었고, 도착하기가 무섭게 변호사들에 대한 농담을 던지기 시작했어요. 거의 오후 내내 변호사 농담을 했던 것 같아요. 예를 들어 이런 거요. '바다 밑에 변호사 500명이 있는 걸 뭐라고 부를까?'"

"뭔데요?"

"좋은 시작이요."

"재밌네요."

"사형대에 누워 팔에 주삿바늘이 꽂히는 동안에도 그는 여전히 농담을 던지고 있었어요. 아마 너무 긴장해서 그랬던 것 같지만 마지막 순간까지 웃음을 잃지 않았죠."

데이비드 리 허먼은 사형 집행 전날 면도날을 이용해 스스로 목숨을 끊으려고 시도했다. 짐의 말로는 그가 텍사스주에 자신을 처형했다는 만족감을 주고 싶지 않았기 때문이었다고 했다.

"그런 일이 전에도 몇 번 있었어요. 어떤 사람은 약을 모아놨다가 사형 집행일 며칠 전에 한꺼번에 입에 털어 넣었죠."

하지만 자살을 시도한 문제의 남성은 결국 살아남았다.

"갤버스턴에 있는 병원으로 데려가서 위세척을 했어요. 난리도 아니었죠."

사형 집행이 예정된 날 아침에도 그는 여전히 중환자실에 있었다.

"새로운 소식이 있는지 알아보려고 사무실에 갔는데 지방교정청장이 와 있었죠. 그는 사형수를 비행기로 데려오려고 하는데 같이 가줄 수 있는지 물어보더군요. 기꺼이 가겠다고 했더니 공항으로 바로 가라고 했어요. 제가 도착할 때까지 비행기가 이륙하지 않게 조치하겠다고요."

짐이 도착했을 때 비행기는 이미 활주로에 있었다.

"여기 공항은 작아요. 어쨌든 저는 비행기에 올라탔고 죄수를 데리러 출발했습니다."

날은 춥고 비가 오는 데다가 하늘엔 구름이 짙게 드리워 있었다.

"허허벌판에 착륙했는데 갑자기 헤드라이트를 켠 차들이 우리를 향해 달려오는 게 보였어요. 이제 막 땅거미가 진 무렵이었는데 총 18대 정도였던 것 같아요. 경찰차들, 텍사스주 형사사법부의 승합차들 그리고 구급차도 있었죠. 비행기를 완전히 포위했어요."

제일 먼저 경찰관들이 차에서 내려 총을 겨눴고 뒤이어 의료진이 구급차에서 사형수를 내렸다.

"제가 다가갔을 때 마침 의료진들이 그를 들어서 내리고 있었어요. 휠체어에 앉아 있었던 그의 팔에는 여전히 링거가 꽂혀 있었죠. 의료진은 그를 비행기 계단 위로 밀어 올린 후 일으켜 세웠어요. 그리고 팔에서 주사관을 제거하고 붕대를 감은 다음 수갑을 채웠습니다."

사형수는 천천히 계단을 오르기 시작했다. 원래 그를 조종사 바로 뒤에 앉힐 계획이었다. 하지만 생각지 못한 난관에 부딪혔다.

"기장은 수감자가 난동이라도 피우기 시작하면 자신이 제일 먼저 공격당하는 위치라고 했어요. 그러면서 사형수가 그 자리에 앉으면 비행기를 출발시키지 않겠다고 했죠."

결국 사형수는 비행기 뒤편에 앉게 됐고 그의 바로 앞 좌석에 짐이 앉았다.

"마침내 비행기가 이륙했어요. 비행시간은 20분도 채 걸리지 않았어요. 그사이에 사형수와 잠깐 이야기를 나눴는데, 그는 몸이 썩 좋지 않다고 했어요. 자살 시도는 멍청한 짓이었다면서 의료진이 자신에게 활성탄을 한가득 투여하는 바람이 너무 목이 탄다고 했죠."

그러더니 사형수는 짐에게 이런 일, 즉 비행기로 사람

들을 나르는 행위를 자주 하는지 물었다.

"저는 비행기를 타고 온 수감자는 오늘까지 포함해서 여태껏 딱 두 명 봤는데 나머지 한 명이 칼라 페이였다고 말했어요. 그는 그게 꽤 마음에 들었나 봐요."

비행기가 착륙한 뒤 짐은 사형수와 같은 차량으로 이동할 수 있는지 물었고 교도관들은 허락했다.

"우리는 환자 이송 차량 뒷좌석에 탔어요. 앞에는 교도관과 운전자가 있었고, 다른 사람들은 다른 차를 타고서 뒤따라왔죠."

교도관들은 사형수를 다시 휠체어에 앉힌 뒤 쇠고랑을 채워 좌석에 묶었다. 짐은 그 옆에 앉았다.

"저는 그에게 거의 다 왔으니 이제 진지한 대화를 나눌 시간이라고 말했어요. 그리고 영적으로 어떤 상태인지 물었죠. 그는 자신은 괜찮다고, 자신이 죽는다는 것을 알고 있으며 믿음이 있다고 말했어요. 그 대답을 듣고 왠지 마음이 편치 않았어요. 뭔가 신성이 쓰였죠. 그때쯤 우리는 월스 교도소에 도착했습니다. 차가 멈추자, 그는 더 이상 말을 하지 않았어요. 제가 질문을 해도 그는 고개를 절레절레 흔들기만 했어요. 그래서 저도 입을 꾹 닫아버렸죠. 그날 저녁, 저는 사형수들이 처음 사형장에 도착해 이송될 때 어떤 기분인지 어렴풋이나마 느낄 수 있었어요. 사형수의 곁에서 마지막 여정을 같이 했으니까요."

그 경험은 짐에게 커다란 변화를 가져왔다.

"마치 그와 함께 그 순간을 살고 있는 것 같았어요. 그가 겪고 있는 불확실성과 그의 경험까지 이해할 수 있을 것 같았죠. 마당을 지나면서 불빛들을 보니 기분이 묘했어요. 수감자들은 아무도 나와 있지 않았고 마당도 텅 비어 있었어요. 으스스한 시간대였지만 너무 평화로웠어요. 보통 이송 차량이 도착하면 많은 사람들이 달려들기 마련인데, 우리가 차를 세웠을 때는 너무 고요했어요. 사형수를 내린 뒤 교도소장인 젱킨스 씨에게 사형수와 몇 분만 얘기할 수 있는지 물어봤어요. 늦은 시간이고 남은 시간이 없다는 것도 알지만 지금 이 과정에서 마음에 걸리는 부분이 있다고 말했죠."

교도소장은 허락했다. 사형장에 도착하자 사형수는 연신 목이 마르다고 말했다. 짐은 마실 물을 건넸고, 그는 예닐곱 잔을 허겁지겁 들이켰다. 두 사람 사이에 다시 대화가 시작되자 짐은 그에게 믿음에 관해 물었다. 사형수는 신을 자신의 삶에 받아들였다고 했다. 함께 기도를 하려는 찰나에 마침 교도소장이 들어왔다.

"교도소장이 잠시 방해해도 되겠냐고 묻길래 그러시라고 했어요. 교도소장에게 안 된다고 할 수 없잖아요. 소장은 무릎을 꿇고 죄수의 눈을 똑바로 바라보더니 이렇게 물었어요. '한 가지만 묻겠습니다. 살면서 주 예수그리스도를 구세주로 영접했습니까?' 사형수는 '네, 그렇습니다'라고 대답했어요. 그러자 소장은 자리에서 일어나 바지 무릎을 툭툭 털더니 '좋아요, 그럼 시작하죠'라고 말했어요."

짐은 사형수와 함께 짧은 기도를 올렸고 세 사람은 사형실로 향했다.

"그는 사형실에 발을 들여놓자마자 속이 울렁거린다고 했어요. 그러고는 고개를 돌리더니 새카만 숯을 분수처럼 벽에 토했어요. 바닥부터 천장까지 온 사방에 뿜어냈죠. 세상에, 냄새가 어마어마했어요."

지난 세월 동안 어지간한 것들은 다 봐왔던 교도소장은 그저 어깨를 으쓱하더니 누군가에게 치우라고 지시했다.

"그래서 직원 두어 명이 들어와서 토사물을 닦아내고 시커멓게 얼룩진 천을 갈았어요. 그러고 나서 사형 집행이 시작됐죠."

사형수는 그날 마지막 말을 남기지 않았다. 대신 약물이 효과를 발휘하자 다시 구토를 했다.

"컥 하고 마지막 숨과 함께 검은 토사물을 내뱉었는데 그게 온 얼굴을 뒤덮었어요. 모두 역겨워했지만 그렇다고 기절하거나 하지는 않았어요. 하지만 참관실에 있던 사람들이 낮게 탄식하는 소리가 들렸죠. 사형수가 너무 안쓰러웠고 그의 가족들도 안쓰러웠지만 제가 할 수 있는 일이 아무것도 없었죠. 모든 게 끝나고 나서 우리는 그의 얼굴을 깨끗이 씻기고 최대한 보기 좋게 단장했어요."

짐은 한숨을 내쉬었다.

"그냥… 그는 스스로 목숨을 끊으려고 애썼어요. 그리고 그가 저를 받아들여준 덕분에 저도 사형수의 관점에서 집행 과정을 경험할 수 있었죠. 공항에서부터 차를 타고 오면서 사형수가 두렵다고 말했던 게 기억납니다. 그런 일이 일어나지 않았으면 좋겠다면서요. 무슨 뜻이냐고 물었더니 사형을 집행할 때 소란이 일어나지 않기를 바란다고 했어요. 사람들이 지켜보는 앞에서 누운 채로 죽고 싶지 않다고요. 그저 자기의 방식대로 홀로 죽고 싶다고 했어요. 하지만 결국 그렇게 되지 않았어요. 정말 안타까웠어요. 아픈 몸으로 게다가 토하기까지… 모르겠어요, 그냥 모든 게 너무 슬펐습니다. 그 경험을 통해서 범죄자들이 겪어야 하는 슬픔과 무력감을 저도 느끼게 되었고요. 그리고 국가의 권력도 알게 됐죠. 수갑을 차고 수액을 꽂은 채 달랑 환자복 한 장만 걸친 힘없는 사람 때문에 그 많은 차량과 무장한 사람들이 우리에게 달려오던 모습은 정말 끔찍했습니다. 모순처럼 느껴졌죠. 정말 아이러니한 상황이었죠."

"움직일 힘도 없는 사람 때문에 무장한 교도관들이 그렇게 많이 동원된 거군요."

"음… 심지어는 속옷도 입지 않은 상태였어요. 사형대에 누워 있는 동안 교도소장에게 은밀한 부분이 노출되고 말았죠. 어쨌든 많은 것을 배웠던 좋은 경험이었어요."

"사형 집행이 계획대로 흘러가지 않을 때 어떤 기분이 드세요? 예를 들어 죄수가 검은 토사물을 뿜어내기 시작하면요?"

"그들을 실망시킨 듯한 기분이 들어요. 제가 봤던 최악의 경우 중 하나는 마약 사형수였어요. 혈관에 상처가 너무 심해서 주삿바늘을 꽂을 수가 없었죠. 무려 11번이나 시도한 끝에 마침내 성공했는데, 그때쯤 되자 사형수는 무척 흥분해 있었어요. 한 번에 주사를 놓았다면 비교적 순조롭게 끝났을 것 같지만 그렇게 되지 않았어요. 그가 너무 화가나 있어서 저는 교도소장에게 제가 진정시켜 볼 테니 잠시 기다렸다가 참관인들을 들여보내라고 말할 수밖에 없었어요. 그의 상태가 정말로 좋지 않았거든요."

그 후 마침내 독극물 주사를 놓게 되었다. 그런데 이미 오랜 세월 과도한 투약으로 손상된 남성의 가느다란 정맥에 너무 세게 주입하는 일이 벌어졌다.

"너무 높은 압력이 가해지자 정맥주사 줄이 팔에서 팅

겨져 나왔고, 순식간에 약물이 방 안으로 뿜어졌습니다."

교도소장은 사형 집행을 잠시 멈추고 재빨리 커튼을 닫은 후 참관실에서 사람들을 데리고 나갔다.

"사형수의 가족은 사무실로 데려갔고 피해자의 유족들은 밖으로 안내했습니다. 가장 큰 걱정은 약물이 더 이상 남아 있지 않다는 거였죠. 첫 번째 약물이 충분히 투여됐는지 확신할 수 없었는데 여분의 약물도 없었어요. 하지만 의료진은 남은 약물로 사형 집행을 이어가라고 했어요. 당시에는 펜토탈소듐, 판쿠로늄 브로마이드, 염화칼륨 등 세 가지 약물을 사용했어요. 첫 번째는 진정제고 두 번째는 횡격막과 폐를 마비시키는 약, 세 번째는 심장을 멈추게 하는 약이었습니다. 펜토탈소듐을 주사하는 동안 주삿바늘이 팔에서 튕겨져 나왔지만, 의료진들은 계속해서 의식이 없는 상태를 유지할 수 있을 정도로 충분한 양이 남아 있을 거라 생각했어요."

"살짝 도박처럼 들리는데요?"

"어차피 곧이어 횡격막을 마비시킬 테니까 어느 쪽이든 큰 차이가 없었겠죠. 아무리 소량이라도 진정제를 투여했으니까요. 어쨌든 제가 목격한 최악의 사형 집행 중 하나였어요. 저는 너무 무력한 기분이 들었고 그 상황에서 사형수가 정말 안됐다고 느껴졌어요. 끔찍한 저녁이었죠. 그 안에 있는 모든 사람이 전문가답지 않고 일도 제대로 못 한다고 느껴졌어요. 인간을 죽이기 위한 시스템이라면 최대한 인간다워야죠. 그날 저녁은 전혀 그렇지 못했습니다."

천국행 티켓

새천년이 코앞까지 다가온 1999년, 짐은 앨라배마에서 한 통의 전화를 받았다.

"어떤 사람들이 이곳에 와서 사형 집행을 참관하고 싶다고 했어요. 늘 있는 일이었죠. 90년대 후반에는 전 세계 여기저기서 헌츠빌에 와 월스 교도소의 업무 처리 방법을 보고 갔었어요."

짐은 그 방문객들을 맞이하고 자신의 업무를 안내했다. 그중에는 앨라배마주에 있는 한 교정 시설의 책임자가 있었는데, 짐에게 많은 질문을 던졌다.

"그는 저를 향해 '이봐요. 우리가 사형을 집행할 때 한번 와보실래요? 우리 형목은 어리고 경험이 부족하니까 와서

도와주고 좀 가르쳐주세요'라고 말했어요. 그래서 저는 기꺼이 그러겠다고 했죠."

그로부터 얼마 지나지 않은 어느 수요일 저녁, 짐은 헌츠빌에서 열린 사형 집행식에 참석했다. 집에 도착했을 때는 밤 9시였지만 짐은 곧바로 가방을 집어들고 다시 차에 올라탔다. 그리고 밤새도록 달려 다음 날 아침 9시경 앨라배마주 모빌 북쪽에 위치한 교도소에 도착했다.

"사형 집행에 참여하느라 하루 종일 서 있다가 밤을 새워 운전을 했어요. 모텔 방을 미리 예약해 놔서 거기서 샤워를 하고 옷을 갈아입은 다음 잠시 숨을 돌렸죠. 그 후 교도소로 향했어요."

모빌에서는 사형 집행 방식이 헌츠빌과 하나부터 열까지 달랐다. 앨라배마에서는 여전히 자정에 사형을 집행했고, 사형수들은 사형 집행 전에 면회가 허용됐다.

"저는 그날 정오부터 밤 10시 15분까지 사형수와 그의 가족과 함께 있었어요. 그렇게 가족이 함께 모여 있는 모습을 보니 흐뭇했죠."

10시 15분이 되자 사형수는 사랑하는 가족들에게 마지막 작별 인사를 했다. 그리고 몸수색을 받고 다리까지 쇠사슬로 연결된 수갑을 찬 뒤 긴 복도를 따라 걸어갔다. 짐과 젊은 형목이 그와 동행했다.

"길이가 400미터에 달하는 쭉 뻗은 복도 양옆으로 다른 동으로 연결되는 문이 나 있었어요. 우리가 나오자 누군가가 '사형수 지나간다!'라고 외치더군요. 복도는 침 삼키는 소리까지 들릴 정도로 조용했어요. 들리는 거라고는 절그렁하고 쇠사슬이 바닥에 끌리는 소리뿐이었어요."

그들은 말없이 복도 끝까지 걸어갔고, 문이 열렸다. 그러자 한 죄수가 '형씨, 우리가 같이 있을게'라고 외치는 소리가 들렸다. 그걸로 끝이었다.

"사형장에 들어갔더니 교도관이 문을 열고 어느 감방을 가리키면서 안으로 들어가라고 말했어요. 사형수와 젊은 형목, 그리고 저까지 모두 한방에 있었죠. 텍사스에서는 절대 있을 수 없는 일이었어요. 수감자와 제 사이에는 항상 창살이 있었거든요."

가벼운 대화를 나누고 있는데 교도관 두 명이 들어왔다. 교도관들은 일회용 면도기와 물 한 그릇을 들고 있었는데, 짐의 일행들이 계속 떠드는 동안 사형수의 머리 한가운데를 길게 한 줄로 밀어버렸다.

"사람들이 이발을 하는 동안 그는 잠자코 앉아 있었어요. 모든 과정이 무척 여유로웠죠."

그런 다음 그들은 사형수의 바지를 걷어 올리고 왼쪽 다리를 면도했다.

"전기가 흐를 때 털이 타지 않도록 하는 거예요. 수감자의 머리 위에도 물에 젖은 스펀지를 얹어요. 영화 「그린 마일The Green Mile」을 보면 똑같은 장면이 나오잖아요."

일을 마친 교도관들은 감방을 나갔다. 사형수와 짐 그리고 젊은 형목은 계속 대화하고 기도했다.

"그는 자신이 저지른 일을 뉘우치고 있었고 화를 내거나 난폭하게 굴지도 않았어요. 그러다 마침내 교도관들이 돌아와 우리를 사형실로 데려갔죠."

그들을 기다리고 있던 것은 앨라배마식 올드 스파키, 즉 옐로 마마라고 불리던 전기의자였다.

"사형 집행에 참여한 모든 직원들이 사형수에게 다가와 악수를 청하고 한두 마디씩 말을 건네는 모습이 놀랍고 멋졌습니다. 물론 이상야릇하기도 했지만 매우 보기 좋았고 존경스러웠죠. 그들은 작별 인사를 한 다음 사형수를 묶었고, 우리는 마지막 기도를 올린 후에 안내를 받아 밖으로 나갔어요."

짐과 형목은 사형수의 아내와 다른 두 명의 가족과 같은 방에 있었다. 피해자의 가족들도 와 있었지만 다른 방에 있었다.

"마지막 말을 남길 기회가 주어졌지만 사형수는 거절했고, 그 후 의자에 앉은 채 처형당했어요. 아마도 그때 본 장면이 텍사스에서 지켜본 모든 사형식보다 저에게 더 인상 깊었던 듯합니다. 훨씬 더 생생했거든요. 죽음은 죽음인데 어쩐지 끝나지 않는 것처럼 느껴졌어요. 전원을 켜자 사형수는 경련을 일으키기 시작했어요. 경직된 팔이 위아래로 요동치는 게 보였죠. 온몸으로 몸부림을 치고 있었는데 그때 본 그의 엄지손가락이 잊히지 않아요. 너무 세게 흔들어서 양쪽 엄지 손가락 모두 관절이 튀어나와 버렸거든요."

사망 선고가 내려지자 교도관들은 짐과 형목을 남겨둔 채 사형수의 가족들을 밖으로 데려갔다. 짐과 형목은 다시 사형실로 들어왔는데, 그때 다른 교도관이 이동식 침대를 가져왔다.

"이렇게 말하면 너무 섬뜩하게 들리겠지만, 칠면조를 구운 다음에 쟁반에서 들어 올릴 때 있잖아요. 조심하지 않으면 다리와 날개가 바로 떨어져 나가죠. 사형수가 의자에 앉아 있는 모습이 딱 그랬어요. 몸이 너무 뜨거워서 말 그대로 튀겨져 있었어요. 만지기만 해도 화상을 입을 정도였죠. 차분히 세상을 떠난 사람을 볼 때와 다르게 훨씬 더 피부에 와닿는 기분이었어요."

짐은 여전히 그 냄새를 기억하고 있었다.

"살과 머리카락이 타는 냄새 같았어요. 저는 살면서 그런 냄새를 여러 번 맡아봤어요. 자동차나 집에서 사람들이 타 죽을 때 있잖아요. 하지만 누가 실제로 그렇게 타 죽는 걸 보면 충격이 어마어마해요. 지금도 그 냄새가 코에 맴돌아요. 뻣뻣하게 경직된 팔이 위아래로 움직이는 모습도 어른거리고요. 그 엄지 손가락도요. 그 순간 제 쪽으로 풀썩 쓰러진 사형수 아내의 모습도 생각나죠. 사랑하는 사람이 그렇게 처형되는 장면을 보면 어떤 심정일지 상상조차 할 수 없어요."

"텍사스주에서 사용되는 사형 방식과 비교했을 때 전기의자가 더 비인간적이라고 생각하세요?"

"심정적으로는 훨씬 더 비인간적이라고 느껴져요. 하지만 이성적으로 생각해 보면, 전기로 사형을 집행하면 사형수의 고통이 단 2~3초 만에 끝난다는 걸 알 수 있어요. 몸은 아직 살아 있을지 모르지만 뇌는 타버린 거죠. 더 이상 어떠한 감정이나 고통을 느낄 수 없습니다. 그냥 전류일 뿐이에요. 실용적인 관점에서 보면 텍사스주보다 더 빨리 죽을 수 있을 거예요. 사형수는 더 이상 아무것도 느끼지 못하겠지만, 지켜보는 가족들에게는… 그보다 끔찍한 일은 없을 겁니다."

"피해자의 가족들은 어떤가요? 텍사스에서는 사형수가 너무 쉽게 죽는다고 많은 유족들이 실망하잖아요. 그들은 전기의자를 더 선호할까요?"

"그야 물론이죠. 텍사스에서 사형 집행 후에 제가 가장 많이 들은 말은 이거였어요. '아프지도 않았겠네.' 유족들은 더 고통스러워하는 모습을 보기를 바랐어요. 그러니까 유족들은 확실히 더 만족할 거라고 생각해요. 그 사람은 누가 봐도 고통스러워 보였으니까요."

짐은 감사할 만한 경험을 했지만, 다시는 그렇게 하고 싶지 않다고 말했다.

"우선 저는 녹초가 되어 있었어요. 48시간 내내 깨어 있었거든요. 사형수를 의자에서 내리고 제가 교도소를 떠났을 때는 자정이 한참 지나 있었어요. 하지만 사형 집행을 논의하기 위해 다음 날 아침 8시까지 다시 그곳으로 돌아와야 했죠. 교도소장은 관련된 모든 사람과 이야기를 나누고 싶어 했거든요. 그날 밤에도 저는 아마 네 시간 반 정도밖에 잠을 못 잤을 거예요. 48시간 깨어 있다가 네 시간 반만 잔 거죠. 좀비가 따로 없었어요."

"젊은 형목에게 도움을 주셨던 것 같나요?"

"그랬던 것 같아요. 하지만 그분도 저를 도와주셨죠. 사형 집행 횟수가 저희만큼 많지는 않았지만 사형 집행 과정이 훨씬 강렬했어요. 마지막 집행 장면 때문이기도 하고 수감자가 가족과 함께 시간을 보냈기 때문이기도 하고요. 텍사스와는 다르게 사랑하는 가족과 서로 작별 인사를 나누는 모습을 지켜보고 있자니 가슴이 미어졌어요."

"어떤 영향을 받으셨나요?"

"뭐든 거리를 두고 보면 견딜 만해요. 하지만 일단 감정이 개입하면 그때부터는 피곤해지기 시작하죠. 앨라배마에서 사형 집행에 참여했을 적에 평소보다 훨씬 힘들었던 이유는 모든 것이 너무 가깝게 느껴졌기 때문이에요. 그렇게 부들부들 경련을 일으키는 시체를 보고 나면 기억에 또렷하게 박혀버려요. 그래도 교도관들은 그 사형수를 존중해주었고 사형수 역시 그들에게 깍듯했어요. 물론 사형이 순조롭게 집행되지 못했을 때도 있었겠죠. 하지만 그 과정은 사형수에게만이 아니라 모두에게 영향을 미칩니다. 그리고 모든 사람은 모두 다른 관점에서 사형 집행을 바라보죠."

"무슨 뜻인가요?"

"텍사스에서는 사형실에 사형수 말고는 교도소장과 저밖에 없었어요. 그 안에 함께 들어가 있는 것은 참관실에 앉아 있는 것과는 전혀 다르죠. 우리 모두 각자의 역할이 있잖아요. 하지만 저는 독극물을 주입하는 사람이 어떤 기분일지 상상도 못 해봤어요. 그들을 비난하는 것도 아니고 평가하는 것도 아니지만, 저는 결코 그렇게 할 수 없을 거예요. 반면에 저는 사형수가 세상을 떠날 때 곁을 지키는 일이 조금도 어렵지 않았어요. 정말 놀랍게도 사형 집행 과정에서 우리가 얼마나 연약한 존재인지, 동시에 얼마나 회복력이 강한 존재인지 알게 됐어요."

"그런 순간을 다시 떠올리면 어떤 기분이 드시나요?"

"우리가 대화를 시작한 이후로 밤에 생각할 것들이 많아졌죠."

짐이 미소를 지었다.

"외상 후 스트레스 장애 같은 치료를 받아야 할 듯해요. 이리저리 뒤척이며 많은 것을 생각하고 되새겨 봤는데, 모든 게 여전히 생생하게 느껴져서 놀랐습니다. 예전 얘기를 하면서 오래된 상처들을 다시 갈라서 열어본 것 같았어요."

"좋은 건가요, 나쁜 건가요?"

"항상 좋은 거라고 생각했어요. 이야기하면 할수록 소화하기가 더 쉬워지거든요. 제가 설교할 때 사람들에게 매번 하는 말이 바로 그겁니다. 앞으로 나아가고 싶다면 가장 어두운 부분까지 철저하게 파고들어야 해요. 자꾸 억누르려고만 하면 무뎌지긴 하겠지만 결국 도움은 되지 않죠. 이런 대화들 덕분에 제 내면에 가라앉아 있던 것들이 떠올랐어요."

"저도 마찬가지예요. 모텔 방에 누워 시끄러운 에어컨 소리를 들으며 용서와 받아들임에 대해 생각해요."

"그래서 어떤 생각이 떠올랐나요?"

"한계가 있다는 점이요. 두 번째 기회에 대해 말씀하시 잖아요. 좋아요. 하지만 그렇다면 열 번째 기회는 어떨까요? 아니면 스무 번째? 서른 번째? 어디가 끝이죠?"

짐에게 나는 오랫동안 우리 아빠가 세상에서 가장 좋은 아빠라고 믿고 있었다고 말했다.

열이 나던 어느 날, 잠에서 깨어보니 내 곁에 장미 꽃다 발과 함께 아빠가 앉아 있었다. 내 상태를 확인하려고 밤새 운전해서 집에 온 것이었다. 살면서 그 순간만큼 내가 많이 사랑받고 있다고 느낀 적은 없었다. 그렇게 아름다운 꽃다 발을 받아본 것도 처음이었다.

아빠는 세상에 둘도 없는 따뜻한 눈길로 나를 바라봤 다. 그리고 아빠가 웃을 때 함께 웃는 것만큼 재밌는 일은 없었다.

아빠의 회색 눈동자는 사랑을 가득 담고 있다가도 어느 순간 증오가 다시 채워지기도 했다. 나는 아빠가 쭉 좋은 아빠로 지내려면 내가 어떻게 해야 할지를 평생 고민했다. 그 무엇보다 나를 사랑했던 사람이 괴물로 변하지 못하게 하는 방법은 뭘까.

"포기한 이유는 뭔가요?" 짐이 물었다.

"아빠 집에서 생일 파티를 하는 중이었는데 아빠가 또 다시 폭발했어요. 저나 오빠는 쫓겨나는 데 이골이 나 있었지만 이번에는 달랐어요. 제가 남자친구와 함께 있었는데 남자친구가 충격을 받은 거죠. 제 남자친구는 저와 오빠에게 그런 일이 얼마나 자주 있었는지, 그런 다음에는 어떻게 되는지 물어봤어요. 우리는 보통 몇 주 동안 서로 말을 안 하다가 우리가 아빠한테 전화를 걸면 모든 게 다시 예전으로 돌아간다고 했어요. 그러자 그가 물었어요.

"네가 전화를 한다고? 왜 전화하는데?"

오빠와 저는 서로를 바라봤어요. 갑자기 대답할 말이 없더군요. 그래서 그걸로 끝내기로 했죠. 이번에는 전화하지 않기로 한 거예요."

나는 짐을 보며 미소를 지었다. 뿌듯했다.

짐은 잠자코 나의 다음 말을 기다렸다.

"그게 거의 15년 전 일인데 아직까지 연락을 안 했어요. 저는 마음을 접었어요. 이제 가족 파티에 갈 때마다, 매년 크리스마스를 축하할 때마다 더 이상 속이 울렁거리지 않아요. 아빠가 폭발할까 봐 걱정할 필요도 없어요. 그런 갈등을 경험해 보지 못한 사람은 전쟁이 마침내 끝났을 때의 고요함이 얼마나 감사한지 모를 거예요."

"지금은 나아져서 다행이지만 여전히 영향을 받고 있네요. 아빠를 용서하기 위해 아빠에게 연락할 필요는 없습니다."

289

"나이가 들수록 부모님을 더 많이 이해하게 된다고 하던데, 오히려 저는 그 반대예요. 저는 나이가 들수록 아빠가 점점 더 이해가 안 가요. 제가 임신 7개월쯤 됐을 무렵에 노숙자 관련 취재를 하다가 칼을 휘두르는 남자와 마주쳤었어요. 맙소사, 그 순간 제일 먼저 저는 뱃속의 아기를 보호해야겠다는 생각이 들어서 본능적으로 고개를 반대로 돌려서 그 사람에게 휘두를 만한 것이 없는지 찾아봤어요. 시간이 지난 후에 그때 일을 오랫동안 생각해 봤어요. 제가 얼마나 절실하게 제 아이를 보호하고 싶었는지, 그리고 제 아빠가 얼마나 자기 자식을 해치지 못해 안달이었는지에 대해서요. 도무지 이해할 수가 없어요. 목사님과 대화를 시작한 이후로 아빠에게 너무나 물어보고 싶었어요. 하지만 납득할 만한 대답을 듣지 못할 거라는 것도 알아요."

"그럴까요? 시간이 지나면서 변했을 수도 있잖아요."

"그럴지도 모르죠. 그러면 여기서 주제를 바꿔볼까요. 현실적인 질문을 하나 할게요. 앨라배마와 텍사스는 사형 집행 시간이 달랐는데요. 집행 시간이 왜 자정에서 오후 6시로 변경된 건가요?"

"법원과 항소 절차 때문이에요. 사형을 집행하며 추가 근무를 하는 사람들은 정상 근무도 같이 해야 했어요. 아침 8시에 출근해서 사형 집행이 끝날 때까지 일하고 또 다음 날 8시에 다시 출근해야 하는 거죠. 다시 말하면 오랜 시간 힘들게 일하는 날들이 많았다는 거예요. 일하는 사람만 혹사당한 게 아니라 자정까지 앉아서 기다려야 하는 사형수나 피해자의 가족 모두 힘들기는 마찬가지였어요. 그리고 만약 항소가 진행 중이라면 주법원, 대법원, 연방지방법원에서도 관련 직원들이 전부 사무실에 남아 있어야 했고요."

그럼에도 불구하고 짐은 사형이 자정에 집행되면 감사한 마음이 들었다고 했다.

"수감자들과 더 오래 함께할 수 있었으니까요. 요즘 사형수들은 오후 2시 30분에 사형 대기실에 들어와 형목을 만나고 불과 4시간 만에 죽습니다."

"그런 상황에서 천국행 티켓을 주기가 쉽지는 않겠네요."

"그럼요. 다들 죽을 때 원하는 건 그것밖에 없어요. 천국행 티켓 말이죠."

피해자에서 생존자를 거쳐 전사로

2000년 3월 16일, 짐은 지금껏 한 번도 들어본 적 없는 부탁을 받았다.

티머시 레인 그리블은 엘리자베스 존스를 강간 및 살해한 혐의로 사형을 선고받은 사형수였다. 당시 서른여섯 살이었던 피해자는 미항공우주국인 나사NASA에서 우주왕복선을 개발하는 프로젝트를 담당하고 있었다. 그리블은 짐에게 자신의 유언을 대신 읽어달라고 부탁했다.

"그는 오랫동안 수감 생활을 했고 자신의 죄를 인정한 상태였어요. 진심으로 뉘우치고 있었죠."

사건이 있기 전, 그리블은 존스의 집에 지붕을 고치러 간 적이 있었다. 그는 마지막 날 작업을 마치고 피해자의 집을 떠났지만 돌연 두 시간 후에 지갑을 두고 갔다며 돌아왔다. 존스는 그를 집 안에 들여보냈다. 그리고 다음 날 존스가 출근하지 않자 동료들이 경찰에 신고했고, 경찰은 그리블을 용의선상에 올렸다. 그리블은 처음 몇 번의 인터뷰에서는 모든 혐의를 부인했다. 하지만 결국 체포된 후에 모든 것을 자백했고 경찰에게 외딴 숲속에 숨겨둔 피해자 시신의 위치를 알려주었다.

"그리블은 후회 가득한 마음으로 사형장에 도착했습니다. 그리고 저와 영적으로 교감했어요. 그는 자신의 심정을 희생자의 유가족들에게 보낼 편지에 쓴 다음, 자신이 유언을 남길 때 읽어달라고 부탁했죠."

짐은 교도소장과 이야기를 나눴고, 교도소장은 편지를 확인한 후 허락했다.

"그날 사형실에서 그리블은 마지막 말을 남기다가 '브라질 형목께서 제 나머지 이야기를 대신 전해주실 겁니다'라고 말한 다음 제게 종이를 건넸어요."

존스 씨 유족 여러분께: 사랑하는 가족에게 일어난 일에 대해 진심으로 사과드립니다. 저는 정말 끔찍한 일을 저질렀고 마음속 깊이 후회하고 있습니다. 이 글이 여러분의 고통을 덜어줄 수 있을지는 모르겠지만 조금이나마 마음이 편해

지시기를 진심으로 빕니다. 정말 진심으로 죄송합니다.

와이즈 씨 유족 여러분께: 같은 내용을 전합니다. 제가 한 일을 후회합니다.

(…)

우리에게는 사회를 보호할 다른 수단들이 있으니 사형은 불필요한 형벌입니다. 죽음을 또 다른 죽음으로 바로잡을 수는 없습니다. 국가가 생명을 빼앗고 신의 권한을 휘두를 때마다, 우리 지도자들이 정의라는 이름으로 살인을 저지를 때마다 우리 모두가 퇴보하게 됩니다.

(…)

제가 하나님과 함께 간다는 것만 알아주세요.

그런 다음 그리블은 직접 이렇게 말했다. "저는 그냥 찬송하며 기도하고 싶습니다. 이제 할 일을 해주세요."

내가 물었다.

"사형수가 기도를 했나요?"

"네, 마지막 순간까지 기도하고 찬송했어요."

"사형수를 대신해서 글을 읽은 기분이 어땠나요?"

"힘들었어요. 긴장됐죠."

"앞부분은 꽤 일반적인 내용이었지만 뒷부분은 상당히 정치적이네요."

"매우 정치적이죠. 하지만 어쨌건 그가 남긴 말이니까요."

"물론이죠. 하지만 목사님의 입을 빌렸죠."

"음. 지금도 저는 정치적 개입은 하지 않으려고 해요. 형목이라는 자리는 판단을 내려선 안 되니까요. 연민과 사랑을 베풀어야 하는 자리지요. 저는 그 사람이 용서받고 신과 화해할 수 있도록 도울 뿐이에요."

"용서에 대해 말씀하실 때마다 저는 살짝 거북해요. 모든 것을 용서하고 싶지 않거든요. 정말 싫어요."

"네, 이해합니다. 하지만 제가 큰 깨달음을 얻은 순간마다 용서는 늘 큰 역할을 했어요. 진정한 변화는 용서하는 순간에 일어나요. 용서하지 않으면 자유를 경험할 수 없습니다."

"예를 들어 제가 아빠를 용서한다면 저에게 어떤 도움이 될까요?"

"더 이상 화가 나지 않겠죠. 미움이라는 강렬한 감정이 사라질 겁니다. 아빠를 좋아할 수는 없을 거예요. 포옹하고 화해하라는 말을 하는 게 아닙니다. 오히려 분노를 내려놓고 마음을 열면 남편과 아들에게 그만큼 더 많은 사랑을 줄 수 있을 거란 얘기를 하는 거예요."

"아니면 저 자신에게요. 그럴 수 있겠죠."

"맞아요. 스스로에게도 줄 수 있죠. 지금은 이런 부정적인 감정들이 마음속 공간을 차지하고 있지만, 그 공간을 긍정적인 감정들이 채우게 될 거예요. 만약 아빠를 용서한다면 그건 아빠를 위한 게 아니라 자신을 위한 거죠. 저는 중재 회의에 참여할 때마다 그 사실을 분명히 깨달았어요. 누구든 몸에서 모든 증오와 분노를 배출해 버리면 그 독을 용서로 바꿀 수 있습니다. 그렇게 하면 자유로워지는 거죠."

짐은 특별한 사례를 하나 기억해 냈다.

"이 소년은 범행 당시에 열여덟 살 아니면 열아홉 살이었어요. 소년보다 몇 살 어린 이복 여동생이 있었는데, 둘은 육체적인 관계를 맺기 시작했어요. 그는 다른 소년까지 끌어들였는데 여동생은 이를 거절하지 못했어요. 어느새세 사람은 모두 연인 관계로 얽히게 됐죠. 하지만 모든 게 너무 버거웠던 여동생은 오빠에게 더 이상 못 하겠다며 엄마에게 말하겠다고 했어요. 소년은 겁에 질려 여동생의 목을 졸라 살해했어요. 그러고는 친구에게 전화를 걸어 함께 시신을 배수로에 버렸습니다."

이후 집으로 돌아온 새어머니가 여동생을 찾자 소년은 어디 있는지 모른다고 대답했다. 그리고 그로부터 일주일 동안 여동생을 찾는 전단 붙이는 일을 도왔다.

"뒤지고 또 뒤진 끝에 마침내 열흘 만에 시신을 찾아냈어요. 소년은 재판을 받은 후 사형을 선고받았고, 새어머니는 소년과의 중재 회의를 신청했습니다. 그는 딸이 실종된 사이에 자신에게 힘이 되어주었던 소년을 꼭 직접 보고 싶었어요. 마음속에 분노와 증오가 가득했죠. 그저 딸이 죽었기 때문만은 아니었어요. 그 소년이 딸을 죽여놓고도 자신을 속이고 전단을 붙이는 걸 도왔기 때문이었죠. 그것 때문에 참을 수 없이 화가 났어요."

짐은 그 여성이 한꺼번에 밀어닥친 슬픔과 우울을 술로 잊으려 했다고 말했다. 그러다가 직장까지 잃게 되자, 다시 삶을 원래대로 되돌리기 위해 치료를 받기 시작했다. 그리고 치료의 일환으로 주변 사람들과의 관계를 바로잡기로 했다. 의붓아들을 보기로 결심한 것도 바로 그 이유였다.

"중재 과정을 시작했는데… 세상에, 소년은 저와 사전 대화를 나누던 중 진심으로 마음을 열게 됐어요."

얼마 지나지 않아 만남의 시간이 다가왔다. 하지만 그는 소년과 만나기 이틀 전부터 다시 술에 손을 댔고 교도소에 도착하기 직전에는 구토까지 했다. 중재 과정이 엄청난 부담이었던 여성은 긴장해서 메스꺼워했고 화도 냈다. 짐은 최선을 다해 그를 안심시켰다. 그러다 사형수를 데리러 복도로 나갔는데, 그 역시 쓰레기통에 속을 게워내고 있었다.

"그는 이 자리가 지금까지 겪은 것 중에 최악이라고 했어요. 그래서 제가 상황을 잘 다스리고 있다고 했더니 그가 그렇다면 다행이라고, 자신은 그렇지 못하다며 눈물을 터트렸어요. 저는 그에게 다 괜찮을 테니 그냥 가만히 앉아서 이야기를 듣기만 하면 된다고 말했죠. 대답은 하지 않아도 된다고요."

두 사람은 함께 회의실로 들어갔고, 짐은 교도관에게 혹시 문제가 생기더라도 잠시 물러나 있어 달라고 부탁했다.

대화가 시작되자마자 새어머니는 의붓아들에게 고래고래 소리를 지르기 시작했다.

"어머니는 아들이 자신을 속였다며 악을 썼죠. 딸을 빼앗아 간 것도 모자라 자신을 속였다고요. 정말 그에게 마음껏 퍼부었어요."

"유족들이 그렇게 소리를 지르기 시작하면 그만하라고 하시나요, 아니면 그냥 내버려두시나요?"

"자리에서 일어나느냐 안 일어나느냐에 따라 다릅니다. 자리에서 일어나면 제가 말리죠. 하지만 그대로 앉아 있다면 하고 싶은 말을 하도록 내버려둡니다."

사형수는 잠자코 새어머니가 말하는 모습을 지켜보았다. 그리고 어머니의 말이 끝나자 아들의 차례가 되었다.

"그는 입을 열어 어머니가 옳다고 말했어요. 할 수 있는 모든 방법을 동원해 어머니를 배신했으니 무슨 짓을 당해도 싸다고 했죠."

아들이 자신은 그 어떤 좋은 것도 누릴 자격이 없다고
말하자 어머니는 눈물을 흘리기 시작했다.

"모든 걸 인정하고 진심을 고백하는 그를 보고 어머니
는 누구도 예상치 못한 반응을 보였어요."

어머니는 들고 왔던 사진첩을 가져와 그의 앞에 내려놓
았다.

"어렸을 때부터 찍은 사진이 정말 많았어요. 두 아이가
함께 찍힌 사진들이었죠."

그들은 사진첩을 넘겨보기 시작했다. 처음에는 주저했
지만 이내 한 장 한 장 추억을 떠올리며 한마디씩 더하기
시작했다. 그리고 웃었다.

"그는 거기 앉아서 지난 과거를 추억하고… 어머니는
자신이 키웠던 그 시절 어린 소년을 바라보고… 그들이 다
시 통하기 시작하자, 어머니의 표정은 완전히 달라졌어요.
분노도 한층 사그라들었죠. 아들의 얼굴에도 평온함이 깃
들었어요. 둘 다 정말 믿을 수 없을 만큼 변했어요."

아들은 어머니에게 마음에서 우러나온 사과를 할 수 있
게 됐고 어머니 또한 '용서할게'라고 진심 어린 대답을 해
주었다. 그 말은 두 사람 모두에게 엄청난 변화를 가져왔다.

그들은 함께 사진첩을 훑어보며 지난 시간들이 얼마
나 소중했는지, 세상을 떠난 소녀가 얼마나 아름다웠는지

웃으며 이야기를 나눴다.

"어머니가 일어나서 아들을 안아봐도 되는지 제게 물었어요. 규정상 불가하지만 저는 당연히 안아도 된다고 대답했죠. 그러자 어머니는 탁자 옆으로 걸어가서 그를 힘껏 안아주었어요."

어머니는 아들이 자신에게서 너무 많은 것을 빼앗아 갔지만 그래도 그리웠다고 말했다. 아들은 아무리 미안하다고 해도 아무 소용이 없다는 걸 알고 있다고 했다.

"자리를 마치고 나서 어머니는 그에게 자신을 만나는데 동의해 줘서 고맙다고 했어요. 또한 이 자리 덕분에 자신의 삶을 되찾았다고도 했죠. 그 말은 정말 저에게 큰 울림을 줬어요. 그 여성은 도착했을 때와는 완전히 다른 사람이 되어 그 방을 나갔습니다. 용서의 힘이 얼마나 강력한지, 어떤 방식으로 이 사람들이 변화하는지를 보면서 감탄하지 않을 수 없었어요."

짐은 당시 기억을 떠올리며 미소를 지었다.

"사실 비슷한 상황이 더 있었어요. 애빌린에서 편의점을 털었던 한 남자 얘긴데, 당시 편의점에서 일하던 10대 소녀를 강간하고 살해했어요. 정말 잔인한 사건이었죠."

피해자의 어머니가 중재 회의를 요청했다. 그때까지 수감자는 대부분의 범죄 사실에 대해 입을 다물고 있었다.

"그는 자신이 갱의 일원이며 깡패라고 주장했어요. 그래서 교도소에서는 그를 행정상 격리 수용했죠. 다시 말해 독방이었어요. 자발적으로 다른 수감자들 누구와도 전혀 접촉하지 않기를 선택한 거죠."

만남을 준비할 때까지만 해도 그 어머니는 앞서 짐이 말했던 여성과 거의 같은 태도를 보였다. 방에 들어와 자리에 앉은 뒤, 어머니는 사형수에게 철창에 갇혀 있어도 싸다고 말했다. 남자는 '네, 맞아요'라고 대답했다. 그러자 그 여성은 그에게 한 가지 질문에 대답해 달라고 말했다. 자신의 딸이 고통스러워하며 죽었는지 꼭 알고 싶었다.

그 남자는 한참을 말없이 앉아 있다가 눈물을 터뜨렸다.

"그는 기억해 내고 싶지만 당시 마약과 술에 취해 있었기 때문에 기억들이 대부분 사라져 버렸다고 말했어요. 피해자 위에 올라타 성관계를 가진 것은 기억나지만 실제로 상대를 죽였는지는 기억나지 않는다고 하더군요. 딸이 고통받지 않았다고 얘기해 주고 싶지만 그랬을 리 없다는 것도 안다고요. 그 말은 들은 어머니는 억장이 무너졌어요. 하지만 남자는 모든 걸 솔직히 털어놨어요."

잠시 휴식을 취하기로 하고 짐은 수감자를 밖으로 안내했다. 하지만 이 상황이 너무 버거웠던 그는 짐에게 너무나 간절하게 피해자 어머니의 용서를 받고 싶다고 말했다. 그 어머니가 마음의 평화를 찾을 수만 있다면 자신은 기꺼이 탁자 위에 누워 난도질이라도 할 수 있게 스스로를 내줄 거라고도 했다.

"용서의 힘은 강력합니다. 슬픔에 잠긴 어머니가 찾아와 기꺼이 용서해 주자 그처럼 늙고 비정한 범죄자마저도 거듭났다는 게 바로 그 증거죠."

"그 어머니가요? 기꺼이 용서하셨어요?"

"네. 자신이 여기 온 유일한 이유는 자신의 질문에 대한 답을 듣고 눈을 마주 보며 용서한다고 말하기 위해서라고 하셨어요."

사형수는 그 말을 믿을 수가 없었다.

"그는 어안이 벙벙해져서 '저를 용서해 주시겠다고요?'라고 물었습니다. 어머니가 이미 용서했다고 답하자 그는 눈물을 터뜨렸죠. 그리고 어쩌면 언젠가 자신도 스스로를 용서할 수도 있을 거라고 말했어요. 자비와 용서가 한 사람이 오랜 세월 품고 있던 증오와 고통을 단 몇 시간 만에 말끔히 녹여버리는 장면은 무척이나 감동적이었어요."

"거의 매번 '강간했다'가 아니라 '성관계를 가졌다'라고 하시는데요. 목사님이 선택하신 단어인가요, 아니면 가해자들이 그렇게 말하나요?"

"둘 다인 것 같아요. 강간이라는 말에는 제가 도저히 참

용서의 힘은 강력합니다.
슬픔에 잠긴 어머니가 찾아와 기꺼이 용서해 주자
그처럼 늙고 비정한 범죄자마저도 거듭났다는 게
바로 그 증거죠.

을 수 없는 부분들이 많아서요."

"그렇죠. 기분 좋은 일은 아니니까요."

"제가 정말 힘들어하는 건 행위 그 자체인 것 같아요. 다른 사람에게 강제로 성관계를 하도록 강요하는 거요. 도저히 이해할 수가 없어요. 아내와 사랑을 나누는 일이 저한테는 너무나 거룩한 일이거든요."

"제가 하고 싶은 말이 딱 그거예요. 성관계와 강간은 엄연히 다른데 왜 성관계라고 표현하시는 거예요?"

"맞습니다. 강간이라고밖에 표현할 수 없는 얘기들도 있어요. 강간당했던 한 여성을 중재 회의에서 만난 적이 있었어요. 남자는 부동산 중개인을 사칭해서 아파트를 구하고 있는 여성을 건물로 유인했습니다. 그리고 강간했죠. 나중에 여성은 그 남자를 범인으로 지목했고 그는 20년 징역형을 선고받았습니다. 중재 회의를 신청한 건 그 여성이었는데 우리가 모두 모인 자리에서 여성은 딱 한마디만 남겼어요. '기분 나쁘겠지만 이 말은 꼭 해야겠어. 당신 물건을 강제로 내 입안에 넣고 빨라고 했을 때, 내 머릿속에는 이 생각밖에 안 들더라. '뭐야, 완전 작아.'"

짐이 껄껄 웃었다.

"그 남자 표정을 보셨어야 했는데. 그 말 한마디로 여성은 주도권을 되찾았어요. 그가 우위에 서게 됐고 남자는 이

305

제 아무런 힘이 없었죠. 전 그런 말을 할 수 있는 그 여성이 정말 용감하다고 생각했어요."

"지금까지 중재 회의에 몇 번 정도 참여하신 것 같아요?"

"아마 대략 서른에서 마흔 건 정도였던 것 같아요. 대부분 강간 사건이었죠. 살인도 몇 건 있었고요."

"그럼 대충 열다섯에서 스무 명쯤 되는 강간 피해 생존자들이 강간범을 만나고 싶어 한 건가요?"

"네. 중재 회의는 피해자 측에서만 요청할 수 있어요. 피해자 본인이거나, 만약 피해자가 사망했다면 가까운 친족이어야 합니다. 이 말은 꼭 하고 싶은데, 중재 과정을 마친 사람들은 한 명도 빠짐없이 전보다 더 강해졌어요."

짐은 중재가 실패로 끝난 적은 한 번도 없었다고 말했다. 피해자 측은 몇 달에 걸쳐 온갖 서류를 작성하고, 짐과 함께 사건을 여러 번 되살펴 봤다. 그 과정에서 분노를 해소하고 극복하기 위해서였다. 그런 다음 신청서를 평가한 짐은 자신의 의견을 이사회에 전달했다. 그러면 이사회는 해당 사건을 검토하고 짐이 내린 결론이 타당한지 여부를 결정했다.

"그래서 먼저 피해자 측이 적합한지를 보고 그 후에 수감자를 평가하나요?"

"네, 정해진 기준에 맞아야 해요."

우선 수감자는 자신의 범죄를 자백해야 했다. 또한 중재 절차가 시작되기 전 시점에서 수감 기간이 최소 2년 이상이어야 했다. 최초로 사전 준비 대화를 가진 후에 양측이 계속해서 대화할 의향이 있다면 짐은 수감자에게 다양한 서류를 작성하도록 요구했다. 그 후 피해자를 만나, 수감자와 대화를 나눴으며 수감자가 협조적인 태도라는 사실을 알렸다. 그런 다음에도 짐은 한동안 양측을 오가며 더 많은 대화를 나누고 서류 작업을 진행했다.

"몇 개월에 걸쳐서 계획을 세우고 계속해서 대화하며 무슨 일이 있었는지, 해결해야 할 사안이 무엇인지에 대해 깊이 파고듭니다. 일단 피해자가 충분히 강해졌고 준비됐다는 느낌이 들면 절차를 시작합니다. 저는 그 과정을 진행할 때 꽤 단도직입적인 편이에요. 무슨 일이 있었는지 얘기하게 만들어야 하니까요. 그리고 결국에는 얘기를 털어놓음으로써 양측 모두 더 강해진다고 생각해요."

"강간범과 피해자가 모두 강해진다는 말씀이신가요?"

"맞습니다."

"지금까지 중재 회의를 약 30~40회가량 진행하셨는데요. 결국 중간에 무산된 건 얼마나 될까요?"

"대부분이 그래요. 특히 사형수들과 관련된 건들이 무산됐죠. 중재가 시작되려면 우선 범죄를 자백해야 하는데,

사형수들은 보통 마지막 순간까지 형량에 대해 항소를 계속하기 때문에 자백이 쉽지 않아요. 자백하면 사실상 자기 손으로 사형 집행 영장에 서명하는 거나 마찬가지니까요."

"가해자들을 만나고 싶어 했던 강간 피해자들에 대해 조금 더 말씀해 주시겠어요?"

"많은 피해자가 25세에서 35세 사이의 백인 여성이었습니다. 강간당한 후에 몇 킬로그램 혹은 그 이상 살이 찌는 경우가 많았어요. 자신을 제대로 돌보지 않았고, 정서적으로 불안정했죠. 그들은 모든 의미에서 피해자였어요. 저는 중재 회의 후에도 많은 피해자들과 계속해서 연락을 주고 받았는데, 그들이 변화하는 모습은 정말 놀라울 정도였어요."

짐은 한 여성을 떠올렸다.

"어느 날 여성이 슈퍼에 갔어요. 어떤 남성이 자신을 지켜보고 있다는 사실은 꿈에도 몰랐죠. 그 여성이 물건을 사들고 차에 돌아왔을 때 그는 여성을 차에 밀어 넣고 문을 잠갔습니다. 여성의 목을 움켜쥔 채 그의 속옷을 내리려고 했죠. 그 여성은 침착하게 남성에게 그만하라고 말하며 목을 조르지 않으면 원하는 대로 다 하게 해주겠다고 말했어요."

그 남성은 깜짝 놀라서 멈췄다.

"그는 여성이 진정할 시간을 준 다음 다시 시작했습니다. 그냥 밀어 넣었어요. 성관계를 시작한 거죠. 강간인지 뭔지를 말이에요."

"목사님, 그건 강간이죠."

"분명 그랬죠. 그가 다시 손을 뻗어 여성의 목을 잡았지만 여성은 그의 손을 밀쳐내면서 말했어요. '말했잖아요, 나를 아프게 하는 건 안 돼요.' 그러자 그는 너무 불안해져서 그대로 내뺐어요. 끝까지 하지도 못했죠."

여성은 경찰에 신고했지만 결국 그를 놓치고 말았다.

하지만 그날 저녁, 그 남성은 또 다른 여성을 기다리고 있었다. 그는 우편물을 받으러 집 밖으로 나온 그 여성을 공격하고 강간한 후 목을 졸라 살해했다. 유사한 두 사건이 발생하자 경찰은 살인과 이전의 강간 사건의 연관성을 곧바로 알아차렸다. 그리하여 죽은 여성의 시신에 남은 DNA 증거를 토대로 범인을 추적한 끝에 그를 체포했다. 그는 여성을 살해한 혐의로 사형 선고를 받았지만, 경찰은 첫 번째 강간 사건에 대해서는 혐의를 제기하지 않았다.

"강간 사건이 해결되지는 않았지만 중재 회의가 열리게 됐고, 그 자리에서 죄수가 죄를 인정하자 여성은 피해자에서 생존자 그리고 전사로 거듭났어요."

"목사님이 보시기에 피해자와 생존자, 전사는 전부 다

다른 단계인가요?"

"제 생각에는 그렇습니다. 저는 각 단계에 있는 사람들을 많이 만나봤어요."

"저는 지금 잘 살고 있지만 여전히 아빠를 용서하고 싶지 않아요. 아빠의 죄책감을 덜어주고 싶지 않아서요."

"그런 것 같아요. 피해자와 생존자 사이의 어딘가에 끼어 있다고 할 수 있겠네요."

"왜 그렇게 말씀하시는지 이해하지만, 그래도 조금 속상하네요."

"속상하게 만들려는 게 아니라 그냥 보기에 그렇다는 거예요. 누군가에게 상처를 받은 건 마치 고무줄에 묶여 있는 것과 비슷해요. 떠나려고 해도 몸속에 쌓여 있는 고통과 증오심 때문에 결국 다시 원래 자리로 돌아와 또 상처를 받죠. 멀리 가버리고 싶은데 계속 끌려오는 거예요."

"그렇다면 해결책은 무엇일까요?"

"그럴 때는 고개를 돌려서 고무줄을 보세요. 그리고 고무줄이 늘어날 때까지 당기는 거예요. 한번 충분히 멀리까지 늘어나면, 그다음에는 느슨해져서 그다지 아프지 않아요."

"어떻게 하면 피해자에서 생존자, 전사가 되는 거죠? 그 단계는 어떤 건가요?"

"제가 봤을 때 피해자가 되면 살면서 시도 때도 없이 그

고통이 되살아나는 것 같아요. 자꾸만 그때 느꼈던 고통과 분노, 그 악마 같은 가해자가 생각나죠. 그것들은 늘 그 자리에 있어요. 피해자의 삶에 스며들어 있습니다. 잊으려고 애써도 분노가 남아 있는 한, 다시 과거의 그 순간으로 되돌아가게 되죠."

짐은 사랑하는 가족을 잃은 피해자의 유족들이 그런 삶을 살고 있는 모습을 수도 없이 목격했다. 유족들이 잊으려고 노력할 때마다 느닷없이 새로운 재판 일정이 잡히거나 새로운 정보가 밝혀지는 일이 벌어졌다.

"그러면 다시 감정이 요동치기 시작하면서 계속 가해자가 떠오릅니다. '그 남자를 만나면 어쩌지?' 아니면 '그 사람이 우리 집에 나타나면 어쩌지?'라는 생각을 하게 되죠. 그래서 항상 긴장을 바짝 하고 주위를 살피게 됩니다. 온 세상이 뒤집혀 버리는 거예요. 하지만 가해자가 더 이상 자신을 해칠 수 없으며, 최악의 상황은 이미 지나갔다는 것을 이해하게 되면 좀 더 안정된 상태가 됩니다. 그리고 마침내 바깥으로 나올 용기를 내기 시작해요. 한 번에 한 걸음씩 용기를 내서 자신만의 동굴에서 벗어나는 거예요. 저는 창문을 닫고 커튼을 친 채 집 안에 자신을 가둬버린 사람들을 봤어요. 전화도 안 받고 TV를 켜지도 않았죠. 그들은 세상을 차단해야 안심할 수 있었어요. 하지만 아주 서서히 노력을 기울이기 시작했죠. 점차 현관에서 골목길로, 골목에서 큰 길가로 나가듯이요. 집에서 불과 몇 미터 떨어진 곳까지만 가더라도 그들에게는 대단한 성과였어요. 그들은 이를 바탕으로 앞만 보고 나아갈 수 있었어요."

"그러면 그때 생존자가 되는 건가요?"

"맞아요. 살아남는다는 것은 피해자가 되는 것만큼이나 사건과 밀접하게 연관되어 있습니다. 정확히 무엇으로부터 살아남느냐의 문제이기 때문이에요. 상실과 범죄 그리고 가해자가 내게 한 짓으로부터 살아남는 거죠. 그리고 설령 밖으로 발을 내딛는 데 성공했다고 해도, 생존자의 삶은 여전히 그 범죄와 밀접하게 연결되어 있습니다. 하지만 사람은 얼마간 시간이 지나면 지치게 되어 있어요. 피곤함에 지치고, 범죄에 지치고, 우울증에 지치고, 자기 연민에 지칩니다. 그러다가 더 이상 이렇게는 안 되겠다는 생각이 들면 무언가 조치를 취하기 시작하죠. 생존자가 되기보다는 소위 적극적 행동주의자가 되는 거예요. 그들은 다시 삶으로 돌아가 어떻게 극복하고 이겨낼 수 있을지 전략을 짜게 되죠. 바로 그 시점에 전사가 나타나는 거예요."

"전사는 어떤 존재인가요?"

"전사는 과거에 일어난 일에 얽매이지 않고, 자신을 묶고 있는 사슬에서 벗어나기 위해서 적극적인 결정을 내립

용서를 해야 전사가 될 수 있어요.
죄책감과 분노, 용서를 다룰 수 있어야 건강한 삶을 살게 됩니다.
용서한다는 것은 그게 괜찮았다는 뜻이 아니에요.
더 이상 그로 인해 상처를 받지 않는다는 뜻이죠.
용서를 하면 이제 그 사람은 당신에게 과거처럼
영향을 미치지 못하게 돼요.

니다. 가장 어두운 구석까지 깊숙이 파고들어 자신의 고통을 정면으로 바라봅니다. 그리고 이를 극복하기 위해 애쓰며 마침내 앞으로 나아갈 열쇠를 찾아냅니다. 전에 죄책감에 대해 했던 얘기와 좀 비슷하죠."

"저는 전사가 되고 싶어요."

"제 경험에 따르면 우선 용서를 해야 전사가 될 수 있어요. 죄책감과 분노, 용서를 다룰 수 있어야 건강한 삶을 살게 됩니다. 용서한다는 것은 그게 괜찮았다는 뜻이 아니에요. 더 이상 그로 인해 상처를 받지 않는다는 뜻이죠. 용서를 하면 이제 그 사람은 당신에게 과거처럼 영향을 미치지 못하게 돼요."

"전 아직 그럴 준비가 안 된 것 같아요."

"그래서 제가 아까 피해자와 생존자 사이에 끼어 있다고 말씀드린 거예요. 용서는 쉬운 일이 아니죠. 용서는 가장 아픈 상처가 있는, 마음속 제일 깊은 곳에서부터 우러나와야 합니다. 그리고 구체적이고 적극적인 결단만 내린다고 되는 게 아니에요. 용서는 몇 번이고 계속해서 더해져야해요. 시간과 인내심을 갖고 기다리면 언젠가는 그날이 올거예요. 기자님께도요."

"중재 회의 과정이 수감자들에게 어떤 영향을 미쳤나요?"

"저희는 종종 자살을 막기 위해서가 아니라 안전을 확

보하기 위해 밀착 감시를 하곤 했습니다. 중재 회의가 열린 다음 날에는 수감자들이 일이나 다른 활동을 하지 못했어요. 중재 과정이 너무 고통스러워서 완전히 진이 빠져 있는 경우가 많았고, 때로는 실제로 몸에 병이 나기도 했죠. 하지만 중재 회의에 참여한 걸 후회한다고 말한 사람은 그중 단 한 명도 없었어요. 저는 중재 회의 프로그램이 텍사스주 교정 제도의 가장 훌륭한 점이라고 생각합니다. 훨씬 더 많은 곳에서 실행되어야 해요."

"감옥 안에서 일어나는 자살에 대해서 얘기해 볼까요. 자살 시도를 여러 번 목격했다고 하셨는데요. 형목으로 일하면서 힘든 부분이었겠어요."

"네. 한번은 어느 수감자가 저에게 몇 가지를 부탁한 게 있어서 그를 만나러 가는 길이었어요. 다른 감방을 지나치다가 한 남성이 목을 맨 모습을 보게 됐죠. 2층 침대 윗칸에 밧줄로 묶여 있었어요. 저는 도와달라고 소리 질렀고 곧이어 교도관들과 같이 그를 아래로 끌어 내렸죠. 그러자 그 수감자는 자신은 그저 죽고 싶을 뿐인데 왜 굳이 살려놨냐면서 울기 시작했어요. 저는 한참 동안 그와 이야기를 나눴고 나중에는 괜찮아진 듯 보였어요. 하지만 나흘 후 그는 결국 스스로 목숨을 끊었습니다."

짐은 절레절레 고개를 저었다.

"감옥에서 자살로 사망하는 수감자 중에 실제로 죽으려던 건 아니었던 사람들도 많아요. 그저 관심을 받고 싶어서 그랬던 거죠. 제일 처량한 사람들이에요."

"왜 더 못 견디고 무너진 걸까요?"

"절망감이죠. 그들에겐 미래가 없어요. 당장 내일도요. 과거를 추억하면서 살 수도 없습니다. 많은 사형수들이 같은 심정이에요. 어느 연쇄살인범을 만난 적이 있었는데, 그는 저에게 '매일 아침 그 사람들의 얼굴을 떠올리며 눈을 뜨는 게 어떤 기분인지 모를 겁니다'라고 말했어요. 그의 이름은 마이클 록하트였어요."

마이클 록하트는 미국 플로리다와 인디애나, 텍사스까지 총 3개 주에서 사형 선고를 받았다.

"그의 사형이 집행될 때는 무척 신기했어요. 여지껏 제가 만나본 사형수 중에서 여러 주에서 사형 선고를 받은 사람은 그가 유일했었죠. 제 맞은편에 앉아 있던 그는 반성하거나 자신을 정당화하려고 하지 않았어요. 그저 자신이 저지른 범죄들을 말해주면서 체포되던 날이 인생 최고의 날이었다고 했어요. 왜냐하면 더 이상 다른 여성을 해치지 못할 테니까요."

마이클 록하트는 짐에게 자신이 열세 살 때부터 누나에게 학대당했다고 말했다. 그는 인디애나주 그리피스에서

16세 소녀를, 플로리다주에서는 14세 소녀를 강간 후 살해했고 텍사스주 보몬트에서는 그를 체포하려던 경찰관을 살해한 사건으로 유죄를 선고받았다.

"그는 자신이 죽인 소녀들이 누나와 닮았다고 주장했어요. 그러더니 마지막으로 몇 년 동안 연락이 닿지 않았던 자신의 딸에게 전화 한 통만 걸고 싶다고 했죠. 제가 전화를 연결해 줬더니 둘 다 눈물을 흘렸어요. 그는 딸에게 자신이 유죄라는 사실을 알려주고 싶었다고, 기소된 내용 전부 자신이 저지른 일이니 사법 제도를 원망하지 말라고 했어요. 그리고 자신은 죽어도 마땅하지만 죽기 전에 딸에게 남은 인생을 알차게 살라는 말을 꼭 하고 싶었다고 했어요. 아빠로서 실망시켜서 미안하고 네가 항상 행복하길 바란다면서요. 감동적인 대화였어요."

사형수들의 곁을 떠나다

짐과 재니스가 이혼한 지 2년 후, 재니스가 만나던 그 남자는 마침내 아내를 떠나 재니스와 결혼했다.

"그의 전 부인은 얼마 지나지 않아 스스로 목숨을 끊었지만, 그와 재니스는 지금도 잘 지내고 있어요. 전 재니스가 행복했으면 좋겠어요. 지금도 저희는 이따금 아이들과 같이 만나곤 합니다. 어느 해 추수감사절에는 집으로 초대해 줘서 그곳에 갔었는데, 사실 분위기가 꽤 어색했어요."

이 무렵 짐도 재혼하기로 마음먹고 있었지만 바비의 생각은 좀 달랐다.

"겁을 내고 있었어요. 벌써 전남편이 세 명이나 있는데 한 명 더 늘어나는 게 싫었던 거죠. 저는 여러 번 청혼했지만 바비는 계속해서 거절했어요. 그러자 제게는 양심의 문제가 되었죠. 결혼하지 않고 바비와 함께 지내자니 마치 제 신앙과 타협하는 것처럼 느껴졌어요."

새해가 시작되자 짐에게도 새 과제가 주어졌다. 칼라 페이 터커 이후 처음으로 여성의 사형 집행이 예정된 것이다. 칼라 페이의 사형 집행 당시에는 흥미 위주의 언론 보도들이 마구잡이로 쏟아져 나왔었다.

"베티 베이츠의 사형이 집행될 때는 모든 게 달랐어요. 베티는 칼라 페이보다 훨씬 나이가 많았거든요. 딱 봐도 너무 지친 상태여서… 뭐라고 해야 할까요? 메말랐던 것 같아요. 너무 거칠게 살다 보니 메마른 거죠."

베티 루 베이츠는 다섯 번째 남편인 지미 돈 베이츠를 살해한 혐의로 2000년 2월 24일 사형에 처해졌다. 베티 베이츠는 남편을 총으로 쏴 살해한 후 뒷마당에 묻었고, 경찰은 그의 시신을 찾기 위해 정원을 파헤치던 중 네 번째 남편의 시신도 발견했다. 네 번째 남편 역시 같은 구경의 권총에 맞았으나 베티 베이츠는 이 건으로는 기소되지 않았다.

"사형 집행 전날 밤 교도관들이 그를 이송해 왔고, 전 사형장으로 가서 그와 이야기를 나눴어요. 그는 '이건 틀렸어요. 사람들은 모든 상황을 고려하지 않고 있다고요'라고 말했어요. 솔직히 자신이 두 남자를 죽인 건 맞지만 두 사람 모두 피멍이 들 때까지 자신을 구타했다면서 말이죠."

언젠가 한 번은 자신이 그렇게 덩치 큰 남자를 죽인 다음 시체를 계단으로 끌고 내려와 마당으로 간 뒤 구덩이를 파서 묻는 일까지 할 수 있는 것처럼 보이느냐고 묻기도 했다.

"베티는 체구가 아담했어요. 제가 잠자코 보고만 있었더니 자기가 알아서 대답하더군요. '아니죠. 저 혼자서는 못 했을 거예요. 도움을 많이 받았어요.'"

짐은 베티가 마치 가족이 연루되어 있다는 듯한 분위기를 풍겼지만 직접 표현하지는 않았다고 했다.

"저는 그가 너무 측은했어요. 베티에게서는 신의 기쁨과 존재감을 느낄 수 없었어요. 오롯하게 그 혼자 겪는 슬픔과 고통밖에 없었죠."

"그가 천국에 갈 거라고 믿었나요?"

"네, 그랬죠. 우리는 그 이야기를 꽤 많이 했어요. 베티는 칼라 페이처럼 기쁨과 의지가 넘치지는 않았지만, 신이 자신의 구세주시며 평화와 힘을 가져다주실 거라 느끼고 있었어요."

"목사님은 교도소에서 여러 소수집단을 만나보셨잖아요. 여성, 라틴계, 흑인 수감자들 말이에요. 혹시 인종에 따라 사형수들 간에 차이가 있다고 생각하시나요? 선고된 형량과 관련해서요."

"아니요."

"없다고요?"

"없습니다."

"여기 통계를 하나 가져왔는데요. 미국에서 백인 남성이 감옥에 갈 확률은 106분의 1이에요. 라틴계 남성의 경우에는 36분의 1이고요. 하지만 흑인 남성이 감옥에 갈 확률은 15분의 1입니다."

"네."

"미국 전체 인구 중에서 흑인 또는 라틴계의 비율은 30퍼센트가 조금 넘습니다. 하지만 교도소 담장 안으로 들어오면 그 수치가 갑자기 치솟아서 교도소 전체 인구의 50퍼센트를 가뿐히 넘겨버리죠. 소수인종이 실제로 그렇게 많은 범죄를 저지르는 걸까요?"

"그렇죠. 달리 설명할 방법이 없을 것 같네요. 저는 전문가도 아니고 솔직히 그 점을 깊이 생각해 본 적도 없지만, 교육과 기회만 놓고 봤을 때 충분히 누리지 못했을 수도 있다는 점은 알고 있습니다. 글쎄요. 누가 '아, 저 사람은 흑인이니까 누명을 씌워야지'라고 생각한다는 느낌은 한번도 못 받았어요."

"제가 전에 사형제도에 관한 책을 쓰면서 최근 5년 동안 사형 선고를 받은 사람들에 대한 통계를 살펴본 적이 있었어요. 그중 60퍼센트가 흑인이었죠. 세계 전체 인구 가운데서 흑인은 15퍼센트밖에 안 되는데 말이에요. 저는 이 수치가 흑인이 표적이 되고 있다는 증거라고 생각해요."

"우선 흑인들이 살고 있는 문화와 생활 방식을 이해해야 해요. 저는 어렸을 때 템플에서 살았는데, 지금 생각해보면 꽤 인종차별이 심한 곳이었어요. 그때는 다들 그랬죠. 여기서 멀지 않은 곳에 재스퍼라는 마을이 있어요. 거기에 친구가 살아서 한번 가본 적이 있었죠. 그 마을에 주유소가 하나 있었는데 팻말에 이렇게 써 있었어요. '당신이 흑인이라면 해가 지기 전에 재스퍼를 떠나라.'"

짐은 고향인 템플에서도 마찬가지였다고 말했다. 유색인종을 위한 화장실과 백인을 위한 화장실이 따로 있었고, 유색인종을 위한 식수대와 백인을 위한 식수대가 따로 있었다. 한 상점에는 일반 계단과 에스컬레이터가 나란히 있었는데, 에스컬레이터 위에는 '백인 전용'이라고 적혀 있었다.

"모든 게 피부색으로 구분되는 곳이었어요. 흑인 거주 지역과 백인 거주 지역이 있었는데, 백인 거주 지역의 집들은 대부분 꽤 괜찮았어요. 템플은 부유한 도시는 아니었고 물론 저는 더 가난한 동네에서 살았는데도 흑인들이 살던 허름한 집들과 비교할 수 없을 정도였어요."

"그게 범죄와 무슨 관련이 있을까요?"

"이런 말을 해도 될지 모르겠지만, 그냥 솔직히 얘기할게요. 저는 한동안 에어컨을 설치하는 일을 했었기 때문에 흑인 가정들도 몇 번 방문했었어요. 정말 더럽고 허름한 집들이었지만 집 밖에는 캐딜락이나 링컨같이 폼 나는 새 차들이 세워져 있었어요. 흑인들은 집이나 아이들이 아니라 다른 사람들에게 부자처럼 보이는 데 더 많은 돈을 썼죠. 제가 제 두 눈으로 직접 본 거예요. 물론 템플은 작은 도시였으니까 전국적으로는 어떤지 모르겠지만요."

"하지만 그건 범죄율의 증거라기보다는 남들에게 보여주고 싶은 자신의 이미지인 것 같네요. 순전히 통계적 관점에서 볼 때, 인구의 15퍼센트인 흑인들이 훨씬 더 많은 범죄를 저질렀다는 건 말이 안 돼요. 사형수의 60퍼센트를 차지할 정도로 말이죠. 이 수치는 체제 자체가 불공평하고 통계상 편향되어 있는 것처럼 보여요. 제가 보기에는 조직적인 인종차별인 것 같은데요. 아닌가요?"

"네. 아니라고 생각해요. 어쩌면 제가 여기서 자랐기 때문일지도 모르겠네요. 저는 템플에서 어떤 범죄가 일어나고, 그게 누구 책임인지를 봤으니까요."

"그렇다면 왜 흑인이 백인보다 범죄를 더 많이 저지른다고 생각하시나요?"

"제 나이대의 흑인들은 힘든 삶을 살았어요. 인종 분리 정책이 있었기 때문에 분노가 쌓여 있었죠. 대다수가 학교를 중퇴했어서 교육도 제대로 못 받았고요. 글을 읽거나 쓸 수 없는 정도였어요. 흑인들의 집에서 일을 하고 청구서를 건네면 읽을 줄 모르는 사람이 태반이었어요. 제가 대신 읽어줘야 했죠. 그들은 제대로 배우질 못했어요. 기회가 주어지지 않았기 때문일 수도 있지만, 어쨌든 교육이 안 되어 있었어요. 무지했죠."

"하지만 지금 우리가 얘기하고 있는 통계는 현재의 수치예요. 목사님의 젊은 시절이 아니고요. 그런데 지금도 여전히 흑인이 백인보다 감옥에 갈 확률이 다섯 배 더 높습니다."

"글쎄요. 그건 저도 모르겠어요. 전혀요. 제가 백인이라 편견이 있을 수도 있지만, 전 사람들이 인종차별을 너무 자주 무기로 사용하는 것 같아요. 범죄에 초점을 맞추기보다는 피부색에 초점을 맞추죠. 사실 저는 그 문제에 깊이 생각해 본 적이 없어요. 그저 거기 있는 사람들과 함께 일하는 것뿐이에요."

"그러면 현재의 통계 수치가 타당하다고 생각하시는 건가요? 흑인들이 여전히 더 많은 범죄를 저지르니까요?"

"네."

"그렇다면 목사님이 보시기에 흑인들은 왜 여전히 더 많은 범죄를 저지르는 걸까요?"

"흑인들이 사는 지역 때문이기도 하고 흑인 갱단이 훨씬 더 폭력적이기 때문이기도 해요. 저는 현대 미국에서 제일 무서운 것 중에 하나가 갱단들의 범죄예요. 백인 갱단도 있고 히스패닉 갱단도 있지만 그중에서는 아마 히스패닉 갱단이 가장 위험할 겁니다."

"확실히 가장 빠르게 성장하고 있죠."

"가장 빠르게 성장하고 있고 가장 위험합니다. 히스패닉 갱단의 대부분은 갱단에 들어오고 나가려면 피를 봐야 한다는 규칙을 따르죠. 누군가의 피를 흘려야만 조직에 가입할 수 있고, 자신의 피를 흘려야만 조직을 떠날 수 있습니다. 정말 잔인해요. 쉴 새 없이 불법 이민자들이 미국으로 들어오고 있는데 결국은 은밀히 숨어 지내게 됩니다. 이 아이들은 교육받을 기회도, 스스로 무언가를 만들어낼 기회도 없으니 남의 것을 빼앗는 거죠. 흑인들도 마찬가지예요. 다른 선택지가 없다고 생각하는 데다가 선택지가 있어도 최대한 활용하지 못합니다. 하지만 제가 보기에 상황이 바뀌고 있어요. 저만 해도 훌륭한 흑인, 히스패닉 친구들이 많고요. 저는 인종차별적인 환경에서 자랐지만 제가 인종차별주의자라고 생각하지 않아요."

*** *** ***

"그럼 다시 2000년으로 돌아가 보죠."

"전 그때 제 인생에서 가장 큰 실수를 저질렀어요."

단 한 번의 고백이 짐 브라질 목사의 직업을 결국 바꿔 놓고 말았다. 2000년 9월 27일, 리키 맥긴이라는 남자가 했던 고백이었다.

"그는 브라운우드라는 지역에 살았고 그의 아내는 프로 볼링 선수였어요. 볼링선수라는 직업 때문에 아내는 전국을 돌아다니는 일이 많았는데, 그로 인해 열두 살짜리 딸을 의붓아버지인 리키에게 자주 맡길 수밖에 없었죠. 문제의 사건이 발생했을 당시에도 아내는 포트워스에 있었고 그는 딸과 함께 집에 있었습니다. 그는 딸을 강간하고 도끼로 살해한 후 시신을 숨겼어요."

리키 맥긴은 의붓딸이 실종되었다고 경찰에 신고했다. 그러면서 자신과 딸이 같이 낚시를 갔다가 맥주를 몇 잔 마셨는데 딸이 어디론가 홀로 걸어가 버렸다고 주장했다. 결국 딸의 시신은 사흘 후 배수로에서 발견되었다.

정황 증거를 토대로 맥긴은 살인 혐의에 대해 유죄 판결을 받았다. 그의 차와 도끼에서 발견된 혈흔이 딸의 것과 일치한다고 판명이 났지만, 그는 진짜 범인이 아직도 어딘가에 있다면서 자신의 결백을 주장했다.

"사형 집행 직전까지 간 적이 있었는데 그가 당시에는 비교적 생소했던 DNA 검사를 요청해 집행 유예를 받았어요. 그는 'DNA 검사를 하면 내가 결백하다는 사실이 밝혀질 겁니다'라고 말했죠. 그래서 정말 검사를 했는데 완벽하게 일치한다는 결과가 나왔어요. 결백을 증명하기는커녕 제 무덤을 판 거죠."

맥긴의 사형 집행은 그때까지 짐이 참여했던 사형식들 가운데 손에 꼽힐 정도로 많은 관심을 불러일으켰다. 그날 월스 교도소 밖에는 수많은 TV 카메라와 뉴스 팀이 취재를 위해 나와 있었다.

"그는 자신의 말을 들어주는 사람들과 교도소장, 전 세계 모든 사람들에게 재판이 조작됐다고 주장했어요. 아무도 그 말을 믿지 않았죠. 그의 어머니는 오순절 교회에 다니셨는데 연로하셔서 이가 하나도 없고 보행기에 의지해 다니셨어요. '아이고, 금쪽같은 내 새끼'라고 부르시던 목소리가 아직도 귓가에 생생합니다. 그의 어머니는 그날 언론과 인터뷰를 하면서 당국이 자신의 사랑하는, 무고한 아들을 죽이려고 한다는 내용의 말만 되풀이하셨죠."

사형이 집행되기 직전, 맥긴은 마지막으로 형목과 이야기를 나누고 싶다고 요청했다.

"맥긴은 저에게 와서 자신이 모든 죄를 저질렀다고 고백했어요. 그는 울고 있었죠. 우리는 함께 사형실로 걸어갔고 그는 사형대 위에 풀쩍 뛰어 올라갔습니다. 몸부림을 치지도 않았고 어떤 저항도 하지 않았어요. 그냥 뛰어 올라가서 누워버렸죠. 집행인들은 그를 순식간에 결박하고 정맥 주사를 팔에 놓았어요. 그런 다음 모두 방을 나갔죠. 저는 그와 저는 단둘이 남았습니다. 그에게 기도하고 싶냐고 물었더니 그렇다고 대답했어요. 그래서 우리는 기도를 올렸습니다."

그러던 사이에 참관인들이 사형실로 들어왔다. 그 당시에는 피해자와 사형수의 가족이 각자 다른 방에서 사형 집행에 입회할 수 있도록 규정이 바뀌어 있었다. 피해자의 유족들이 먼저 들어왔다.

"살해당한 소녀의 어머니가 가장 먼저 도착했는데 얼굴이 온통 눈물 범벅이었어요. 피해자의 가족들은 대부분 다 그랬어요. 사형실에 도착하면 그토록 사랑했던 사람을 잃은 슬픔이 다시 밀려오기도 하고, 감옥 안에 있다는 게 무섭기도 하잖아요. 사랑하는 사람을 죽인 범인과 너무 가까이 있다는 사실도 감정을 자극하고요. 그는 창문 쪽으로 걸어가 유리 바로 앞에서 고개를 숙인 다음 맥긴의 얼굴을 똑바로 내려다봤어요. 맥긴은 그를 마주 보지는 못했지만 그의 눈에서 눈물이 한두 방울 떨어졌어요. 하염없이 울고 있던 그를 맥긴은 절대 올려다보지 않더군요.

이윽고 다른 참관실 문이 열렸고, 저는 맥긴에게 어머니가 들어오고 계시다고 말했어요. 어머니는 보행기를 창문으로 밀고 가서 똑같이 유리 쪽으로 고개를 수그리며 우셨어요. 눈물이 뺨을 타고 줄줄 흘러내리던 모습이 아직도 생생합니다. '아이고, 금쪽같은 내 새끼.' 어머니는 오후 내내 그 말만 되풀이하셨어요. '금쪽같은 내 새끼.'"

참관인들이 모두 들어오자, 교도소장은 리키 맥긴에게 마지막으로 할 말이 있냐고 물었다.

맥긴이 말했다. "모두에게 안부 전하고 사랑한다고 전해주세요. 저세상에서 만나자구요. 알겠죠? 그리고 이제 저는 제 모든 잘못을 신께서 거두어주시길 기도할 거예요. 누구도 다른 사람에게 화내지 않았으면 좋겠어요. 아무도 괴로워하지 않았으면 좋겠어요."

짐은 맥긴이 마지막 숨을 거두던 때를 결코 잊을 수 없었다. 최후의 순간까지 그가 흘리던 눈물이 뺨을 타고 흘러내려 머리카락 끝에 맺혀 있었다.

"저는 한 가지 습관이 있어요. 사형수가 숨을 거두면 참관실에서 무슨 일이 벌어지는지 흘끗 살펴봅니다. 그때 깨달았어요. 전에도 본 적이 있었을 텐데 전혀 생각지 못했던 거였어요."

그날 짐이 참관실 창문 쪽으로 고개를 돌렸을 때 두 어머니가 눈에 들어왔다. 한 어머니는 18년 전에 아이를 잃었고 다른 한 어머니는 바로 그 순간, 그 자리에서 아들을 잃는 중이었다. 두 사람의 거리는 불과 30센티미터 남짓 떨어져 있었다. 그리고 두 사람 모두 유리에 기대어 하염없이 눈물만 흘리고 있었다.

"그날 저녁, 저는 그 어느 때보다 명확한 계시를 받았어요. 제가 이 피해자들에게 다가갈 수만 있다면 그들의 삶에 진정한 변화를 가져올 수 있을 거라고 생각한 거죠. 피해자의 어머니에게는 교회도, 목사도 없었어요. 진심으로 돌봐주는 사람이 아무도 없었던 거예요."

그렇게 짐은 자신이 지금껏 엉뚱한 사람들을 돕고 있었다는 사실을 깨달았다. 피해자의 유족들은 힘이 되어줄 대화가 절실하게 필요했지만 그럴 기회가 없었다. 그래서 짐은 당장 희망이 없는 사람들에게 희망을 느끼게 해주고 싶었다.

"엄청난 반전이네요. 본인의 소명에 대해 오랫동안 확신하고 계셨잖아요."

"저에게 죽음은 완전히 새로운 의미를 갖게 됐어요. 상실도 새로운 의미로 다가왔죠. 피해자의 입장에서 보게 된 거예요. 남겨진 사람들의 편에서요. 저는 그 사람들이 평화를 찾을 수 있게 돕고 싶었어요."

그 생각이 떨쳐버릴 수 없을 정도로 깊어지자 짐은 피해자 지원 센터의 책임자에게 연락을 했다.

"그때 전 제 사무실에 있었는데 책임자가 이야기를 하러 찾아왔어요. 저는 그에게 피해자들이 정말 가엽다고 말했어요. 그리고 교도소에서 수감자와 그 가족들을 위해 얼마나 많은 노력을 기울이는지 알고 있지만, 마찬가지로 도움이 절실한 피해자의 유족들에게는 정작 그만큼의 도움을 주지 않는다는 사실이 실망스럽다고도 했죠. 책임자는 이쪽에 와서 자신들과 함께 일해보자고 말했어요."

짐은 피해자 지원 센터에서 일하더라도 특정 지침들은 따를 수가 없다고 그에게 말했다. 예를 들어 짐은 사람들에게 꼭 신에 대해 이야기해야만 했다.

"그러자 책임자는 '신에 대해 얼마든지 이야기하셔도 돼요. 기도도 할 수 있고요. 수감자들과 하던 것들을 모두 피해자들과 하셔도 됩니다'라고 말했어요."

짐은 이 일을 자신의 새로운 소명으로 삼기로 마음먹었다. 그리하여 155건의 사형 집행에 참여한 후 사형수 형목 자리를 사임하고 그 반대편에 있는 피해자 지원 센터에 새로 자리 잡았다. 당시만 해도 그는 그 작은 움직임이 얼마나 큰 변화를 가져올지 전혀 예상하지 못했다.

"제일 처음 사형 집행에 참석했을 때, 정말 새로웠어요. 순조롭게 진행됐지만 모든 게 너무 낯설게 느껴졌죠. 사형 집행날에는 보통 교도소 안에서 준비 작업을 하고 있었지만 이제는 그 대신 라퀸타 여관으로 가서 피해자 유족들을 만났어요. 앞으로 일어날 일들을 알려주고 같이 준비했죠. 그 자리에는 저와 제 상관이었던 진 스튜어트, 이렇게 둘이 있었습니다.

진과 저는 친구였지만 정신적인 유대감은 별로 없었어요. 어쨌든 진이 상사였기 때문에 저는 그의 지시에 따랐죠. 호텔에서 유족들과 이야기를 나눈 후 우리는 차를 타고 교도소로 향했습니다."

교도소에 도착했을 때는 오후 5시였다.

"여러 사람들과 그곳에 도착하니 기분이 너무 이상했어요. 저는 항상 수감자들과 함께 교도소 안에 있었지만, 지금은 바깥에서 몇몇 언론 관계자들, 슬픔에 잠긴 유가족들과 함께 모든 과정을 지켜보고 있었어요. 교도소에 들어가면서 유족들은 몸수색을 받았어요. 기분 좋은 경험은 아니지만 유족들이 조금이라도 더 편안하게 느낄 수 있도록 저희도 수색을 받았습니다. 유족들이 소외감을 느끼지 않게 저희도 늘 같이 받았어요. 그런 다음 위층으로 올라가서 유족들의 준비를 조금 더 도왔죠."

사형 집행은 오후 6시로 예정되어 있었다.

"저녁 시간에 사형장에 도착해 곧바로 참관실에 들어가서 사형이 집행되는 모습을 전혀 다른 각도에서 봤어요. 너무 낯설고 이질적인 느낌이었어요. 저는 그 반대편에 너무 익숙해져 있었으니까요. 피해자의 유족을 위한 참관실은 커다란 창문 하나만 있는 아주 작은 공간이었어요. 다섯 명이 나란히 앉을 수 있는, 자리가 있었는데, 보통 유족 다섯 명, 진과 저, 언론 담당자, 감찰관실 직원에 교도관 한 명이 참관실에 있었어요. 한마디로 좁아터질 지경이었죠."

참관실에 들어와 이미 결박된 채 사형대 위에 누워 있는 사형수를 보자 짐은 지금까지 사형실에서 무슨 일이 있었는지 알 수 있었다. 그리고 이내 허무함이 밀려왔다.

"질투가 났어요. 제가 이방인처럼 느껴졌거든요. 이방인이 맞긴 하죠. 저는 더 이상 핵심 인원이 아니었어요. 피해자의 가족과는 함께할 수 없는 것들이 너무 많아서 수감자들과 일하던 때가 그리웠어요. 그게 가장 힘들었어요. 수감자와 감방 안에 들어가 이야기를 나누면 많은 것을 알아낼 수 있었어요. 그의 신앙이나 사형 집행 과정에 대해 이야기할 수 있었으니까요. 사형수에게는 최종 결과라는 게 있었습니다. 대화를 나누고, 그는 죽고, 천국에 가길 바라는 거죠."

하지만 피해자의 가족들과 일하는 과정은 달랐다.

"우선 그들과 호텔에서 세 시간을 보낸 다음 차를 타고 교도소에 도착합니다. 그리고 사형실에 들어와서 사형수가 죽는 장면을 지켜보죠. 그런 다음 다시 호텔로 돌아와서 피해자 가족들이 오늘 겪은 일을 잘 받아들일 수 있도록 도와주고 안녕히 계시라고 인사하면 끝이에요. 모든 게 너무 허무하게 느껴졌어요. 사형수와는 마지막 순간을 함께 준비하고, 끝내 그 순간이 오면 사형수의 삶이 마무리됩니다. 하지만 피해자의 가족들에게는 그 순간이 시작에 불과했어요. 그런데 정작 마음을 추스르는 과정이 시작되면 저는 그 자리에 없는 거였죠. 그들은 각자의 삶으로 돌아갔고 저는 그들에게 아무 의미도 없었어요. 제가 중요한 사람이라는 얘기가 아니에요. 제가 정말 중요한 부분을 놓쳤다는 거죠. 사형이 집행되고 2주 후에 안부 전화를 하기로 했었는데 그중 절반 이상이 아예 전화를 받지도 않았어요. 그들이 어떻게 지내는지 알 수 없어 답답했습니다."

"실수했다는 걸 언제 깨달았나요?"

"맨 처음 참관했던 그때요."

"그런데 그 후로도 121건에 참여하셨네요?"

"네. 일자리가 필요했거든요. 제가 그만둔 자리에는 이미 새 형목이 임명되었기 때문에 다시 돌아갈 수도 없었어요. 저는 정직한 사람이에요. 제가 다시 돌아오고 싶으니 새 형목을 해고하라고 할 순 없죠. 후임으로 온 래리는 좋은 친구기도 했고요. 하지만 래리가 그만뒀다면 제가 돌아왔을 거예요. 살면서 수많은 실수를 저질렀지만, 지금 돌이켜보면 바로 그게 제가 저지른 최악의 실수였어요. 저는 형목 일이 정말 좋았어요. 마음껏 복음을 전할 수 있다는 게 정말 좋았죠. 피해자 지원 센터에서는 신에 대해서는 한마디도 꺼낼 수가 없었어요. 제 첫 상사는 해도 된다고 말했지만 그가 떠난 후 규정이 바뀌었어요."

"실수를 깨달았을 때 어떤 생각이 들었나요?"

"그때는 '이 문제를 어떻게 해결하지?'라는 생각뿐이었어요. 어떻게 하면 피해자 가족들이 의미 있는 경험을 할 수 있을까 고민했어요. 그분들이 놓치고 있는 게 너무 많은 것 같아서요."

우선 짐은 호텔이라는 장소가 어울리지 않는다고 생각했다. 그곳에서는 자신이 원하는 만큼 피해자들에게 가까이 다가갈 수 없었다. 그래서 헌츠빌의 제일침례교회에 연락해 교회에 있는 방을 사용할 수 있는지 물었고, 교회는 흔쾌히 허락해 주었다.

"제일 처음 피해자 가족들과 교회에 들어갔을 때, 교회 측에서 과일과 사탕, 음료수로 가득 찬 바구니를 준비해 주셨어요. 주일학교 아이들이 유족들에게 전달했죠. 교회 측에서는 조용한 방으로 안내해 주었어요. 전혀 방해받지 않는 환경이 정말 큰 도움이 됐어요. 방 안에는 TV와 VCR이 준비되어 있어서 우리는 사형 집행 과정에 대한 짧은 비디오를 틀었어요. 그런데 영상 자체는 그다지 유익하지는 않았어요. 그냥 오스틴 지역의 뉴스였거든요. 피해자 가족들을 준비시킨다는 차원에서 보여주긴 했지만 그다지 쓸모 있지는 않았어요."

하지만 짐은 이 상황이 만족스럽지는 않았다.

"사형 집행을 앞두고 피해자 가족들과 준비할 시간이 너무 짧았어요. 사형 집행 날짜가 정해진 이후에나 유족들에게 연락을 취할 수 있기에 우선 날짜가 나올 때까지 기다려야 했죠. 그러다 날짜가 나오면 우편으로 연락을 해야 했어요. 편지를 받자마자 즉각 전화를 걸어오는 분들도 있고 다음 연락을 기다리는 분들도 있었지만, 대부분 충격에 빠졌습니다. 교도소 안에서 어떻게 행동해야 하는지 모르는 경우가 많기 때문에 저희들이 처음부터 끝까지 다 설명했어요."

게다가 사전에 사형 집행을 직접 참관하겠다는 의사를 밝힌 피해자 가족들에게만 연락할 수 있었다.

"연락을 취한 다음 그들에게서 연락이 오면 우리는 사형식을 참관하고 싶은 사람이 더 있는지, 그 사람의 연락처가 있는지를 물어봤어요. 절차가 느릿느릿 더디게 진행됐죠."

짐이 피해자 지원 센터를 그만둘 무렵에는 규정이 바뀌어 피해자의 모든 친족들에게 연락해야 했다.

"보통 범죄 발생 후 10~15년 후에 사형이 집행되는 경우가 많았고, 피해자 가족들이 어디에 살고 있는지 전혀 알 수 없었기 때문에 일이 훨씬 더 힘들어졌어요. 사형 집행일이 정해지면 피해자의 가족에 대한 정보를 찾기 위해 뼈 빠지게 일했죠. 벌써 죽은 사람도 있었고, 관심 없다는 사람도 있었고, 왜 연락했냐며 버럭 화를 내는 사람도 있었어요. 예전에도 고된 일이었는데 지금까지도 그렇게 하고 있다고 해요. 모든 사람에게 연락하는 방식으로 바뀌었지만 전보다 성과가 나아지진 않고 스트레스만 훨씬 심해졌죠."

게다가 수적으로도 훨씬 더 까다로워졌다. 사형 집행 참관을 희망하는 사람이 몇 명이든 참관석은 다섯 자리밖에 없기 때문이다.

"피해자가 무려 100명이 넘는 사형수가 있었어요. 하지만 참관실에는 겨우 다섯 자리밖에 없었죠. 그 다섯 명을 누굴 뽑을지 어떻게 결정하란 말입니까? 사형수는 토미 린 셀스라는 연쇄살인범이었어요. 그는 자기가 128명을 죽였다면서 그 명단이 담긴 편지를 저에게 보냈어요. 실제로는 총 165명이었지만 나머지 사람의 이름은 기억이 나지 않는다고 했죠. 그의 말이 사실인지 아닌지, 굳이 애써 알아보지는 않았어요. 몇 사람에게 편지를 보여줬지만 아무 소득이 없었습니다. 그는 그 편지를 신문사에도 보냈더군요."

토미 린 셀스는 열세 살짜리 소녀를 강간한 후 칼로 찔러 살해한 혐의에 대해서만 유죄 판결을 받았다. 곁에 있던 열 살 난 소녀의 친구마저 목을 베었지만 그 친구가 기적적으로 살아남아 범인을 지목했고, 경찰은 피해자의 시신에서 그의 지문을 발견했다.

"그렇게 해서 범인을 잡았어요. 하지만 다른 살인 사건들에 대해서는 기소되지 않았습니다. 사건들 대부분이 다른 주에서 벌어졌거든요."

짐은 교도소 형목으로 근무하던 당시, 중재 회의에서 토미 린 셀스를 처음 만났다.

"한 여성이 요청했었어요. 미시시피주였던 것 같아요. 셀스가 남편을 죽였다고 자백하길 바랐죠. 집에 누가 침입했는데 남편이 죽었어요. 그 여성이 무슨 짓을 했다는 증거가 전혀 없는데도 마을 사람들이 전부 그를 비난했죠. 여성은 경찰을 불렀고 경찰이 출동했어요. 범인은 몇 가지 물건을 훔쳐갔지만 지문이나 다른 증거는 남기지 않았어요. 그는 셸스에게 살인을 자백해 달라고 부탁했지만 실패했습니다. 사실 그 만남은 처음부터 실패할 게 뻔해 보였어요. 저는 그 후에도 셸스를 총 네다섯 번 정도 만났는데, 그는 진짜 사이코패스였어요. 자기가 저지른 일을 얘기하긴 했어도, 절대 피해자 얘기를 하기 위함이 아니었어요. 자신이 어떻게 그들을 죽였는지 자랑하고 싶었을 뿐이었죠."

"전에 교도소 측에서 일할 때 알고 지내던 사형수가 이직 후에 처형되기도 했겠네요?"

"네, 그리고 피해자의 가족들도 그 사실을 인식하고 있었어요. 제가 반대쪽에서 오랫동안 일했다는 걸 알고 있었죠. 사실 저는 사형실에서 본 사형수들을 대부분 면식이 있었어요. 그러다 보니 그 가족들이 가끔 저에게 거리를 두기도 해서 일이 조금 더 힘들었어요."

"피해자 가족들의 입장에서는 사형수가 죽는 모습을 보러 온 거니까 그 사람에 대해서 긍정적인 말을 듣고 싶지 않았던 건가요?"

"맞아요. 정말 좌절했죠. 제가 도울 수 없는 사람들을 억지로 떠맡고 있었어요. 하지만 사형대 위에 저와 함께 대화하고 기도할 수 있었던 사람이 누워 있다는 사실도 알고 있었죠. 그의 가족에게 설교를 할 수도 있었는데 말이죠. 마치 입을 틀어막힌 기분이었어요."

"피해자의 가족들이 사형이 집행될 때 기대하는 장면은 어떤 건가요? 무었을 상상하죠?"

"무슨 일이 일어날지에 대한 걸 말씀하시는 거죠?"

"네. 스웨덴에는 사형제도가 없어서 사람들이 다른 방식으로 애도해야 해요. 예를 들어 누군가가 제 형제 한 명을 죽였다고 가정해 볼게요. 재판이 끝나면 제가 할 수 있는 일은 아무것도 없어요. 운이 좋으면 살인자는 종신형을 받게 되고 그러면 16년간 복역하게 될 거예요. 그게 최대예요. 그 이상은 받을 수 없어요."

"16년이 종신형이라고요?"

"네. 16년 정도 지나면 특별한 이유가 없는 한 거의 모든 사람이 석방됩니다."

"정말요?"

"네, 진짜예요. 그래서 재판이 끝나면 그때부터는 알아서 추슬러야 해요. 애도를 끝내야만 하죠. 혼자서 자신의 감정을 처리해야 해요. 법원이든 그 누구든 더 이상 해줄 수 있는 건 아무것도 없어요. 그래서 저는 스웨덴 사람들은 애도하는 방식이 다르다고 생각해요. 왜냐하면 스웨덴에서는 죄를 저지른 사람이 죽는 모습을 지켜보면서 어느 정도 무언가가 마무리되는 것 같은 느낌을 받을 날이 오지 않기 때문이죠. 그런 건 없어요."

"맞아요. 만약 더 이상 그 사건에 대해서 생각을 하지 않기로 했다면 그 감정 처리는 배로 힘들어져요. 사형 선고를 받으면 자동으로 항소가 제기되거든요. 그러면 짧은 시간 내에 수사가 새로 진행될 수도 있는 거죠. 피해자의 가족들에게는 고통이 너무나 쓰리고 생생합니다. 게다가 난데없이 어떤 새로운 내용이 밝혀져서 유죄 판결이 뒤집히고 가해자가 풀려날까 봐 겁도 납니다. 범인들이 자신을 쫓아올까 봐 무서워하기도 하고요. 두려움과 불안이 정말 크죠. 마치 거대한 롤러코스터를 타는 것 같아요."

꽤 오랜 기간 동안 죄수들은 사형 선고를 받은 뒤 판결에 대해 얼마든지 항소할 수 있었다.

"20년 동안 항소를 20번 제기하는 일도 흔했어요. 그러면 항소가 제기될 때마다 피해자의 가족들은 모든 과정을 다시 반복해야 합니다. 올라갔다가 내려왔다가 다시 올라갔다 내려왔다가. 그러다 보니 마음속 감옥에 갇히는 거예요. 모든 게 피해자가 아니라 살인자를 중심으로 돌아가거든요. 그들은 끊임없이 애도하고 있어요. 그리고 마침내 사형수의 사형 날짜가 정해지면 그들은 여러 가지 난제에 직면하게 됩니다. 난 그 사람이 죽는 모습을 가서 보고 싶은가? 그 사람을 만나고 싶은가? 무슨 일이 일어나게 되지?

사형실에 있는 동안 그 사람이 나를 해칠 수도 있나? 그 사람의 가족들은? 그 가족들이 나를 공격할까? 많은 이가 그런 상황을 두려워했죠. 유족들은 TV에 나오고 싶지 않았고, 그런 상황에 처한 자신의 모습을 누구에게도 보여주고 싶지 않았어요."

"외부인으로서 제가 느끼기엔, 10년 이상 억압된 상태로 지내던 그들은 참관실에 들어서는 순간 그 모든 감정에서 해방될 거라는 기대를 하는 것 같아요. 하지만 실제로는 그 순간부터 진짜 애도가 시작된다는 걸 깨닫게 돼요. 왜냐하면 상실감을 온전히 받아들이지 못했기 때문이죠. 그때까지도 사형이 집행되는 미래의 어느 날, 그 가상의 순간에 너무 집중해 왔던 거예요."

"피해자 가족들은 정말로 시간 속에 얼어붙어 있어요. 15년, 16년, 많게는 25년이라는 시간이 흘러도 꼼짝없이 그대로예요. 사형 집행 당일에도 피해자의 가족들은 대부분 사랑하는 사람이 죽던 그날, 그 자리에 머물러 있습니다. 아무도 그들이 감정을 처리하도록 도와주지 않았기 때문이에요. 사람들은 흔히 애도의 4단계에 대해 이야기합니다. 제일 첫 단계는 '충격'입니다. 사랑하는 사람이 세상을 떠났다는 사실을 받아들이기 힘든, 무감각한 단계죠. 그다음은 '반응' 단계입니다. 절망, 두려움, 분노, 상실감 등의 감정이 밀려들죠. 누군가를 잃고 다른 어떤 일도 할 수 없을 정도로 깊은 슬픔에 빠져 있어요. 사형 집행일에 제가 만난 사람들 대부분이 아직 그 단계에 머물러 있었죠. 아직 처리 단계에 이르지 못한 거예요. '처리' 단계에서는 자신의 상실감과 그 상실감이 남은 인생에 미치는 영향을 판단할 수 있는 균형 잡힌 시각이 생깁니다. 하지만 피해자의 유족들은 여전히 그 이전 단계에 갇혀서 가해자에 대한 생각에서 벗어나지 못해요. 가해자가 처벌만 받으면 자신들은 새출발을 할 수 있다고 생각하죠. 안타깝게도 그렇게 되지 않지만요. 마지막은 '재정비' 단계로, 이 단계에서는 이제 자신의 인생을 살아갈 수 있으며, 또 살고 싶은 의지도 생깁니다. 세상을 떠난 사람을 잊어버리는 게 아닙니다. 더 이상 상실감이 마음을 꽉 채우고 있지 않다는 거죠. 아마 스웨덴은 우리처럼 절차에 얽매이지 않기 때문에 그 단계에 더 빨리 도달할 수 있을 것 같네요."

"새 직업으로 할 수 있을 거라고 생각했던 일이 그건가요? 사람들이 자신을 재정비하게 돕는 거요?"

"네, 하지만 돕지는 못했어요. 앞서 앨라배마에 대해 이야기할 때 사형 집행 후 유족들로부터 항상 들었던 말이 '너무 쉽잖아'라는 말이라고 했었죠. 아마 80퍼센트가 그렇게 말했을 겁니다."

"앨라배마에서 옐로 마마가 사용되던 시절 살인마들이 그 위에 앉아 튀겨지는 모습을 그 사람들이 못 봐서 아쉽네요."

"네, 다들 그 장면을 더 좋아했을 거예요."

"하지만 그렇게 된다면 사형제도는 정의를 수호하기 위한 것이 아니라 복수를 하기 위한 것으로 변해버리죠."

"맞아요. 복수가 큰 비중을 차지하죠. 사형 집행이 너무 쉬웠다고 말하고 나서 피해자 가족들은 늘 '그나마 지금이라도 죽었으니 다행이야. 다른 사람을 죽이진 못할 테니'라고 덧붙이곤 했어요. 레오 젱킨스라는 사람이 있었는데 그가 처형됐을 때… 아니, 다시 돌아가서 처음부터 전체 이야기를 들려드릴게요. 그가 사형당했을 때 저는 여전히 사형수 형목이었어요. 그때 최초로 피해자 가족이 사형식을 참관할 수 있게 됐어요."

"피해자의 가족들이 참석할 수 있도록 규칙을 변경한 이유는 무엇인가요?"

"'살해당한 아이들의 부모Parents of Murdered Children'라는 단체에서 집중 캠페인을 벌였어요. 그리고 텍사스 형사사법위원회를 설득해서 정책을 변경했죠. 저는 좋은 생각이라고 생각했기 때문에 찬성이었어요. 교도소에서는 커다란 참관실 가운데에 벽을 하나 세워서 참관실을 둘로 나눠놨

어요."

하지만 사형수들은 불만이 컸다.

"사형수들은 피해자 가족들이 그 자리에 와 있는 걸 원치 않았어요. 당연하죠. 누가 자기를 미워하는 사람들을 보면서 죽고 싶겠어요? 레오 젱킨스는 참관실이 바뀌고 나서 제일 먼저 사형을 당한 사람이라서 뉴스에서 크게 보도가 됐어요. BBC에서 다큐멘터리를 제작하기 위해 찾아왔을 정도였죠. 그 과정에서 한 무리의 사람들이 월스 교도소를 둘러본 다음 제게 사형이 집행되는 과정에 대해 알려달라고 했어요. 사형실을 보고 싶어 하기에 제가 사형장으로 가서 그 과정을 안내해 줬죠. 그 사람들은 창가에 서 있었고 저는 사형대 옆에 있었던 기억이 납니다. 제가 저는 사형수들에게 마지막 몇 분이나마 어떻게든 편안하게 해주려고 노력했다고 말했더니 한 여성이 끼어들어 '무슨 일을 하신다고요?'라고 물었어요. 저는 형목으로서 죄수들이 신을 만날 수 있게 해주는 게 제 일이라고 대답했죠."

레오 젱킨스는 함께 전당포를 운영하던 한 남매를 살해했다. 당시 그는 마약에 취해 있었는데 사형이 집행되기 몇 년 전 이미 자신의 범행을 시인했다.

"알고 보니 그 질문을 한 여성은 살해당한 남매의 어머니였어요. 그는 '잠깐만요. 그럼 목사님은 여기 사형실에서 사형수들을 전도해서 그들이 죽으면 천국에 가게 해주신다는 말씀이세요?'라고 말했어요. 그러고는 몇 초간 말을 잇지 못하더니 다시 입을 열었어요. '목사님이 여기서 그놈이랑 같이 계시면 안 되죠. 어떻게 그러실 수가 있어요? 어떻게 감히 내 하나님이 이 살인자를 천국에 불러서 내 아이들과 같은 길을 걷게 하실 거라고 믿으세요?' 저는 기분이 나쁘다면 유감이지만 그것이 제 일이라고 대답했어요. 그러자 그 여성은 '아니요, 여기 들어오지 마세요'라고 외쳤고 그 이후로는 더 이상 대화할 수 없었어요."

그들은 사형실을 나와 다른 곳으로 이동했다. 하지만 짐은 누군가가 자신의 일을 막으려 했다는 사실에 상처를 받았다.

그는 며칠 후 레오 젱킨스의 사형장에서 그 여성을 다시 만났다.

"창문 너머로 그를 보긴 했지만 대화는 하지 않았어요."

"사형수의 발목에 손을 얹으셨나요?"

"네, 그랬죠. 힘든 순간에 위로받는다는 느낌을 주려고요."

"그때 아까 그 여성을 쳐다보셨나요?"

"아니, 저는… 사형수에게 집중했어요. 사형수들을 돌보는 게 제 역할이었으니까요. 그는 반대편에 있었어요."

"그 여성이 분노하는 게 이해되셨어요?"

"그럼요. 당연히 이해하죠. 하지만 신학적으로는 동의할 수 없습니다."

"사형수가 결국 그 여성의 자녀들과 같은 곳에 갔을 거라고 믿으시나요?"

"그는 용서를 빌었고 신을 믿는다고 제게 말했어요."

"그러니까 레오 젱킨스와 그가 죽인 남매가 같은 곳에 있다고 생각하신다는 거네요?"

"그 남매가 어디 있을지는 모르겠어요. 그들이 기독교 신자였는지 몰라서요. 교회에 다니지 않았거든요. 대부분의 사람들은 가장 가깝고 소중한 사람이 죽으면 자동으로 천국에 간다고 생각합니다. 심지어 신을 전혀 믿지 않는 이들도 자녀가 천국에 가기를 빌어요. 나중에 BBC 다큐멘터리가 방송된 걸 보니 그 여성은 사형 집행에 대해 이야기하면서 제가 전에 자주 들었던 말을 하더군요. '너무 쉬웠어요. 내 아이들이 겪은 고통과는 비교할 수도 없었죠'라고 말이에요. 그는 사형 집행 다음 날 아이들의 무덤에서도 이렇게 말했어요. '드디어 끝나서 정말 기쁩니다. 이제 그 사람이 아무도 해칠 수 없으니까요. 그는 다른 사람이 마실 수 있는 공기를 축내고 있었어요.' 그 다큐멘터리는 거기서 끝났습니다."

"어떻게 생각하시나요?"

"조금 가혹했던 것 같아요. 그래도 그 말이 귓가에 맴돌았어요. 레오 젱킨스에겐 공기도 아깝다고요. 젱킨스는 겁에 질려 있었고, 신께 마음을 열었습니다. 우리는 피해자들에 대해서도 얘기했어요. 그는 자신이 어떤 일을 저질렀고 어떤 피해를 줬는지 알고 있었지만 되돌릴 수 있는 방법은 아무것도 없었어요."

"피해자의 어머니와 만났던 얘기를 그에게 해주셨나요?"

"안 했어요. 만약 제가 그 얘기를 해서 젱킨스가 사형실에서 피해자의 어머니를 돌아보며 무슨 말이라도 했다면 언론에서 난리가 났을 수도 있어요. 이해되시죠?"

"네. 한 가지 궁금한 점이 있는데, 사형수가 죽을 때 발목에 손을 얹기로 하신 이유가 무엇인가요?"

"레오 젱킨스 때문이었어요. 바로 그날이었죠."

"레오 젱킨스가 처음이었나요?"

"그가 처음이었어요. 그날 저녁 사형실에서 사형대에 묶인 채 그가 말했어요. '여기 있으니까 너무 외로워요.' 그때 다들 주삿바늘을 꽂느라 바빴거든요. '여기 저밖에 없는 것 같아요'라고 하길래 교도소장에게 사형수의 다리에 손을 올려도 되냐고 물어봤어요. 교도소장이 괜찮다고 해서 그렇게 했죠. 발목 바로 위에요. 그러자 그가 '좀 낫네요. 이제 혼자가 아닌 것 같아요'라고 말했어요. 그 말을 들으니

저도 기분이 좋았죠."

"그 후에도 매번 그렇게 하셨나요?"

"저는 항상 먼저 물어봤어요. '다리에 제 손을 얹어줄까요?'라고요. 제가 물어보지 않은 사람은 딱 세 명밖에 없어요."

"게리 그레이엄, 폰차이 윌커슨, 후안 소리아가 맞나요?"

"맞습니다."

마지막 순간을 준비할 수 있게

초봄의 어느 날, 평소처럼 짐의 사무실에 전화벨이 울렸다. 한 여성이 잠시 기다려달라고 했고 곧 한 남성이 전화를 바꿨다. 그는 자신을 뉴욕 연방 판사라고 소개하며 뉴욕주에서 오랜만에 사형을 집행할 준비를 하고 있다고 했다. 그리고 컨퍼런스를 열어 사형제도가 직원들에게 미칠 수 있는 영향을 알아볼 예정이라면서 짐에게 연사가 되어달라고 요청했다.

"저는 그저 사람들에게 가서 신에 대해 이야기하는 게 전부라고 설명했더니, 그는 '그럼 여기 와서 신에 대해 이야기해 주세요'라고 하더군요."

짐은 기꺼이 그러겠다고 했다. 그리고 교도소장의 허락

을 받아 난생처음 뉴욕으로 날아갔다.

"진짜 굉장했어요. 그때가 3월 17일 성 패트릭의 날st. Patrick's Day이었는데, 우리는 성 패트릭 대성당 바깥 계단에 서서 퍼레이드를 지켜봤죠. 아, 정말 즐거운 하루였어요."

"저도 거기서 본 적이 있어요. 뉴욕에 있기 좋은 날이죠."

"정말 좋죠. 백파이프 소리까지… 매 순간이 정말 행복했어요. 그리고 나서 행사에 모인 모든 법조인들에게 제 경험을 들려줬죠. 그다음 날에는 《뉴욕 타임스New York Times》 기자와 인터뷰를 하러 갔어요. 또 세계무역센터World Trade Center에 가서 FBI 사무실도 방문했죠. 하루 종일 FBI 사람들과 신에 대해 이야기했는데 제가 하는 말을 전부 다 잘 들어주더군요. 그러고 나서 세계무역센터 꼭대기에 올라가 그 위를 걸어 다녔어요. 정말 기가 막히더군요. 하지만 불과 6개월 후, 그 건물은 사라져 버렸어요."

"'9·11 테러'라고 하면 어떤 게 기억나세요?"

"모든 순간이 기억납니다. 소식을 들었을 때 제가 어디에 있었는지도 정확히 기억나요. 저는 제 사무실에 있었는데 회의실 안에 TV가 있었어요. 누군가 들어와서 '뉴욕에서 테러가 발생했대요'라고 말했고, 저는 무슨 일인지 알아보려고 TV로 달려갔죠. 다들 그랬잖아요. 미국 전체가 완전히 마비되어 버렸죠. 도저히 손에 일이 잡히지 않아서 많은 사람이 하루를 그대로 쉬었죠. 우리는 사흘 동안 TV 앞에 딱 붙어 있었어요. 너무 안타까웠어요. 세계무역센터를 방문했을 때 FBI에서 일하던 한 남성과 친해졌었죠. 비록 시간이 좀 걸렸지만 마침내 그와 연락이 닿았어요. 그는 제게 전화를 걸어서 무사히 잘 있다고 알려줬어요. 그러면서 '제가 어디 있는지 알려줄 수는 없지만 기도해 주서서 감사합니다'라고 말하더군요. 제가 자신을 위해 기도하고 있다는 것을 느끼고 있었나 봐요."

짐은 비상시를 대비해 미국의 범죄피해자지원단체인 NOVANational Organization for Victim Assistance의 자원봉사자 명단에 등록되어 있었는데, 9·11 테러가 벌어진 후 워싱턴 DC에 와달라는 연락을 받았다. 그는 헌츠빌에서부터 무려 2200킬로미터나 되는 거리를 차로 21시간 동안 달려갔다.

"펜타곤Pentagon(미국 국방부 청사—옮긴이)에 도착했을 때 안으로 들어가려면 시간이 무척 오래 걸릴 거라고 생각했는데, 전혀 그렇지 않았어요. 곧바로 들어갈 수 있었고 돌아다니다가 이야기를 나누고 싶은 사람이 있으면 누구든지 만났어요. 사람들이 여기저기서 눈물을 흘리고 있었어요. 건물에서는 여전히 연기가 피어올랐고 지독한 제트연료 냄새가 공기 중에 가득했죠. 끔찍한 장면을 보면서 수많은 희생자들의 얘기를 듣고 있자니 너무 가슴이 아팠어요."

짐이 만난 사람들 가운데는 크레이그 신콕도 있었다. 그는 25년간 함께한 아내 셰릴과 같이 펜타곤에서 근무했다.

"비행기가 어디에 부딪혔는지 사진으로 보셨죠? 비행기 기수가 충돌한 지점이 바로 셰릴의 사무실이었어요. 그는 흔적 하나 안 남기고 그냥 그렇게 사라졌어요. 크레이그와 앉아 이야기를 나누고, 함께 기도하고, 그가 슬픔을 극복하는 과정을 도울 수 있어서 무척 기뻤습니다. 그곳에서 사람들과 이야기할 수 있어서 영광이었죠."

1년 후 테네시주 내슈빌에서 열린 NOVA 컨퍼런스에 초대받은 짐은 호텔 로비에 들어서는 순간 누군가와 마주쳤다. 바로 크레이그 신콕이었다.

"이야기를 나누다가 그가 펜타곤에서 일했던 사람들의 생존자 모임인 펜타곤 엔젤스Pentagon Angels라는 단체를 만들었다고 했어요. 새 출발을 했다니 정말 다행이었어요. 다른 장소에서 그를 다시 만날 수 있었던 것은 신이 주신 선물이었어요."

그때까지 수도인 워싱턴 DC에 한 번도 가본 적이 없었던 짐은 워싱턴 DC에서도 2주간 머물렀다.

"지금도 그때를 생각하면 감정이 북받쳐요. 당시에는 비행 금지 구역이 설정되어 있었기 때문에 하늘에 비행기가 단 한 대도 없었죠. 정말 혼란스러운 시기였어요. 내셔널 물을 따라 물가를 걸으며 물에 비친 모습을 바라보던 기억이 납니다. 링컨 기념관과 워싱턴 기념관 사이를 걸어가는데 군용 헬리콥터 여러 대가 머리 위를 날아다녔어요. 하늘에는 그 헬리콥터들 말고는 아무것도 없었어요. 세상이 변하고 있고, 이 헬리콥터가 원래 있어야 할 장소가 아닌 곳을 날아다니고 있다는 사실을 깨닫자 기분이 정말 이상했어요. 걱정스러웠어요. 하지만 동시에 평온한 느낌도 들었죠. 어떻게 설명할지 모르겠지만 수많은 사람들이 모여 있는 모습을 보면서 신이 함께하신다는 게 느껴졌어요. 테러 직후 교회는 다시 사람들로 가득 찼습니다. 모두가 믿음을 되찾았고, 사람들은 차와 집에 성조기를 게양하고 있었어요. 정말 신선한 충격이었습니다. 그래서 결국 이 사건으로 세상이 멸망하는 게 아니라 새롭게 시작할 수 있는 기회를 얻은 것일지도 모른다는 희망을 갖게 되었어요."

"9·11 테러가 세상의 종말이라고 생각하셨나요?"

"네, 그랬어요. 어쩌면 세상의 종말이 아니라 제가 알고 있던 세상의 종말이었을 수도 있죠. 저는 더 많은 테러가 벌어지고, 온 사방에서 폭탄이 터지고 폭발하는 전쟁이 일어날 거라고 생각했었어요. 그때는 그렇게 생각했죠."

짐은 그날을 또렷하게 기억하고 있었다.

"비행기들이 세계무역센터 건물을 향해 날아가던 장면

이 기억나요. 특히 두 번째 충돌 장면이 아직도 너무 생생해요. 두 번째 비행기가 충돌하면서 상황은 더욱 참혹해졌지만 누가 이런 일을 저질렀는지, 왜 이런 일이 벌어지고 있는지 알 수도 없었죠. 그러다 펜실베이니아와 펜타곤에서도 잇달아 사건이 터지면서 우리의 안전한 작은 세상이 더 이상 안전하지 않다는 것을 깨닫게 되었습니다. 정말 위험한 곳처럼 느껴졌죠."

"성경에 9·11 테러와 관련이 있는 내용이 있나요?"

"그 당시였다면 당연히 요한계시록이라고 했을 거예요. 우리의 고통과 고난, 세상의 종말 그리고 남겨진 폐허 때문이죠. 요한계시록의 후반부인 16~18장은 바벨론의 멸망에 대한 이야기입니다. 하나님께서 사탄들을 사용해 바벨론을 무너뜨리시고 신에게 등을 돌렸던 사람들을 처벌한다는 내용이죠. 하지만 뉴욕을 방문해 신에 대해 설교할 수 있었기에 저는 새로운 시각을 갖게 됐어요."

짐은 9·11 테러를 바벨론의 멸망에 비유할 수 있다고 믿었다.

"9·11 테러는 우리에게 떨어진 경고였다고 생각해요. 미국은 엄청난 축복을 받고 있지만 우리는 신의 말씀을 외면하고 타협을 하고 있습니다. 교회와 기독교인들도 마찬가지예요. 신앙이 없는 사람들만을 얘기하는 게 아닙니다.

우리는 신을 당연하게 여겨왔어요. 그래서 저는 9·11 테러가 우리의 경각심을 불러일으켜서 신을 더 가까이 해야 한다는 사실을 일깨워 주었다고 생각해요."

"신이 그 일에 관여한 건가요? 일종의 형벌이었나요?"

"저는 신이 직접 명령하신 건 아닐지라도 그렇게 되도록 내버려두셨다고 믿습니다. 이번 사건이 미국인들에게 무척 중요한 일이었다고 확신하고요. 분명 저를 비롯한 많은 사람에게서 경각심을 불러일으켰지만 충분하지는 않았어요."

"그렇다면 9·11 테러 이후에 어떤 일이 일어났어야 했다고 생각하시나요?"

"우리는 기독교 국가라는 우리의 뿌리이자 바탕으로 돌아갔어야 했어요. 모든 사람이 자신의 신앙과 종교를 가질 권리가 있는 포용적인 나라지만 말이에요. 미국은 종교로부터의 자유가 아니라 종교의 자유를 바탕으로 세워졌습니다. 인간은 스스로가 세상에서 가장 강한 존재가 아니라는 사실을 깨닫고 자아도취에서 벗어나 삶에서 정말 중요한 것이 무엇인지 찾아야 해요. 하지만 사람들은 변했어요. 모두 자기 자신만 생각하죠."

"성경의 관점에서 봤을 때, 워싱턴과 뉴욕에 공격이 집중된 이유가 있다고 생각하시나요? 그저 테러리스트들의 선택이었을까요?"

"테러리스트들 때문이라고 생각해요. 요한계시록을 읽어보면 바벨론과 그 악, 음녀淫女에 눈이 먼 사람들에 대한 이야기가 나옵니다. 성경에서 음녀라고 불리는 그의 매력에 세상이 눈이 멀고 모든 남자가 그와 성관계를 맺는다는 이야기가 나오죠. 하지만 중요한 건 부도덕해졌다는 점이에요. 탐욕과 권력에 관한 이야기죠. 바벨론은 신이 주시는 것보다는 세상이 주는 것을 중요하게 생각했어요. 천사가 큰 맷돌을 가져다가 바다에 던지자 도시가 무너지고 말았습니다. 모든 불이 꺼졌죠. 음악이 멈추고 무책임한 행동도 사라졌어요. 더 이상 웃음소리도, 결혼식도 없었고요. 도시는 멸망했어요. 악이 악을 파괴했고, 하나님은 그렇게 되도록 내버려두셨습니다. 직접 파괴하지 않으시고 악에 악을 사용하셨어요. 저는 그 부분이 미국에 대한 예언일 가능성이 크다고 생각합니다."

"워싱턴에서 아내를 잃은 크레이그 신콕에게도 이런 얘기를 하실 수 있을까요?"

"네, 물론이죠."

"아내를 사라져야 할 악에 비유한다고 그가 불쾌해하지 않을까요?"

"오, 아니에요! 아뇨, 전혀 그런 뜻이 아닙니다. 그의 아내가 악했다는 말이 아니에요. 성경에는 '즐거워하라, 하나님이 바벨론에 심판을 행하셨으니'라는 구절이 있습니다. 도시에 악이 있었지만 죽은 사람들은 전혀 악하지 않았어요. 그들은 피해자예요. 요한계시록 19장을 보면 하나님께서 심판을 하셔서 기뻐한다는 말씀이 나옵니다. 바벨론이 여러분을 데려갔기 때문에 그곳을 멸망시키신 거예요. 물론 믿음 때문에 목숨을 잃고 천국으로 간 사람들에 대한 이야기도 등장해요. 진정한 순교자들이죠."

"9·11 테러로 사망한 사람들을 순교자라고 생각하시나요?"

"아니요. 저는 피해자라고 생각해요."

짐은 일어나서 성경을 가져왔다. 원래는 요한계시록을 읽으려던 의도였지만 어쩌다 보니 앞부분을 읽게 됐다. 거기엔 사형수들이 짐에게 보내는 메시지로 가득 차 있었다.

"스티븐 렌프로. 칼라 페이 이후에 처음으로 처형된 사람이었어요. 이 책에 맨 먼저 칼라 페이가 글을 썼다고 말씀드렸죠. 스티븐이 마지막 식사를 마치고 나서 혹시 칼라 페이 터커가 앉았던 자리에 지금 우리가 앉아 있느냐고 물었어요. 제가 그렇다고 대답하면서 지금 당신이 앉아 있는 침대에 앉아 있었다고 말했죠. 스티븐은 한동안 말이 없다가 당시에 그가 어떤 기분이었을 것 같냐고 물었어요. 저는 칼라 페이가 제 성경책에 글을 썼던 게 생각나서 보여줬죠. 스티븐은 그 글을 읽다가 눈시울이 붉어지더니 자신도 글을 쓰고 싶다고 했어요. 그러고는 이렇게 쓰더군요. '짐 목사님, 제가 힘들 때 위로해 주셔서 감사합니다. 신의 축복이 있기를. 예수님은 주님이십니다. 당신의 친구, 스티븐.' 칼라 페이가 죽은 지 정확히 일주일 후에 그런 글을 썼던 것 같아요. 그날은 정말 차분했어요. 칼라 페이 때와는 달리 하나도 소란스럽지 않았죠. 그 후로 많은 사형수들이 메시지를 써줬어요. 제가 부탁한 적은 단 한 번도 없었지요. 항상 먼저 인사를 남기겠다고 했어요."

"가장 마음에 들었던 메시지가 있나요?"

"흠… 칼라 페이가 남긴 글이 가장 좋아요. 그 단어들을 보면 많은 추억과 감정이 떠올라요. 어떤 면에서는 슬프기도 하고요. 사형수들을 보면 그들 때문에 사망한 수없이 많은 피해자가 생각나요. 그냥 모든 게 슬플 뿐이에요."

짐은 성경책을 가리켰다.

"바로 저기, 가운데에요."

거기엔 이렇게 적혀 있었다.

저는 사탄이 있는 광야 위를 걷기도 하고 하나님의 은혜 속에서 걷기도 했지만, 주변 사람들과 대화를 나눈 뒤 사형 대기실에 앉아 있는 지금 이 순간 그 어느 때보다 평화롭습니다. 창조주의 사랑과 용서의 축복을 받은 저는 주님과 함께할 순간을 고대합니다.

"엑셀 화이트가 쓴 거예요. 사형수 생활을 가장 오래 하고, 25년 동안 같은 신발을 신었던 바로 그 사람이요."

"이 메시지들을 보면 슬퍼진다고 하셨는데, 사형제도 자체에 대해 생각해 보신 적은 없나요?"

"없어요. 저는 그런 논의는 되도록 피하려고 합니다. 저는 죽음만 생각해요. 제가 병원에 있을 때, 사람들이 죽어가도 제가 할 수 있는 일은 아무것도 없었어요. 저는 그저 그들에게 도움이 되고 싶었어요. 사형수들에게도 마찬가지였죠. 정치도 없고 옳고 그름도 없었어요. 결국 사형수들은 교도소에 갇혀 죽음을 맞이하게 되어 있었어요. 그래서 저는 그들이 마지막 순간을 최대한 준비할 수 있게 도와주고 싶었을 뿐이에요."

"이 질문을 깜빡했네요. 바비도 워싱턴과 뉴욕에 함께 갔나요?"

"뉴욕에 같이 갔어요. 같이 관광은 좀 했는데 저와 아내는 각자 다른 호텔에 묵었죠. 당시에는 결혼 전이라 같은 방을 쓰는 건 마음에 걸려서요."

죽음은 두렵지 않습니다

2002년 초 짐은 삶이 앞뒤로 꽉 막힌 기분이었다. 직장은 만족스럽지 못했고, 형목으로 일하던 때가 그리웠으며, 연애도 마음대로 되지 않았다.

"바비에게 여러 해 동안 청혼했지만 계속 거절당했어요. 미래가 없는 관계였죠. 바비는 계속 결혼하고 싶지 않다고 말했어요. 6월이 되자 저는 더 이상 안 되겠다고 마음먹었어요. 마지막으로 청혼해 봤지만 다시 거절당했죠."

짐은 바비에게 만약 결혼하고 싶지 않다면 어쩔 수 없이 정리를 해야겠다고 말했다. 이렇게 사는 건 자신과 맞지 않고 자기는 벌써 쉰 살이니 당신의 마음이 정말 확고하다면 헤어지자고 말이다. '알겠어요'라는 짧은 대답과 함께

두 사람은 헤어졌다.

이 무렵 짐은 형 톰이 백혈병 진단을 받았다는 사실도 알게 되었다.

"톰은 베트남에서 복무하면서 에이전트 오렌지Agent Orange(미국이 베트남전에서 사용한 고엽제—옮긴이)와 같은 독성물질에 노출됐죠. 저희는 톰이 백혈병에 걸린 데는 분명 그 영향도 있을 거라고 생각했어요. 한동안 상태가 심각했지만 곧바로 화학요법을 시작한 덕분에 증상도 조금 나아졌죠."

몇 달이 지났다. 짐은 사귀던 당시 바비에게 집 열쇠를 줬는데, 헤어지고 나서도 바비는 열쇠를 돌려주지 않았다. 어느 날 짐은 현관문이 열리는 소리에 잠에서 깼다. 누군가 침입한 것이 틀림없다고 생각했다. 침대에서 일어나 앉았는데 방문 앞에 바비가 서 있었다. 짐은 바비에게 무슨 일이냐고 물었고, 바비는 할 얘기가 있다고 말했다.

"바비가 앉을 수 있게 한쪽으로 옮겨 앉았더니 그가 제 옆에 와서 앉았어요. 그리고 '보고 싶었어요. 함께였을 때가 그리워요'라고 하더군요. 저는 '나도 당신이 그립지만 남은 인생을 당신만 기다리며 살 수는 없어요. 동거만 하고 싶지는 않으니까요. 그때도 사랑했고 지금도 사랑해요. 난 지금 당장이라도 결혼할 수 있어요'라고 말했어요."

"알겠어요." 바비가 대답했다.

두 사람은 그해 11월에 결혼했다. 짐은 아내에게 왜 마음을 바꿨는지, 떨어져 있는 동안 무슨 일이 있었는지 단 한번도 묻지 않았다.

"중요한 것은 그가 지금 여기 있고 제게 돌아왔다는 거죠."

두 번째 결혼은 첫 번째와 완전히 달랐다.

"뉴웨이벌리와 가까운 작은 동네 교회에서 결혼식을 올렸어요. 평소 다니던 교회는 아니었지만 분위기가 너무 아름다웠어요. 정말 마음에 들었는데 다행히 교회에서 결혼식을 올릴 수 있게 허락해 주셨죠. 결혼식은 11월 30일에 했어요. 오하이오주 콜럼버스에 살고 계시던 바비의 어머니도 결혼식에 참석하러 오셨죠. 바비가 어머니를 꼭 결혼식에 모시고 싶어 해서 일정을 전부 앞당겼어요. 하객들도 정말 많았어요. 직장 동료, 친구, 우리 애들과 손주들까지도요."

다음 날 아침, 두 사람은 교회에서 예배를 본 뒤 미주리주 브랜슨으로 신혼여행을 떠났다. 각자 자기 차를 타고.

"바비는 장모님과 함께 갔고 저는 제 차를 타고 그 뒤를 따라갔어요. 셋이서 방도 같이 썼죠."

"목사님과 아내, 장모님까지 셋이서요?"

"네, 장모님이 저희랑 한방에 묵으셨어요. 방을 두 개 잡을 돈이 없어서요."

"하하. 아주 로맨틱하네요."

"제가 바라던 건 아니었지만 어쨌든 그렇게 됐어요. 장
모님은 뉴욕 라디오 시티 뮤직홀 무용단인 로케츠Rockettes
의 공연을 늘 보고 싶어 하셨는데 마침 로케츠가 브랜슨에
서 공연을 한다는 소식을 듣고 셋이 같이 간 거였어요. 장
모님과 함께 같은 방에서 사흘을 보냈어요."

"죽음이 둘 사이를 갈라놓을 때까지 아내와 함께하실
것 같나요?"

"제 마음 같아서는 그렇게 될 겁니다. 죽음이 우리를 갈
라놓을 때까지 함께하겠다고 말했고 그게 제 진심이니까
요. 아내가 저를 떠나고 싶다면 어쩔 수 없지만 저는 절대
그를 떠나지 않을 거예요. 바비는 남의 말을 잘 들어주고,
섣불리 평가하지 않으며, 하고 싶은 것도, 보고 싶은 것도
많은 사람이에요. 하지만 전 무엇보다 바비가 저와 신을 사
랑하기 때문에 그를 사랑해요. 아내는 일도 열심히 하고 정
리정돈을 잘하죠. 살짝 강박증같기도 해요. 제가 옆에 있어
야 할 사람이죠."

그 말을 하는 동안 마침 점심 식사가 준비됐다고 알려
주려 바비가 방 안으로 들어왔다. 그러다 강박증인 것 같다
는 말을 듣고는 웃음을 터뜨렸다.

"저도 제가 있어줘야 할 사람과 함께 있네요." 그는 이렇게 말하며 나갔다.

2003년 초, 짐의 형인 톰은 백혈병이 재발했다는 진단을 받아 또 한 번 화학요법 치료에 들어갔다.

"어느 정도 도움은 되었지만 의사들은 화학요법을 얼마나 지속할 수 있을지 모르겠다고 했어요."

얼마 지나지 않아 짐은 목 윗부분, 오른쪽 귀 바로 아래에서 혹을 하나 발견했다.

"한동안 정말 아팠다가 말짱해졌는데 혹이 사라지질 않았어요. 그래서 결국 의사를 찾아갔더니 제거해야 한다고 하더군요. 의사는 혹을 잘라내고 검사 결과가 나오면 연락을 주겠다고 했지만 한참을 지나도 연락이 오지 않았어요. 귀가 다시 아프기 시작해서 의사에게 한 번 더 갔더니 '뭔가 이상하네요'라고 했어요. 의사가 제 귀 안을 살펴봤고, 진료를 마친 후 저는 병원을 떠났죠. 겨우 우드랜드몰까지 왔을 무렵에 전화벨이 울렸어요. 아까 그 의사였더군요. '브라질 씨, 방금 조직검사 결과가 나왔는데요. 백혈병에 걸리셨습니다.'"

"전화로 알려준 건가요?"

"네, 조금 불쾌하더라고요. 전화로 듣고 싶은 소식은 아니잖아요. 거기다 15분 전까지만 해도 제가 병원에 있었으

니까요. 어쨌든 그날 저녁 형에게 전화를 걸어서 '형, 백혈
병에 대해서 좀 알려줘'라고 말했어요. 형은 이유를 물었고
저는 '나도 백혈병에 걸렸거든'이라고 대답했죠."

"같은 종류의 백혈병이었나요?"

"정확히 똑같은 종류요. 림프구성 백혈병 4기, 만성 림
프종이었어요."

두 형제가 같은 종류의 암에 걸렸다는 사실 때문에 병
원에서는 두 형제를 연구하고 싶어 했지만 안타깝게도 시
간이 부족했다. 톰이 2004년에 세상을 떠난 것이다.

"형과 정말 가까웠기 때문에 가슴에 커다란 구멍이 뻥
뚫린 기분이었어요."

짐에겐 또 한 번의 사형 선고였다.

"의사는 제게 앞으로 5년 정도 더 살 수 있을 거라고 했
어요. 제 백혈병이 매우 느리게 진행되고 있다면서요. 저는
열 살 때 이미 한 번 시한부 선고를 받은 적이 있었기 때문
에 그 말을 듣고도 당황하지 않았어요. 기독교인으로서 저
는 죽음을 두려워한 적이 없어요. 그 전까지 겪어야 할 일
들이 두려운 거죠. 저는 아프기 싫어요. 남에게 짐이 되고
싶지도 않고, 요강에 앉아서 볼일을 보고 싶지 않아요. 온
몸에 주렁주렁 튜브를 매달고 싶지도 않고요. 그렇게 살고
싶지 않아요. 호스피스 병동에 누워서 저를 닦아주고 주사

를 놓아줄 사람을 기다리고 싶지도 않고요. 그건 제가 원하는 게 아니에요. 전 죽음은 두렵지 않아요. 다만 죽기 전까지 그런 일을 겪지 않게 해달라고 신께 기도하는 거죠."

"도움을 받아서 세상을 뜨고 싶은 생각도 있으세요?"

"아니요, 없어요. 순전히 이기적으로 생각하면 받고 싶어요. 고통받고 싶지 않으니까요. 하지만 숨이 붙어 있는 한 저는 신께서 저를 위해 세우신 계획이 있다고 믿어요. 그래서 그 계획을 하나님께서 빼앗고 싶지 않아요. 때때로 유혹이 있었지만 바울이 말한 대로죠. '나에게는 사는 것이 그리스도니 죽는 것도 유익함이라.'"

결국 형은 세 번째 화학요법까지 받은 후 사망했다. 그리고 의사들은 짐에게 다른 치료법을 제안했다. 두 가지 약물을 혼합해 화학요법 치료를 딱 한 번만 하는 것이다.

"링거를 맞는 데만 10시간이 걸렸기 때문에 그 시간 동안 진정제를 맞았어요. 정말 좋았어요. 10시간 동안 업어가도 모를 정도로 푹 잤는데, 깨어났더니 다 끝나 있었죠. 그 후 21일 동안 약을 먹고 좀 쉬다가 다시 링거를 맞기 시작했어요. 이걸 반복하는 과정을 6개월 동안 계속했는데 비정상적인 림프구의 성장이 느려졌어요. 여전히 늘고는 있지만 천천히 늘었죠."

짐은 치료 중에도 피해자 지원 센터에서 계속 일했다.

2005년 허리케인 카트리나가 미국을 강타했다. 폭풍이 데이턴 지역을 휩쓸고 지나가면서 여성 교도소에 전기가 끊겨버렸다. 짐은 그곳에 가서 수감자들을 진정시키고 상황을 파악해 달라는 요청을 받았다. 밤낮없이 근무하고 있던 직원들에게는 도움이 필요했다. 심지어 며칠째 수돗물마저 나오지 않는 심각한 상황이었다.

"물이 안 나오니 수감자들은 샤워는커녕 변기 물을 내릴 수도 없었습니다. 간이 이동식 화장실이 180개 정도 배달되었는데 한겨울이고 모두가 추위에 떨고 있어서 옷과 신발도 절실한 상황이었어요. 교도소 직원들이 겨울 의류를 주문했는데, 옷 대신 혀누르개가 한가득 도착했죠. 지금도 혀누르개를 볼 때마다 어김없이 그때가 생각납니다."

짐은 상의할 게 있어서 교도소장을 찾아갔다. 그런데 짐이 사무실에 들어서자마자 교도소장이 왈칵 눈물을 쏟고 말았다. 그는 지쳐 있었다. 전화선이 끊겨서 헌츠빌에 연락하기도 거의 불가능했고, 결정해야 할 일이 너무 많았기 때문이었다. 교도소장은 자신이 얼마나 더 버틸 수 있을지 모르겠다고 말했다.

"그가 그러더군요, '여기에 2000명의 여성이 있고 그중 상당수가 생리 중인데 생리대도 없고 물도 안 나와요. 마지막으로 샤워를 한 지도 벌써 며칠이나 지나서 몸에서 냄새가…' 교도소장은 이렇게 끔찍한 일은 처음이라면서 울고 또 울었어요. 저는 그의 손을 잡고 대화를 하며 진정시키려고 노력했죠."

전력 부족으로 교도소의 보안문이 정상적으로 작동하지 않아 여성 죄수들은 감방에 갇혀 있을 수밖에 없었다. 그래서 죄수들을 한자리에 모아 기도하거나 설교를 하는 건 불가능했다.

"감방문은 수동으로는 여닫을 수 있었기 때문에 제가 직접 한 명씩 한 명씩 보러갔어요. 감방마다 오래된 피와 대소변이 뒤섞인 썩은 냄새가 진동했어요. 정말 끔찍했죠. 아마 살면서 제가 맡아본 냄새 중에 지독했을 거예요. 갇혀 있는 여성들을 보면… 어떻게 설명해야 할지 모르겠지만 저는 남자 교도소보다 여자 교도소에 있을 때 마음이 더 불편했어요. 남성들과 대화할 때는 그냥 얘기하고 논리적으로 설득하면 됩니다. 대체로 남성들은 진정시킬 수 있어요. 하지만 여성들은 더 감정적으로 접근해야 합니다. 감옥에 있는 젊은 여성들은 어디로 튈지 몰라요. 언제 월경을 하는지도 알 수 있었죠. 화를 내고 고통스러워하면서 외로워하고 절망스러워할 때였어요. 여성들도 위험할 수 있어요."

"위험하다고요? 정말 무서웠나요?"

"네, 특히 무서웠던 적이 있어요. 덩치가 큰 여성이 있었는데 무척 화가 나 있었어요. 제가 말을 걸려고 하자 물건을 마구 집어 던지기 시작했고 점점 더 심해졌어요. 저는 더 이상 말하지 않고 뒤로 물러났어요. 그리고 교도관이 도착해서 인계받을 때까지 그가 비명을 지르고 악을 쓰게 내버려뒀어요. 앞에서도 말했듯이 누군가를 짐승처럼 대하면 그 사람은 짐승처럼 행동하거든요."

짐이 두 번째 사형 선고를 받은 후로 5년이라는 시간이 흘렀다. 그는 계속해서 피해자 센터에서 일했고, 여전히 그 일이 마음에 들지 않았지만 그래도 덕분에 먹고살 수 있었다. 돈 들어갈 곳이 많았다. 짐은 교도소를 통해 의료보험에 가입하긴 했었지만 아직까지 암 치료비를 지불하고 있었다.

"모든 게 나쁘기만 한 건 아니었어요. 저와 동료들은 강좌도 많이 들었어요. 한번은 국제 참사 스트레스 관리 재단International Critical Incident Stress Foundation에서 어떤 강좌를 듣고 강사 자격증도 땄죠. 볼티모어로 여행을 갔다가 다시 돌아와서 크리스프Crisp라는 프로그램을 만들었습니다. 텍사스주 전역을 돌며 교도소 직원들에게 위기에 처한 사람들을 대하는 법을 가르치기도 했죠. 그걸 하면서 정말 만족스러웠고 즐거웠어요. 게다가 늘 사형 집행을 지켜보던 피해자 입장에서 이제야 벗어났다는 의미도 있었어요. 번아웃이 온 것 같았는데, 반가운 휴식이었죠. 정말 상태가 좋지 않았었거든요."

2012년 짐은 전립선암 진단을 받았다.

"소변을 보기가 어려워져서 비뇨기과에 가서 전립선 검사를 받았어요. 전립선특이항원PSA 수치가 높게 나와서 조직 검사를 했더니 암이 발견되었죠. 외과의사에게 전립선을 제거해 달라고 말했지만 권하지 않더라고요. 그런 위험을 감수할 필요는 없으니 대신 성관계를 많이 가지라고 했어요. 전립선에 좋은가 봐요. 집으로 돌아와 아내에게 말했더니 버럭 화를 내더군요. 그러면서 '이제부터는 나보고 책임지라는 거예요?'라고 물었어요. 저는 그에게 아무 책임도 바라지 않는다고 말했죠. 저는 이제 사람들이 저에게 뭔가를 해주기 때문에 사랑하는 것이 아니라 그 사람 자체를 보고 사랑하게 되었어요. 게다가 요즘 바비는 섹스에 전혀 관심이 없기도 하고요."

마법처럼 바로 그 순간에 바비가 방으로 들어왔다. 그는 '잘돼 가요?'라고 물었고, 나는 바비가 섹스에 관심이 없다는 이야기를 하던 참이라고 말했다. 그는 남편을 힐끗 쳐다보더니 소파로 가서 그 옆에 앉았다. 그러고는 처음에는 좋았지만 폐경기 이후에는 여성의 몸이 변한다고 말했다. 내가 나와 녹음기 없이 나중에 두 사람만 이 이야기를 계속해서 나누셔야겠다고 말하자 그는 일어나서 방을 나갔다.

짐은 서로 다른 두 종류의 암과 싸우면서 무언가를 내려놓기로 결심했다. 그는 텍사스주 형사사법위원회를 위해 이미 충분히 많은 일을 해왔다.

"저는 지치고 상처도 받았어요. 벌써 62세나 됐고 20년 동안 주정부를 위해 일해왔죠. 더 이상 피해자들과 함께 기도할 수 없었고 신에 대해 이야기할 수도 없었어요. 신의 뜻보다는 사회에 민감하게 반응해야 했어요. 그 자리에서 제가 하려던 건 그런 게 아니었어요. 그리고 더 이상 도움을 줄 수 없다는 사실도 깨달았어요. 저는 녹초가 되어 있었어요. 그 일을 하면서 20년 동안 감정이 오르락내리락 롤러코스터를 탔던 거죠."

결국 짐은 2012년 3월에 은퇴했다.

"저는 애도 과정을 거쳤어요. 진짜로요. 피해자 지원 센터를 떠날 준비가 다 되어 있었지만 교도소에서 일하던 때가 그립기도 했어요. 제 일에 대해 정말 복잡한 감정을 가지고 있었죠. 저는 행복했고 축복받았다고 느꼈지만, 한편으로는 훨씬 더 많은 일을 할 수 있었다는 생각에 불만스럽기도 했어요. 사람들을 실망시킨 것 같았죠. 하지만 지금 돌이켜 보면 제가 할 수 있는 한정된 범위 안에서 최선을 다했었습니다."

저는 행복했고 축복받았다고 느꼈지만,
한편으로는 훨씬 더 많은 일을 할 수 있었다는 생각에
불만스럽기도 했어요.
사람들을 실망시킨 것 같았죠.
하지만 지금 돌이켜 보면 제가 할 수 있는 한정된 범위 안에서
최선을 다했었습니다.

은퇴 직후 짐은 자가면역질환인 셰그렌증후군 진단까지 받았다.

　"루푸스와 비슷합니다. 입이 마르고 눈이 건조해지죠. 그리고 모든 장기를 공격하는 증상을 일으켜요. 어떨 땐 괜찮지만 그러다가 어느 특정 장기를 공격해서 망가뜨리고, 다음 장기로 넘어가요."

　"결국 셰그렌 증후군 때문에 돌아가시게 되는 건가요?"

　"셰그렌으로요? 아니요. 다른 두 병 때문에 죽을 거예요."

다시 바깥세상의 목사로

형목 생활이 끝나갈 무렵, 짐은 이따금 설교를 대신해 주던 친구로부터 연락을 받았다.

"웰던 마을에 작은 교회가 있는데, 자신은 매주 일요일에 가는 것이 힘드니 혹시 도와줄 수 없겠냐고 물었어요. 저는 좋다고 대답한 다음 교인들에게 미리 저에 대해 소개하고 제가 이혼 경험이 있다는 사실도 말해놓으라고 했죠. 그랬더니 그 친구가 한마디 했어요. '나도 있어.' 그게 끝이었죠."

처음으로 그 교회에 가던 날, 헌츠빌에서 출발한 짐은 교회까지 가는 아름다운 길을 보면서 연신 감탄했다. 트리니티강을 건너고 우뚝 솟은 풍성한 소나무들을 지나쳐 오면서 그의 마음은 교도소들에서 멀리 떠나 있었다.

"저는 소나무가 좋아요. 헌츠빌에서 가장 마음에 드는 것 중 하나가 소나무였어요. 그 당시에 이스텀 교도소를 지나면서 '새롭다. 오늘은 새로운 날이야'라고 생각했어요. 교회 밖 주차장에 도착했는데 차가 두세 대밖에 없어서 조금 실망했죠. 사람들이 좀 더 많이 오길 바라고 있었거든요. 그래도 교회에 들어갔더니 모든 것이 너무 따뜻하고 사랑스럽게 느껴졌어요."

그날 교회에는 일곱 명이 모였다. 짐이 제일 처음 교회에서 설교했을 때와 똑같은 숫자였다.

"넥타이를 매고 있는 사람은 아무도 없었어요. 여성들은 멋지게 입었고 남성들 역시 면바지에 셔츠 차림이긴 했지만 다들 특별히 차려입은 건 아니었어요. 하지만 그 몇 안 되는 사람들이 저를 받아준 덕분에 저는 부족했던 자신감을 다시 얻었어요. 정말 저를 받아줄 거라고 예상 못 했거든요. 저는 먼저 교인분들이 아셔야 할 것이 있다고 말한 다음 제가 이혼한 적이 있다고 고백했어요. 재니스의 탓으로 돌리지 않고 우리 사이에 극복할 수 없는 성격 차이가 있어서 아내가 결혼 생활을 끝내고 싶어 했다고 말했죠. '여러분이 무슨 말씀을 하시든 받아들이겠습니다. 그냥 알려드리고 싶었어요.' 제 말이 끝나자 그 자리에 있던 한 남성이 이렇게 말했어요. '지나간 일이잖아요.' 그제야 저는 설교를 시작했죠."

"이혼에 대한 죄책감은 언제쯤 내려놓을 생각이신가요?"

"디모데전서에는 교회의 일꾼이 갖춰야 할 자격을 적어놓은 구절이 있어요. '집사는 한 아내의 남편이어야 한다.' 하지만 저는 결혼을 두 번 했어요."

"말씀하시는 걸 들으니 당분간 내려놓지는 못하시겠네요."

"못 할 것 같아요."

짐이 교회에서 설교한 것은 거의 20년 만에 처음이었다.

"친척의 장례식 때를 제외하면 처음이었죠. 떨리고 너무 긴장됐습니다. 모든 것이 불확실한 상황이었어요. 하지만 오히려 그렇기에 설레기도 했어요. 바깥세상의 교회에서 설교하는 일을 다시는 못 할 거라고 생각했었는데, 이렇게 하게 된 거예요. 저는 제가 오직 교도소에서만 목회를 할 수 있을 거라고 생각해 체념하고 있었거든요. 하지만 이제 두 번째 기회를 받고 나니 전임 목사로 사역할 때보다 신의 일을 더 잘해낼 수 있다는 자신감이 생겼어요. 결과에 대한 두려움도 줄어들었고요."

그는 텍사스주 웰던에 있는 그 작은 교회가 신의 말씀

을 갈구하고 있었다고 말했다.

"교인들은 수감자들보다 더 간절히 원하고 있었어요. 제가 그분들을 축복해 준 것보다 제가 더 많은 축복을 받았죠."

더 이상 주정부에 고용된 직원이 아니었기 때문에 짐과 바비는 텍사스 교정 당국에서 특전으로 제공해 주던 집을 떠나야 했다. 하지만 새로운 교회에 해결책이 있었다. 교인 중 한 분이 자신의 땅에 집을 지어주겠다고 제안한 것이다.

"그분은 우리에게 80만 제곱미터가 넘는 땅을 주셨어요. 신을 섬기기에 이보다 더 좋은 장소는 없었을 거예요. 정말 기쁨 넘치는 시절이었어요."

하지만 2019년이 되자 암과 설교가 문제를 일으키기 시작했다. 짐은 일요일 아침과 저녁, 수요일 저녁, 이렇게 일주일에 세 번 설교를 했는데 목소리가 더 이상 버티지 못했다.

"설교가 끝나기도 전에 목소리가 더 이상 나오지 않았어요. 결국 설교를 마무리하지 못했죠. 그런 일이 계속 일어나자 누구에게도 도움이 되지 않는다는 사실을 깨달았어요. 교인들은 제가 줄 수 있는 것보다 더 많은 것이 필요했어요. 그래서 아내에게 그만둬야겠다고 말했죠. 바비는 상태가 나아질 수 있으니 6개월만 더 지켜보자고 하더군요. 그래서 그 말대로 기다려봤지만 상태는 더 나빠지기만 했어요. 결국 저는 포기할 수밖에 없었죠."

하지만 그만두는 건 생각보다 어려운 일이었다. 짐이 교회를 떠날 무렵에는 교인 수가 열 배인 70명으로 늘어나 있었다.

"저는 교인들을 사랑했고 그분들도 저를 사랑했습니다. 우리를 사랑했죠. 제가 항상 그분들을 뭐라고 불렀냐면⋯ 애니메이션 영화 「빨간 코 순록 루돌프와 버려진 장난감들의 섬 Rudolph the Red-Nosed Reindeer and the Island of Misfit Toys」에 나오는 이상한 장난감들만 모아놓은 섬을 기억하세요?"

"잘 모르겠네요."

"웰던에서 만난 사람들도 다른 곳과는 어울리지 않았어요. 전혀 다른 부류였거든요. 시골 사람들이라 자신들만의 철학이 있었어요. '쏘거나 묻거나 입 다물라 Shoot, shovel or shut up.' 그게 그곳의 방식이었죠. 그들을 떠나는 건 제 가족을 떠나는 셈이나 마찬가지였어요."

살아온 이야기를 들려주셔서 감사합니다

또다시 직장을 떠난 짐은 월급뿐만 아니라 살 집마저 잃게 됐다. 앞으로 어떻게 살아야 할지 막막하던 그때 한 통의 전화가 걸려왔다.

"제 형과 이름이 같았던 톰 삼촌이 몇 년 전부터 제게 함께 살자고 하셨어요. 제가 웰던의 교회에서 은퇴했을 때 삼촌의 연세가 아흔일곱이나 되셔서, 바비와 저는 댈러스로 이사해 삼촌을 돌보기로 결정했어요."

하지만 2021년 봄, 톰 브래처는 아흔아홉 번째 생일을 불과 며칠 남겨두고 세상을 떠났다.

"삼촌은 저희에게 집을 물려주셨어요. 바비와 오랫동안 함께 지내면서 처음으로 우리 집이라고 부를 수 있는 장소가 갑작스레 생긴 거죠."

나는 댈러스에서 행복하게 지내고 있는지 물었다.

두 사람 모두 80만 제곱미터에 달하던 넓은 땅을 누비던 전원생활을 그리워하고 있었다. 하지만 도시생활을 하는 덕분에 현재 짐의 건강 상태를 훤히 알고 있는 일곱 명의 전문의들과 가까이 지낼 수 있었다. 게다가 짐은 최근 화학요법을 새로 시작한 터였다.

"하루에 약을 네 알 먹는데 지금까지는 도움이 되는 것 같아요. 약이 효과가 없으면 그걸로 끝이라고 하더군요."

"끝낼 준비는 되신 거예요?"

짐은 웃음을 터뜨렸다. 그가 앉아 있는 리클라이너 의자 주위엔 크리스마스 장식들이 가득했지만 바비는 아직도 대부분의 장식이 창고에 남아 있다고 했다.

"이런 말이 있어요. '나는 빚도 갚았고, 기도도 했고, 짐도 쌌고, 떠날 준비도 됐다.' 신께서 준비가 되셨다면 저도 준비가 된 거죠. 하지만 그분께서 준비되셨다는 것을 알게 될 때까지 저는 온 힘을 다해 계속 싸울 겁니다."

"순전히 목사님 덕분에 지옥이 아닌 천국에 가게 됐다고 말할 수 있는 사람은 몇 명이나 될까요? 딱 떠오르는 대로요."

"1500명 정도."

"정말요? 엄청 많네요."

"음. 그렇네요."

"천국에서 그 사람들을 다시 만나면 어떨 것 같으세요?"

"재미있을 것 같아요."

"천국에서 가장 만나고 싶은 사람은 누구인가요?"

"아, 정말 많아요. 하지만 트로이 패리스로 할게요."

"감방 안에서 물 한 잔으로 세례를 주신 그 남자요? 왜죠?"

"해주고 싶은 말이 있어서요. '신의 사랑을 알게 되어서 기쁘죠? 죽기 직전에 신을 만났고, 이제 영생을 얻었으니까요.' 그러면 정말 뿌듯할 것 같아요."

"천국에 가도록 도와준 1500여 명 중에 제일 보고 싶은 사람이 살인자인 거네요?"

"트로이 패리스는 자기가 절대 용서받지 못할 거라고 믿어서 오랫동안 고통받았어요. 마음속에는 증오와 분노가 가득했습니다. 그가 무슨 짓을 했든, 얼마나 나쁜 죄를 지었든 간에 신은 여전히 그를 사랑하며, 그를 용서하고도 남을 만큼 신의 사랑이 강력하다는 사실을 트로이가 깨닫는 모습은 정말 감동적이었어요. 그래서 전 부모님과 형, 조카까지 온 가족이 그곳에 있지만 트로이를 만나보고 싶어요. 트로이가 천국에 갈 수 있었던 건 너무 늦기 전에 깨달음을 얻고 신께 마음을 드렸기 때문이에요. 제가 바로 옆에서 그 장면을 봤죠."

"목사님이 도와주신 덕분이 아닐까요?"

"제가 몇 마디 말을 보탰을지는 몰라도, 힘든 일을 해내신 분은 하나님이십니다."

"지금까지 목사님의 삶 전체를 얘기해 봤는데요. 인생을 되돌아본 기분이 어떠세요?"

"아까도 말씀드렸다시피 다 끝나고 나면 외상 후 스트레스 장애 치료를 받아야겠어요."

그가 또 한번 껄껄 웃었다. 그와 이야기를 나누는 동안 어느샌가 나는 그 웃음에 익숙해져 있었다.

"하지만 저는 제게 얼마나 많은 기회가 주어졌는지 알고 있어요. 신께서 '좋아, 한 번 더 기회를 주겠어. 너를 도와줄게. 너를 용서하마'라고 말씀하시면서 수많은 선물들을 주셨죠. 마치 어린아이가 길에서 넘어진 다음에 툭툭 털고 바로 벌떡 일어나는 것과 약간 비슷해요. 사는 게 전혀 지루하지 않았죠. 저는 여러모로 신을 실망시켰지만 그분은 항상 저를 용서해 주셨어요. 저는 죽으면 아버지 곁으로 돌아갈 겁니다. 지긋지긋한 고통에서 벗어나 건강한 새 몸을 갖게 될 거예요. 그리고 하나님과 함께할 겁니다. 마음이 평화롭겠죠. 마침내 편히 쉴 수 있을 거예요."

"짐 브라질이 어떤 사람이냐고 누군가에게 물었을 때 어떤 대답을 듣고 싶으신가요?"

"사람들이 저에 대해 뭐라고 했으면 좋겠냐고요? 저는 사람들이 주저없이 그가 하나님의 사람이었다고, 신을 섬겼다고 말해주길 바랍니다. 부족했을지는 몰라도 어쨌든 신을 섬겼다고요. 그의 믿음은 진실했고 무슨 일이든 진실한 태도로 했다고 말해줬으면 좋겠어요. 제 생각에 전 정말 그랬던 것 같거든요. 저는 바울처럼 되고 싶어요. 어려움 속에서 믿음을 지키고 주어진 사명을 다했으니 이제 신께서 제게 상을 주실 거라고 얘기하고 싶어요. 저뿐만 아니라 신을 믿는 모든 사람들에게 말이에요. 저는 제 장례식을 직접 준비하는 것도 진지하게 고려하고 있어요."

"장례식에서 설교할 내용을 미리 녹음한다는 뜻인가요?"

"네."

"뭐라고 말씀하시고 싶으세요?"

"저 같은 실수를 하지 마세요. 신을 외면하고 교만과 자만에 빠져서 모든 것을 혼자서 할 수 있다고 생각하지 마세요. 여러분은 신이 필요합니다."

"여기가 목사님의 장례식이라고 잠시 상상해 볼게요. 저는 다른 조문객들 사이에 앉아 있습니다. 목사님은 일어서서 앞으로 나가세요."

"인생에 닥친 모든 어려움들로부터 우리는 많은 교훈을 얻을 수 있습니다. 첫 번째는 신께서 우리를 무조건 사랑하신다는 것입니다. 그분은 우리를 있는 그대로 사랑하시지만 우리가 그분을 받아들이기를 원하십니다. 그분은 우리의 마음을 열고 싶어 하시고 우리를 용서하고 싶어 하십니다. 그분은 우리가 순결한 삶을 살기를 바라십니다. 우리는 더 이상 그분이 필요하지 않다고 자만해서도 안 됩니다. 모든 것을 혼자서 할 수는 없습니다. 자신의 삶을 통제하려고 아무리 노력해도, 지금도 그리고 앞으로도 내 삶을 통제할 수 있는 건 내가 아닙니다. 모든 것을 내려놓고 하나님께 맡겨야 할 때가 오기 마련입니다. 저는 그 교훈을 사형 집행 현장에서 여러 번 깨달았습니다. 사형수의 팔에 독극물이 든 주삿바늘이 꽂히고 나면 저는 항상 이 일이 쉽게 끝날지 아니면 어렵게 끝날지는 그들 마음먹기에 달렸다고 말했죠. 약효가 나타나기 시작하면 싸우려고 하지 말라고, 그냥 놔두라고 했습니다. 제가 볼 때는 신도 마찬가지입니다. 그분과 싸우려고 하지 마세요. 저항하지 마세요. 그분을 받아들이세요. 그분이 여러분의 삶을 바꾸게 놔두세요. 그냥 그분이 하시는 일을 보기만 하세요. 이 말을 여러분께 해주고 싶어요."

"몸은 어떠세요? 아직 쓸 만한가요?"

"쓸 만하지가 않아요. 저는 매 순간 싸우고 있어요. 정말이에요. 그냥 누워서 죽는 날만 기다리는 편이 더 나을 것 같아요. 분명 제가 싸움을 그만두면 금방 끝날 거예요. 하지만 전 아직 준비가 안 됐어요. 신께서는 여전히 저를 사용하실 수 있습니다. 저는 시간에 구애받지 않으려고 노력하는 중이에요. 저한테는 오늘밖에 없어요."

"아직 꿈을 갖고 계시다는 걸 전 느꼈어요. 어제 바비와 제 남편까지 저희 넷이 교회에 갔을 때 '와, 이 교회에서 설교하고 싶네요'라고 말씀하셨을 때 말이에요."

"네. 하지만 거긴 교인이 4000명이나 되는 초대형 교회였어요. 전 그렇게 많은 사람들 앞에서 설교해 본 적이 없어서요. 수천 명에게 하나님의 말씀을 전할 수 있다면 정말 기쁠 것 같아요."

"분위기가 정말 좋았죠. 그건 인정할게요. 성가대의 노래는 저와 남편 모두 소름이 돋을 정도였어요."

"성가대 노래를 들을 때마다 저도 그래요. 목소리만으로 사람들을 그렇게 감동시킬 수 있다니 정말 엄청난 선물이죠."

"어떤 면에서는 목사님도 그렇게 해오신 거죠."

"어유, 고맙습니다. 맞아요. 그 교회에서 설교하고 싶어요. 저는 항상 일을 할 수 있는 기회를 찾고 있어요. 그 열

정만은 아직도 타오르고 있어요. 지금 당장은 교회에서 영적 지도자 역할을 할 수 있을 정도의 기력은 없지만. 그거 말고 할 수 있는 다른 일들도 있죠. 예를 들면 성경 공부 같은 거요. 여기, 우리 휴게실에서 모임을 만들어볼까 이야기한 적이 있습니다. 일요일 아침에 성경 공부 모임을 여는 거예요. 실제로 근처에 사시는 교인 두 분이 요청했어요. 아직은 제 체력이 허락하지 않지만 노력하고 있어요."

"이제 이쯤에서 마무리해야 할 것 같습니다. 대화를 다 마친 소감이 어떠신가요?"

"무서워요."

"왜요?"

"누구에게도 말해보지 못한 것들을 털어놔서요."

"그랬더니 어땠나요?"

"힘들어요. 이렇게 속내를 드러내는 건 쉽지가 않네요. 전 제 자신에 대해 이야기하는 게 영 불편해요. 제 경험을 이야기하는 것은 좋아하지만 스스로에 대해서는 그렇지 않거든요."

짐은 잠시 말이 없었다.

"제가 죽고 난 다음에 이 책을 출간하는 게 좋겠어요."

왠지 모르게 이걸 꼭 기록으로 남겨야겠다 싶었다. 그래서 나는 녹음기가 계속해서 제대로 돌아가고 있는지 흘끗 내려다봤다. 그런 다음 갈색 가죽 안락의자에 앉아 있는 그를 향해 고개를 돌렸다. 그가 매일같이 오랜 시간을 보내는 의자 주위에는 그의 아내가 꾸며놓은 크리스마스 장식들이 가득했다. 이 방 안에만 온갖 크기의 인조 크리스마스 트리가 무려 아홉 개나 세워져 있었다.

"왜요?"

그는 벽에 걸린 나무 십자가를 올려다봤다. 수감자가 만들었다고 몇 번이나 자랑했던 물건이었다. 그렇게 잠시 망설이다가 그가 대답했다.

"저는 신을 섬기는 사람이니까요. 그런 제가 신뢰를 무너뜨리고, 잘못을 저질렀던 얘기들까지 전부 다 털어놔서… 사람들이 어떻게 생각할지 모르겠어요. 차라리 제가 이 세상에 없을 때 책이 나오는 게 나을 것 같아요."

"제가 쓴 글 때문에 상처받을까 봐 걱정되세요?"

"기자님 때문에 걱정되지는 않아요. 제가 하지 않은 말을 쓰지는 않으실 테니까요. 하지만 제가 말한 내용 때문에 다른 사람들이 상처받을까 봐 두렵습니다."

"그런 건 어떻게 보느냐에 따라서 달라질 것 같아요. 이 책을 읽는 모든 사람이 '목사님, 잘하셨어요'라고 박수를 보낼 순 없겠지만, 그중 누군가는 자신의 삶을 바꿀 수 있는 지혜를 얻을 거라고 생각해요."

"그 정도면 만족합니다. 어차피 일어날 일은 일어나겠죠. 어쨌든 저는 사실이 아닌 얘기는 안 했어요."

"그나저나 저는 이제 화가 별로 나지 않네요."

"할렐루야!"

우리 둘 다 웃음을 터뜨렸다.

"아마 제 안에도 전사가 있나 봐요."

"누군가 마음속에 전사가 있습니다. 찾아내기만 하면 돼요."

"우리가 처음 만났을 때, 목사님은 죽음을 앞둔 사람들에게 항상 이렇게 말했다고 하셨죠. '살아온 이야기를 들려주셔서 감사합니다.'"

"맞아요."

"목사님, 살아온 이야기를 들려주셔서 감사합니다."

"별말씀을요. 삶은 나눠야 의미가 있죠."

후기

짐과 마지막으로 만난 후 1년이 지났다. 2023년 1월, 스톡홀름은 두터운 눈 속에 파묻혀 있었다. 짐이 살고 있는 댈러스의 기온은 10도로 비교적 포근한 날씨였다.

지난 며칠 동안 여러 차례 연락을 시도하면서 스멀스멀 불안감이 밀려왔다. 지난번에 나눴던 작별 인사가 마지막이 아니었을까 생각한 것도 벌써 여러 번이었다. 하지만 통화 연결음이 연신 울리고 있는 지금, 아직 다 끝난 건 아니라는 공포감이 피어올랐다.

끝난다는 게 가능하긴 할까?

짐은 끝났다고, 자신은 해야 할 말을 가족에게, 신에게 그리고 나에게 모두 했다고 믿었다.

그는 내가 최대한 잘 전달할 수 있도록 자신의 삶을 전부 얘기해 주었다. 모든 기억과 경험들을. 그가 살면서 만난 사람들 중에 내용을 다르게 기억하거나 그의 말로 인해서 고통을 받는 사람이 있을 수도 있다. 하지만 그것은 짐이나 내가 의도했던 바가 아니다.

짐이 내 인생을 바꿔놓았다고 내가 그에게 말했던가? 용서에 대해 이야기했을 때 처음에는 밋밋하다고 생각했지만, 어느새 내 안에 용서의 씨앗이 싹텄다. 지금의 나는 우리가 처음 만났을 때보다 훨씬 더 화가 줄었다고, 그래서 얼마나 기분이 좋은지 모르겠다고 말했던가? 문득 아버지 생각이 나서 아버지와 마주 앉아 이야기하고 싶은 마음이 간절했던 날들이 있다고 말했던가? 실제로 그런 날이 올지는 모르겠지만 화내지 않고 아버지를 떠올릴 수 있어서 좋았다. 가슴을 짓누르던 무게가 거의 사라져서 얼마나 개운한지 짐에게 말한 적이 있는지 모르겠다.

이게 전적으로 텍사스에 사는 죽음을 앞둔 한 목사님 덕분이라고 할 수는 없지만, 그와의 대화는 분명히 중요한 역할을 했다.

나는 이번에도 당연히 자동응답기가 돌아갈 거라고 예상했다.

하지만 이번에 들려온 건 짐의 목소리였다.

나는 아직 그가 살아 있어서 정말 기쁘다고 그에게 전했다.

짐은 껄껄 웃으며 대답했다. 오늘이 죽어도 좋은 날이 겠지만 살기에는 더 좋은 날이라고.

옮긴이 최인하
이화여대 국어국문학과와 성균관대 번역대학원을 졸업하고 영국 킹스칼리지에서 미디어를 공부했다.
국내 언론사에서 보도사진 번역 등 오랜 직장생활을 한 뒤 프리랜서 번역가로 활동중이다. 옮긴 책으로
는 『만일 나에게 단 한 번의 아침이 남아 있다면』, 『배짱 좋은 여성들』, 『인간은 야하다』 등이 있다.

오늘은 죽기 좋은 날입니다

초판 1쇄 인쇄 2025년 4월 30일
초판 1쇄 발행 2025년 5월 12일

지은이 카리나 베리펠트, 짐 브라질
옮긴이 최인하
펴낸이 김선식

부사장 김은영
콘텐츠사업본부장 임보윤
책임편집 김민경　　**책임마케터** 이고은
콘텐츠사업8팀장 전두현　　**콘텐츠사업8팀** 김민경, 장종철, 임지원
마케팅2팀 이고은, 양지환, 지석배
미디어홍보본부장 정명찬　　**브랜드관리팀** 오수미, 서가을, 김은지, 이소영, 박장미, 박주현
뉴미디어팀 김민정, 정세림, 고나연, 변승주, 홍수경
지식교양팀 이수인, 염아라, 김혜원, 이지연
편집관리팀 조세현, 김호주, 백설희　　**저작권팀** 성민경, 이슬, 윤제희
재무관리팀 하미선, 임혜정, 이슬기, 김주영, 오지수
인사총무팀 강미숙, 이정환, 김혜진, 황종원
제작관리팀 이소현, 김소영, 김진경, 이지우, 황인우
물류관리팀 김형기, 김선진, 주정훈, 양문현, 채원석, 박재연, 이준희, 이민운
외부스태프 표지디자인 데일리루틴　**본문디자인** studio forb

펴낸곳 다산북스　**출판등록** 2005년 12월 23일 제313-2005-00277호
주소 경기도 파주시 회동길 490　**전화** 02-704-1724　**팩스** 02-703-2219
이메일 dasanbooks@dasanbooks.com　**홈페이지** dasan.group　**블로그** blog.naver.com/dasan_books
종이 스마일몬스터　**인쇄 및 제본** 한영문화사　**코팅 및 후가공** 제이오엘앤피

ISBN 979-11-306-6309-8 (03840)

© Carina Bergfeldt, 2025

다산북스(DASANBOOKS)는 독자 여러분의 책에 관한 아이디어와 원고 투고를 기쁜 마음으로 기다리고 있습니다.
책 출간을 원하는 아이디어가 있으신 분은 다산북스 홈페이지 '원고투고'란으로 간단한 개요와 취지, 연락처 등을 보내주세요.
머뭇거리지 말고 문을 두드리세요.